계약자

계약자

선자은 장편소설

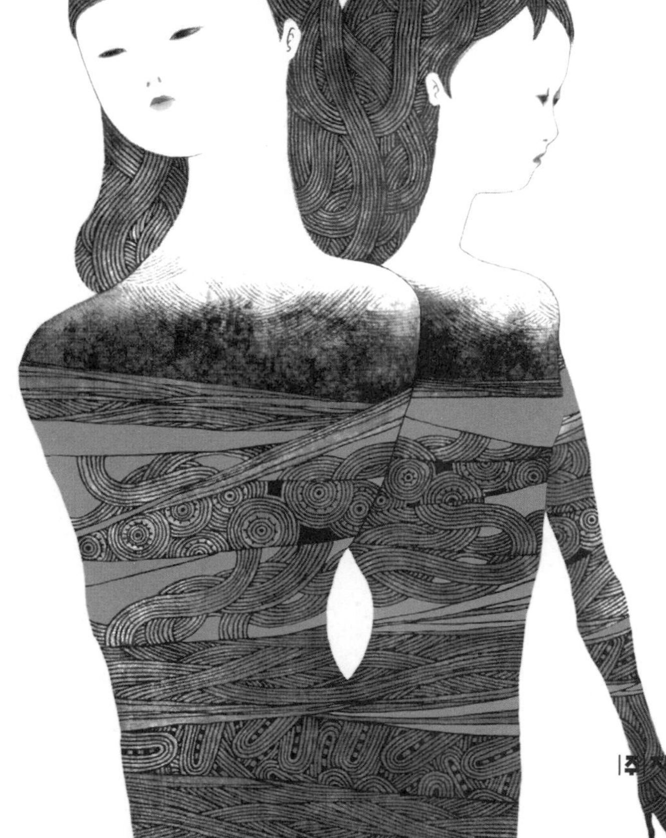

|주| 자음과모음

차례

빈집

빈집은 빈집답게 대문부터 을씨년스러웠다. 꼭 귀신이라도 나올 것처럼. 외딴 곳에 있고, 돌보는 사람이 없어서 낡았으며, 이상하게 한기가 들어 추웠다. 소희는 의식을 하는 데 있어서 이보다 적합한 집은 없다고 했다. 가장 중요한 사실은 오래전에 누군가 목을 매달아 죽었다는 점이다. 집은 귀신이 나온다는 소문과 함께 팔리지 않고 세월을 먹어갔다. 곧 헐리고 사무실 건물이 지어질 것이다. 소희 말처럼 정말 모든 것이 완벽하게 의식의 조건과 맞아떨어진다.

먼지 쌓인 철문은 최근 이 집에 아무도 찾아오지 않았다는 것을 알려주었다. 의식을 하기 위해 찾아온 사람이 아직 없다는 것을 뜻하기도 했다.

"진짜 해야겠어?"

목을 매달아 죽은 사람이 아직도 있을 것처럼 꺼림칙했다. 가까운 사람 중에 죽은 사람이 없어서인지 죽음이라는 단어만 떠올려도 소름이 끼친다. 그건 소희도 마찬가지인지 머뭇거리는 게 느껴졌다.

"……해야지."

소희가 결심한 듯 침을 꿀꺽 삼켰다. 소리가 유난히 컸다. 그깟 의식이 뭐라고. 소희는 귀신이 소원을 들어준다는 말을 철석같이 믿었다. 행운의 네 잎 클로버나 검은 고양이 미신 따위를 믿는 것보다 더 웃긴 일이다. 내가 비웃자, 그만큼 자신이 간절하기 때문에 믿을 수밖에 없다며 궤변을 늘어놓았다. 간절하다는 소원이 고작 연애 문제면서 말이다.

"알음아, 우린 세상에서 둘도 없는 베스트 프렌드 맞지?"

내가 내켜 하지 않는 걸 알고 소희가 특유의 애교로 매달리기 시작했다. 소희는 확실히 귀엽다. 애교를 부릴 때는 더더욱. 키가 크고 덩치가 있는 데다가 무뚝뚝하기만 한 나와는 전혀 다른 타입이다. 가끔 내가 시큰둥하게 말을 툭 던져도 히히 웃으며 받아치는 것이 소희다. 그래서인지 우리는 유치원 때부터 지금까지 단짝이다. 다른 아이들은 내 말투에 상처를 받기도 하지만, 소희는 멀쩡한 걸로 모자라 상처 받은 아이들과 나 사이에 생긴 오해를 풀어주며 중재하기도 한다. 나도 소희가 엉뚱한 데 몰두해서 통제가 되지 않을 때 적절히 막아주는 역할을 해왔다. 예를 들어 열두 살 때 아이돌 가수에 빠져서 사생팬이 되려 했을 때나 열네 살 때 언니와 싸우고 집을 나가 주유소에서 일하겠다고 했을 때 등등. 그 전에 아홉 살 때는 최연소 요리사가 되겠다고 수많은 달걀말이를 만들었던 적도 있었다. 나는 달걀말이를 다섯 개까지 먹어주다가 장래 희망을 바꾸라고 조언해주었다. 물론 소희는 히히 웃으며 알았다고 대답했다. 소희는 내 조언을 꽤나 잘 받아들였다.

이번에도 내 조언이 필요한 순간이다.

“이거 진짜 아닌 것 같다. 그만하자.”

“홍알음. 나 이번에는 진짜야. 그래서 진짜 최선을 다해보고 싶어. 진짜. 진짜. 진짜!”

소희의 사랑이 진짜인지 가짜인지는 단짝인 나도 가늠할 수 없다. 왜냐하면 늘 소희는 진짜 사랑이라고 강조해왔기 때문이다.

“어휴, 이게 최선을 다하는 거냐?”

말은 그렇게 했지만 울 듯한 소희 얼굴을 보니 마음이 약해졌다. 가뜩이나 요즘 기분이 안 좋아서 소희에게 퉁명스럽게 대할 때가 많았다. 그래, 그깟 의식. 같이 서 있기만 하는 건데 내가 못 도와줄까.

나는 대문을 손가락으로 밀었다. 끼이익. 영화에서 나올 법한 기괴한 소리는 나지 않았지만, 귓가에 환청이 맴돌았다.

"저기…… 계세요?"

막상 안을 보니 누군가 머물고 있을지도 모른다는 생각이 들었다. 자그마한 주택이지만, 마당도 있고 담장도 튼튼해서 제법 괜찮은 집이다. 귀신이 나온다는 건 헛소문 같았다.

"거봐, 귀신이 어디 있어?"

"안에 있을 거야. 어떤 귀신이 이렇게 환한 데 있겠어?"

갑자기 바보 같다는 생각이 들었다. 소희뿐만 아니라 나도. 이런 대화를 나누고 있는 게 멍청하고 시간 낭비처럼 여겨졌다. 소희는 몰랐지만, 나는 소희보다 몇 배는 심각한 문제를 가지고 있다. 좋아하는 남자애 때문에 고민하는 것보다 더 현실적이고 처절하다. 소희에게 내색할 수 없을 정도로.

일주일 전 어느 평범한 날이었다. 여느 때처럼 학교가 끝나자마자 화실에 잠깐 들렀다가 집에 왔다.

"왔어?"

엄마가 부스스한 몰골로 기지개를 펴며 서재에서 나왔다. 씻지 못했는지 거지꼴이었다.

"이게 뭐야? 마감도 좋지만, 좀 씻어가면서 해."

"알았어. 그런데 알음아, 조금 뒤에 누가 올 거야."

엄마가 애써 담담하게 말했다. 귀가 의심스러웠다.

안 온다고 했잖아? 절대 안 된다고, 데려오면 이혼이라고 엄마가 고래고래 소리 질렀잖아? 그런데 왜? 왜 그 애가 우리 집으로 오는 거야?

소리치고 싶었지만 나는 별말 없이 내 방으로 들어왔다. 간밤에 악을 쓰던 엄마와 눈앞에 있는 엄마가 동일 인물처럼 여겨지지 않았다. 이 와중에 엄마는 서재에 앉아 일까지 했다. 마치 그깟 아이 때문에 일상이 흔들리기 싫다는 듯 고집스럽게. 내가 뭐라고 말하는 순간 엄마는 파삭파삭한 마른 가루가 되어 날아갈 것만 같다.

미친 것처럼 보였어도 간밤의 엄마는 내 마음에 쏙 들었다. 내내 당하기만 하던 엄마가 처음으로 날을 세우고 일어선 거라고, 앞으로 아빠에게 휘둘리는 일은 없을 거라고 믿었던 것이다. 그래서 나는 시끄러운 부부싸움이 내심 반가웠다. 엄마의 달갑지 않은 희생으로 우리 집이 시끄러워진 일은 단 한 번도 없었다.

엄마는 착하기만 한 사람이었다. 아빠가 아무리 잘못을 해도 용서하고 받아주고, 아빠의 결정을 따르는 사람. 한 번만 더 믿어보자고 오히려 나를 다독이던 사람. 완벽하려고 노력했으나 그렇기 때문에 완벽하지 못했다.

이번에는 좀 다른 결말이 날까 했다. 그런데 끝내 또 아빠 의견을 받아들이고 말았다. 그 애가 우리 집으로 온다니.

화가 치밀었다. 입안이 까슬까슬하고 썼다. 착한 엄마 탓에 나는 점점 나쁜 애가 되어가고 있었다. 누군가 악역을 해야 한다. 나는 내 방문을 거칠게 열어젖히고 거실로 나갔다. 엄마는 막 서재로 들어가고 있었다. 조금만 늦었어도 엄마와 엇갈릴 뻔했다.

"엄마, 왜 걔가 우리 집에 와? 못 오게 해."

"……그럼 어디로 가니? 갈 데가 없다는데."

"걔는 외갓집 없대? 외할머니 없대? 아니, 걔가 갈 데 없는 게 우리랑 무슨 상관이야? 죽든 말든."

"알음아……. 그 여자 고아래."

엄마 얼굴이 파리했다. '그 여자'라고 말하는 입술이 파르르 떨렸다. 엄마도 끔찍했을 것이다. 악몽이 따로 없다. 깨어날 수 없는 지독한 현실. 그런데, 엄마가 나보다 더 괴로울 거라는 걸 아는데도 화가 났다. 이 와중에도 그 애를 동정하듯 말하는 엄마가 바보처럼 느껴졌다. 결국 엄마는 아빠에게 설득당하고 말았다. 나는 다시 방으로 도망쳤다. 엄마를 마주 보기 힘들었다.

지긋지긋한 인간. 그 여자가 고아여서 보호자가 돼주고 싶었던 거야?

내가 남자였다면, 어른이었다면, 힘만 셌더라면, 아빠를 한 대 때리고 싶었다. 엄마를 위해서, 엄마 대신 말이다.

사람들은 알지도 못하면서, 돈 잘 버는 사업가 아빠를 둔 나를 부러워한다. 소희조차도 사달라는 거 다 사줄 수 있고 정이 철철 넘치게 많은 우리 아빠가 좋단다. 돈? 물론 중요하다. 내가 지금처럼 잘 먹고 잘 사는 게 다 돈 덕분이기도 하다. 정이라는 것도 없는 것보다 있는 게 낫다. 하지만 늘 허허 웃고 말 한마디를 하더라도 다정하게 하는 아빠는 우리 가족에게만 그러는 게 아니다. 다른 사람, 특히 이 여자 저 여자에게 다 그런다. 텔레비전에서 불쌍한 강아지를 봐도 눈물이 핑 돌며 유기견 센터 전화번호를 검색하는 사람이다.

내가 아빠의 행각을 안 건 불과 이 년 전이었다. 그 전까지는 나도 우리 아빠가 자랑스럽기만 했다. 남을 돕고 살아야 한다는 데 이견이 없었다. 그러나 엄마가 나에게 쉬쉬하면서 참아냈다는 걸 알고 혼란스러웠다. 엄마는 유능했고, 나이보다 젊어 보이고 아름다웠다. 성격도 좋고 요리도 잘했다. 내가 보기에 완벽한 엄마였다. 나는 중1 때까지 내 부모에게 불만이 전혀 없었다.

아빠도 완벽해 보였다. 아빠는 늘 엄마에게 다정했다. 종종 해외나 지방 출장으로 나가 있곤 했지만, 집에 올 때마다 선물을 한가득 사 안기는 것도 잊지 않았다. 외할머니와 외삼촌, 외사촌동생 것까지 사는 것도 모자라 심지어 소희 선물까지 사 왔다. 우리 아빠는 최고로 좋은 아빠였다. 내가 아빠의 오지랖을 알기 전까지는.

정말 아빠는 사랑이 넘치는 사람이었다. 그런데 넘치다 못해 이 사람 저 사람에게 퍼주었을 줄은 몰랐다. 정과 돈이 다 넘치는 운 좋은 남자니까 가족으로 모자라 남에게도 가져다준 것이다.

"악!"

가슴이 답답해서 소리를 꽥 질렀다. 엄마가 들었을까? 엄마는 지금 어떤 회사 사보에 들어갈 일러스트를 마감하는 중이다. 원래 어제 보냈어야 할 걸 아빠와 싸우느라 미루었다. 간밤 일을 생각하면 아파트가 떠나가라 소리를 질러도 모자랐다.

집에 와보니 아빠가 와 있었다. 며칠 전 통화할 때만 해도 온다는 말은 없었다.

엄마 밥 잘 챙겨 먹게 하고, 너도 돈 아끼지 말고 먹고 싶은 거 갖고 싶은 거 다 사. 엄마가 뭐라고 하면 아빠가 말해줄게.

아빠는 여느 때처럼 다정하게 말했다. 나는 형식적인 대답만 하고 전화를 끊었다. 이제는 누구나 다 챙기는 아빠 성격을 아니까 그다지 감동적이지 않았다.

당분간 못 올 것처럼 안부를 깍듯이 챙기던 사람이 갑자기 비행기 표를 끊어 부랴부랴 온 게 이상했다. 또 어떤 여자가 엄마 연락처를 알아내어 전화해서 아빠를 사모한다고 했거나, 무슨 흔적이 발견되었거나 그런 건가. 엄마 아빠는 나에게 숨겼지만 나는 다 알았다. 그 여자들은 아빠가 자신을 사랑한다고 여겼다. 아빠가 그냥 술자리에서, 혹은 업무로 만난 자리에서 세심하게 챙겨준 것이 화근이었다.

예를 들어, 그런 것이다. 사람들과 어울리기 좋아하는 아빠는 업무라는 핑계를 대고 술자리나 파티에 꼭 간다. 거래처에서 부른 술집 여자가 나온다. 아빠는 친화력이 좋으니까 노래도 하고 얘기도 하고 스스럼없이 대한다. 여기까지는 용서할 수 있다. 아빠가 음흉한 생각을 하거나 불륜을 저지르는 것도 아니니까. 소위 말하는 2차도 아빠는 가지 않는다. 일도 해야 하고, 친척들과 친구들에게 안부 전화를 해야 해서 할 일이 많기 때문이다. 그러나 문제는 아빠가 그 여자들에게 술 깨는 약을 사다주고 다음 날 술집에 전화를 해서 안위를 챙긴다는 데 있다. 여자들은 감동하여 아빠를 사랑하게 된다. 그 여자들은 모를 것이다. 아빠는 모든 사람에게 좋은 사람으로 비춰야 직성이 풀리는 성격이라는 걸.

아빠는 이기주의자다. 사람들에게 잘하는 것도 누구에게나 좋은 사람이고 싶은 자기만족에 대한 행동일 뿐이다. 타인까지 만족시키니까 바람직하다고 우기고 있지만, 정작 가족들은 피해를 보고 있다. 물질적 피해가 아니라 정신적 피해.

나는 이번에도 그저 그런 사건이 벌어졌다고 생각했다. 엄마는 조금 캐묻다가 조용히 일을 덮을 테고. 그러나 이번에는 달랐다. 나를 의식해서 안방으로 아빠를 데리고 들어간 엄마가 소리를 내질렀다.

"사람 죽여 놓고 미안하다고 하면 다야?"

엄마가 소리 지르는 걸 처음 들은 나는 그 자리에 멈춰 섰다. 순간 아빠가 진짜 사람을 죽인 건 아닐까 하는 생각이 들 정도였다.

"그게 무슨 소리야? 미린이는 사고라니까."

"그 여자 말고. 내가 죽을 것 같다고! 늘 일을 저질러놓고 미안하다고만 하잖아."

"당신은 미린이가 불쌍하지도 않아? 어린애 두고 그렇게 갑자기 가다니."

"야, 이 미친놈아!"

갑자기 엄마가 소리를 꽥꽥 내질렀다. 미친 것처럼 구는 엄마와 차분한 아빠 목소리가 대조적이어서 이 상황이 무슨 상황인지 짐작도 되지 않았다. 미린이는 또 누구지? 새로 붙은 여자? 그런데 죽었다고?

엄마가 지르는 비명이 좀처럼 멈추지 않았다. 아빠가 내버려두고 있는 것 같아서 나라도 나서야겠다고 생각했다. 나는 안방으로 뛰어들다가, 약간 열린 문 앞에서 멈췄다. 문틈으로 엄마와 아빠가 보였다. 엄마는 울고 있었고, 아빠는 무릎을 꿇고 고개를 푹 숙이고 있었다.

그럼에도 불구하고 결국 그 애는 우리 집에 오게 되었다. 다시 화가 치밀어 올랐다. 아빠가 꿇은 무릎은 진정한 사과가 아니었다. 자기가 하고 싶은 일을 관철시키기 위한 수단일 뿐이다.

"알음아, 나와 봐."

한참 뒤 방에서 나가 보니 소파 위에 그 애, 다움이가 있었다. 교통사고로 죽은 미린이라는 여자의 어린 아들.

의식

소희의 장담대로 집 안은 어두침침했다. 여기저기 거미줄투성이에 먼지를 흠뻑 먹은 꼬락서니가 금방 귀신이 튀어나와도 이상할 게 없어 보였다.

"무섭다."

소희가 내 소맷자락을 움켜쥐었다. 겁쟁이 소희가 여기 들어왔다는 것만으로도 대단한 일이다. 귀신이 등장하는 시시한 영화도 무섭다고 안 보면서 말이다. 정말 그 남자애를 좋아하기는 하는 모양이다.

마룻바닥이 낡아 끽끽 이상한 소리를 냈다. 발을 디딜 때마다 소희는 몸을 움찔거리며 내 팔을 꼭 잡았다.

"여기가 집 한가운데쯤 되겠지?"

소희는 얼굴이 하얗게 질렸으면서도 의식에 대한 건 잊지 않고 있었다. 거실 한복판에 서서 천장을 올려다보는 용기도 냈다.

"이제 어떻게 하는 건데?"

"주문을 외우고 원하는 걸 생각하면 돼. 그럼 귀신이 찾아와서 계약을 해. 내 계약자가 되어서 소원을 이루어주는 거지."

"주문? 너무 만화 같다."

"왜? 분신사마 같은 건데 뭐."

"난 그것도 안 믿어. 세상에 귀신이 어디 있냐?"

소희는 화목한 가정에 언니들과의 소소한 다툼이 가정불화의 전부인 터라 진짜 힘들다는 게 뭔지 모른다. 배가 불러서 귀신 따위를 찾는 것이다. 나처럼 드라마에서나 나올 법한 현실을 만나게 되면, 나락으로 쿵 떨어지는 경험을 하게 된다면 주문을 외우는 놀이 같은 건 할 여유가 없을 것이다.

"나 무서우니까 옆에 있어주기나 해."

입술을 삐죽 내밀면서도 소희는 내 손을 꼭 붙잡았다. 눈을 지그시 감고 중얼중얼 주문을 외우기 시작했다. 세상에, 주문이라니. 마법 세상도 아니고 샤먼이 있는 시대도 아니고 도대체 왜 중학생 애들은 이런 걸 믿는 걸까? 열다섯쯤 되면 다 컸다고 하면서도 어이없는 귀신 소문들을 심심찮게 입에 올렸고, 게다가 반 이상은 믿었다. 마치 산타클로스를 믿는 어린애들처럼. 다들 현실을 지독하게 겪어봐야 정신을 차리려나. 나처럼 아빠가 어디서 어린

애를 데려와 맡기는 일이 생겨야 허황된 뜬소문에 휩쓸리지 않을 것이다. 다들 배가 불렀다니까. 말로만 자신이 불행하다고 떠들지 사실은 불행한 게 뭔지도 모르면서!

그 애만 없다면 조금이라도 숨통이 트일 것만 같다. 그 애가 존재하는 것 자체로 고통스럽다. 우리 집에서 없애버릴 수 있다면, 눈앞에서 귓가에서 사라지기만 한다면, 무슨 짓이든 할 수 있을 것만 같다.

순간 소희와 잡고 있던 손이 따끔했다. 갑자기 손이 뜨거워졌다고 할까, 정전기가 난 것 같은 기분이랄까. 놀라 소희를 보니 아무렇지도 않은 듯 눈을 감고 가만히 서 있었다. 주문을 다 외우고 소원을 빌고 있는 듯했다. 그런데 참 이상했다. 소희가 소희처럼 보이지 않았다. 무표정한 얼굴이 꼭 다른 사람처럼 보였다. 영혼이 빠져나간 아름다운 인형처럼 보이기도 했다. 소희가 귀엽다는 생각은 했지만, 아름답다고 생각하기는 처음이다. 정말 아름다워서 질투가 날 정도다.

"소희야……."

작은 소리로 불러보았지만, 소희는 미동도 하지 않았다. 굳어버린, 아니 꼭 죽은 사람 얼굴을 보는 것만 같았다. 나는 깜짝 놀라 머리를 흔들었다. 정신 차리자. 소희가 미신을 믿으니까 나까지 전염됐나.

친구라는 이유 하나만으로 여기까지 따라와 손까지 잡아주고 있는 내가 바보 같다. 빨리 집에 가버리고 싶다.

"이제 됐을까?"

드디어 소희가 눈을 떴다. 다행히 눈을 뜬 소희는 내가 알고 있는 얼굴로 돌아와 있었다. 분위기에 휩쓸려 내가 잘못 본 거였다. 나는 모든 의식이 잘되었을 거라고, 넌 충분히 잘했다고 비위를 맞춰주었다. 소희는 긍정적 대답을 들어서 기분이 좋아 보였다.

"가자!"

우리는 들어올 때와는 반대로 쏜살같이 밖으로 나왔다. 그런데 막 문을 나서려던 그때, 얼굴로 뭔가가 휙 감겼다. 순간 등줄기가 쭈뼛 섰다.

"엄마야!"

"꺄!"

내가 소리치자, 소희가 미친 듯이 비명을 질러댔다. 우리는 정신없이 마당을 가로질러 대문을 열고 밖으로 나왔다. 길거리에서도 우리는 멈추지 않았다. 큰길에 도착할 때까지 우리는 숨 고를 새도 없이 뛰었다.

"야, 뭔데?"

"몰라. 네가 먼저 소리 질렀잖아."

"얼굴에 뭐가 감겨서."

뒤늦게 얼굴을 쓸어내렸다. 손바닥에 한 움큼쯤 희뿌연 줄이 감겨 있었다.

"이게 뭐야?"

"우웩, 거미줄이잖아. 빨리 버려."

무엇인지 몰랐을 때는 놀라서 소름 끼치기만 했는데, 정체를 아니 기분이 더러워졌다. 입에도 거미줄이 들어가 있었다. 나는 바닥에 침을 퉤 뱉고 아무렇지도 않은 척 말했다.

"귀신 머리카락이 아닌 게 다행이지 뭐."

"홍알음! 소름 끼쳐!"

소희는 겁을 집어먹은 표정을 했다가 변덕스럽게 금세 히죽댔다.

"어쨌든 의식이 잘된 거 같아. 소원이 꼭 이루어졌으면 좋겠다."

"그래."

나는 억지로 웃어주었다. 내 속도 모르고 소희는 개운한 얼굴이었다. 반면 나는 거미줄을 먹어서인지 일그러진 얼굴이 쉽게 펴지지 않았다. 집에 가야 한다는 것만으로도 고통스러웠다.

집 안에는 아무도 보이지 않았다. 엄마도 나갔는지 작업을 하는 서재 문이 모처럼 활짝 열려 있었다. 안방과 서재를 들여다본 나는 마지막으로 내 방문을 열었다. 그런데 안에 누가 있었다.

"뭐야?"

"우리 딸 왔어?"

아빠와 그 애가 내 방에 있었다. 아빠는 내 고흐 도록을 그림책인 양 그 애에게 보여주고 있었다.

"안 돼. 내놔!"

나는 거칠게 도록을 빼앗았다. 몇 년 전 전시를 보고 나서 엄마가 사준 도록은 내 보물 1호였다. 한쪽 구석에 묻은 그 애 침을 손바닥으로 얼른 닦았다. 손바닥에 기분 나쁜 느낌이 스며들었다. 더러워.

"애 보여줄 만한 책이 없잖아. 그림 많은 책이 이것밖에 없더라고. 우리 딸 화났어? 아빠가 미안해. 용돈 줄까?"

아빠가 일어서서 지갑을 찾았다. 진짜 문제가 뭔지 핵심조차 파악하지 못한 아빠에게 화가 치밀었다.

"당장 데리고 내 방에서 나가. 아니. 이 집에서 나가!"

"알음아……."

아빠가 마지못해 그 애를 안아 올렸다. 그 애를 안다니. 지금 내 앞에서 그 애를 안다니. 몸속이 뜨거워졌다. 구토가 치밀고 욕지기가 일었다. 목에 이물감이 들었다. 아까 입에 들어간 거미줄이 목에 걸린 것일까.

퉤.

더 참지 못하고 방바닥에 침을 뱉었다. 아빠가 놀란 얼굴로 나를 바라봤다.

"뭐가?"

나도 모르게 말이 툭 튀어나왔다. 아빠는 당황했는지 허둥지둥 그 애를 데리고 방에서 나갔다. 마치 내 입에서 더 심한 말이 튀어나올까 봐 도망치는 것 같았다. 의도한 것은 아니지만, 좀 통쾌한 기분이 들었다. 어쨌거나 아빠는 내 눈치를 봐야 하는 사람이다. 야단을 칠 자격이 없다.

그나저나 속이 계속 니글거렸다. 목에 걸린 이물감은 아무리 삼키려고 해도 삼켜지지 않고 제자리를 맴돌았다. 찐득한 침이 방바닥에 들러붙어 나를 지켜보고 있었다. 마치 내가 한 짓을 보라는 듯이. 아무리 목이 답답했다고 해도 갑자기 침을 뱉다니 나답지 않은 행동이었다. 그것도 방바닥에 침을 뱉다니.

휴지를 뽑아 대충 닦고 나니 온몸이 찌뿌둥해졌다. 저녁 식사 전이었는데도 배고픔보다 졸음이 먼저 밀려왔다. 잠시 침대에 몸을 누이고 소희와 빈집에 갔던 일을 떠올려보았다. 소희와만 할 수 있는 엉뚱한 짓이어서 실소가 나오기도 했지만, 거미줄 때문에 온몸에 소름이 돋았던 느낌은 지워지지 않았다.

"아앙!"

거실에서 그 애가 목청껏 사이렌을 울렸다. 지겨워. 나도 조용히 참아내고 있는데 도대체 왜? 베개에 얼굴을 묻고 이불을 뒤집어썼다. 사이렌 소리가 조금 작아졌다. 이럴 바에는 친자 확인 검사라는 걸 해보는 게 나았지만 엄마는 결과를 두려워했다. 게다가 어떤 결과가 나오더라도 아빠는 뻔뻔하게 그 애를 맡길 것이고, 우리 기분만 피폐해질 뿐이다. 다른 사람에게 잘하기 위해서 가족이 희생해야 한다는 논리는 누가 봐도 불합리하다. 이번 일은 유기견 센터에서 데려왔던 강아지와는 비교할 수조차 없다. 그러나 아빠는 그 애가 잠시 보살펴야 할 강아지인 양 굴었다.

아빠는 그 여자는 그런 여자가 아니라고 말했다. 자신을 사랑한 게 아니라 정말 가족처럼 의지했을 뿐이라고. 자신은 그 여자에게 친구이자 오빠였을 뿐이라고 변명해주었다. 강원도 어딘가에서 만삭인 상태로 쓰러진 것을 아빠가 병원에 데려다주면서 인연이 시작된 것이라 했다. 가련하고 박복한 그 여자.

혼자 낳아 키우던 애를 아파트 1층 어린이집에 맡겨두고 아빠가 구해준 직장에 출근을 하다가 죽은 여자, 정미린. 아빠는 그래서 자신에게 책임이 있는 것이라 했다. 책임과 죄책감. 머리로는 이해가 되지만, 가슴으로 받아들이기 힘든 사연이다.

아, 몸이 녹아내리고 있었다. 나는 침대 안으로 한없이 빨려 들어갔다.

어둠 속에 누군가 서 있었다. 그런데 내가 누군가라고 생각했을 뿐, 도저히 인간으로 보이지 않는 그림자다. 미로 감옥에 갇혀 있던 미노타우로스가 떠올랐다. 거대한 머리와 털이 난 몸이 흡사 괴물처럼 보였다.

나는 계약자다.

목소리는 동굴 속에서 들리듯 왕왕 울렸다. 정말 괴물이 소리 내어 말해 내가 귀로 들은 것인지, 내 머릿속에서 울리는 것인지 헷갈렸다.

"계약자요?"

어둠 속에서 상대가 쑥 튀어나왔다. 비명을 지를 새도 없이 내 눈앞까지 뻗어왔다. 눈앞에 찐득찐득한 타액이 흐르는 검붉은 덩어리가 있었다. 얼굴이 분명한데, 얼굴처럼 보이지 않았다. 누군가 마구 뭉개놓은 것 같다. 어디가 눈이고 어디가 입인지 구별할 수가 없다. 숨조차 쉴 수 없다. 숨을 들이쉬는 순간 괴물의 얼굴이 내 코로 쑥 빨아들여질 것만 같다.

으으으으.

괴물이 내 코앞에서 이상한 소리를 내었다. 우는 것처럼 들렸으나 딱히 우는 것처럼 보이지는 않았다. 그러나 묘하게도 뭉개진 덩어리가 웃는 것처럼 보였다. 그렇다. 괴물은 웃고 있었다.

왜?

나는 너로 인해 자유를 얻을 것이다.

나? 내가 무엇을 했기에?

얼굴이 쑥 올라가 천장에서 나를 내려다보았다. 목이 길어졌나 싶었으나 자세히 보니 몸을 일으킨 것이었다. 괴물은 천천히 몸을 폈다. 하나둘. 접어두었던 다리가 하나씩 펴지더니 움츠렸던 몸이 몇 배는 거대해졌다. 여덟 개의 다리와 동그란 몸통. 온몸과 다리에 털이 부숭부숭했다.

거미?

보려는 대로 보이는 것이다.

거미인지 괴물인지가 다시 말했다. 어디선가 고약한 냄새가 코를 찔렀다. 하수구 냄새 같기도 하고 음식쓰레기 냄새 같기도 한 지독한 냄새. 내 머리로 뭔가 차가운 것이 툭 떨어졌다. 찐득찐득한 액체가 머리카락에 들러붙었다. 거미의 뭉개진 얼굴이 녹아내리고 있었다. 뚝. 뚝. 놀라 자리를 피하려 했지만, 꼼짝도 할 수 없었다. 나는 분명히 내 침대에 누워 있었는데, 몸은 내 몸이 아닌 것처럼 굳어 있었다.

"그만해!"

얼굴 같지 않은 얼굴이 갑자기 가로로 길게 찢어졌다. 그리고 히죽 웃었다. 분명 웃고 있었다.

으악.

소리 없는 비명을 지르며 깨어났다. 온몸이 축축했다. 혹시나 해서 머리를 만져보았지만, 찐득찐득한 느낌은 없었다. 역시 꿈이었다. 거지 같고 기분이 더러운 꿈이었다.

"알음이 뭐하니?"

밖에서 엄마가 불렀다. 저녁 먹을 시간이었다. 거실로 나가 보니 아빠는 없고 그 애만 있었다.

"아빠는?"

"갔어."

엄마는 아빠 스스로 간 것이 아니라 자신이 내쫓아버렸다는 듯이 말했다. 마감을 끝냈어도 여전히 시든 꽃처럼 보였다. 늘 하던 대로 일을 마치면 한동안 쉬면서 다시 생생한 꽃으로 돌아가곤 하던 엄마였다.

거실 탁자 위에는 쇼핑백과 비닐봉지가 잔뜩 있었다. 마치 백화점을 털어온 것 같다. 엄마가 드디어 아빠에게 받은 스트레스를 다른 엄마들처럼 쇼핑으로라도 풀 수 있게 되었나 싶어 내심 반갑다.

가까운 곳에 놓인 쇼핑백을 열었다. 안에는 아이 옷이 들어 있었다. 한 벌도 아니고 열 벌은 되어 보였다. 거칠게 다른 쇼핑백을 뒤집었다. 아이 신발, 장난감, 어린아이가 먹을 만한 음식과 과자, 마지막 봉투에는 그림책이 들어 있었다. 아빠가 그토록 보여주고 싶다던 그림책. 인성그림책, 숫자그림책, 한글그림책, 영어그림책까지. 침이 덕지덕지 묻은 내 고흐 도록이 떠오르면서 화가 치밀었다.

"엄마!"

엄마는 의외로 담담한 얼굴이었다. 진실이 무엇이든 이건 아니다. 그 애를 받아들이다니.

"엄마, 얘는 주인 없는 강아지가 아니야."

"알음아, 쟤 잘 봐봐. 아빠랑 닮았니?"

엄마는 작은 머그컵에 침을 잔뜩 묻히고 있는 그 애를 가리켰다. 나는 처음으로 그 애 얼굴을 뜯어보았다. 눈, 코, 입, 귀까지.

"나 하루 종일 저 애 얼굴만 봤어. 그런데 아무리 봐도 네 아빠를 닮은 데가 있어야지."

정말 그랬다. 이상하리만큼 아무 곳도 닮지 않았다. 남이라 해도 비슷해 보이는 데가 있기 마련인데, 그 의심도 수치스럽다는 듯 철저히 안 닮았다.

"어려서…… 아직 아기라서 그럴 수도 있잖아."

"그래서 네 아빠 어릴 때 사진이랑, 네 사진까지 다 비교해봤어. 그런데 아니야. 엄마가 눈썰미가 얼마나 좋은지 알지?"

할 말이 없었다. 엄마는 아빠를 믿고 싶었는지 모른다. 그래서 결론을 내린 것이다. 엄마도 검사니 뭐니 생각하지 않았을 리 없다. 그저 나와 똑같은 이유 때문이다. 진짜라는 결과가 나올까 봐 겁이 나는 것이다. 검사 결과가 어떻든 당분간 저 애가 갈 곳이 없다는 사실은 변하지 않았다. 어차피 보낼 곳이 없다면 차라리 아빠와 상관없다고 믿는 편이 우리 모녀에게 편했다.

한 달.

어차피 아빠가 정한 기한은 딱 한 달이었다. 한 달 동안 미치지 않기 위해 참아야 한다.

"으! 이거 뭐야?"

평소처럼 소파 테이블 위를 짚었다가 차갑고 미끄러운 느낌에 소름이 끼쳤다. 손바닥에 찐득한 침이 들러붙어 있었다. 아까 내 방에서 내가 뱉었던 침처럼 보였으나 테이블 위의 것은 그 애의 것이었다. 그 애는 뻔뻔하게 내 손바닥을 바라봤다. 불현듯 악몽이 떠올랐다. 더럽고 추악한 악몽을 난생처음 꾸었다. 꿈속에서 녹아내리던 괴물의 얼굴이 떠올랐다.

그 애의 짐 정리를 하는 엄마 등짝을 보는데 불안이 밀려왔다. 악몽은 이제부터가 시작인지 모른다는 불안감.

별것 아닌 녀석

소희가 짝사랑하는 남자애는 멍청이다. 어느 날 학교에 오자마자 소희가 풀어낸 이야기는 믿기 힘들 만큼 멍청했다.

"나, 운명을 만났어."

그날 소희는 아침부터 엄마와 싸우고 울었다. 날마다 하는 반찬 투정이었으므로 울 일이 아니었지만, 언니들이 소희에게 한마디씩 하며 철이 없다는 식으로 비웃은 것이 발단이었다. 소희는 평소에도 언니들이 자기 말을 들어줄 생각을 안 하고 무시하기만 한다고 한탄하곤 했다.

어쨌든 소희는 눈이 퉁퉁 부은 꼬락서니로 학교에 갈 수 없었다. 반 남자애들에게 잘 보이고 싶은 마음은 참새 눈곱만큼도 없지만, 그 말이 별로인 모습을 보여도 된다는 말은 아니었다. 소희는 치밀하게도 옷 입는 시간 동안 냉동실에 숟가락을 넣어 얼렸다. 그리고 대담하게 얼린 숟가락 두 개를 눈두덩에 번갈아 대면서 학교로 걸어갔다. 쌍꺼풀이 사라질 정도로 부은 눈보다는 그게 나았던 것이다. 그러다가 길거리에서 한 남자애와 마주쳤다.

"뭐야, 울트라맨이냐?"

"뭐? 그게 뭔데?"

놀란 소희는 숟가락을 떼고 그 남자애를 봤다. 그런데 놀랍게도 그 남자애는 소희 마음에 쏙 들었다.

이 유치한 영화 같은 사연을 들은 나는 이렇게 감상평을 했다.

"그래서?"

"그래서라니! 이건 대단한 일이라고!"

뭐가 대단한 일인지는 모르지만, 소희 얼굴은 깜짝 놀랄 만큼 상기되어 있었다.

"울트라맨이 뭔지 설명을 해줬는데, 내가 잘 모르겠다고 하니까 내일 우리 학교 앞으로 가져와서 보여준대."

"다른 학교 애야?"

"응, 옆 학교. 걔도 3학년. 이름도 되게 멋있어. 신율."

"신율? 성이 신? 그럼 한 글자 이름?"

소희 눈이 아직도 부어 있지 않았더라면, 숟가락 두 개를 들고 있지 않았더라면, 나는 지어낸 이야기라고 생각했을지 모른다. 그만큼 소희 이야기 속의 율은 완벽하고 멋있었으며 유머도 있었고 귀여웠다.

그러나 다음 날, 율이라는 애가 우리 학교 담벼락 앞으로 찾아왔을 때 나는 크게 실망했다. 율은 '진짜 진짜 잘생기고 멋있지' 않았다. 전혀. 그냥 우리 학교에만 해도 닮은 애가 몇 명 있을 법한 평범한 애였다. 키도 얼굴 크기도 정확히 평균일 것 같은 애.

평균 남자애는 소희를 보자마자 인사도 없이 다짜고짜 책가방에서 인형 같은 걸 꺼냈다. 눈에 숟가락을 엎어놓은 것처럼 보이는 울트라맨 인형.

"와, 진짜 똑같다."

소희는 정확한 비교를 위해서 챙겨온 숟가락으로 어제처럼 양쪽 눈을 가렸다. 둘이 아주 똑같은 족속이었다. 나는 참다 참다가 웃음을 터뜨렸다. 소희와 율이 동시에 눈을 동그랗게 뜨고 바라봤다. 민망해진 나는 괜히 울트라맨을 만지작거렸다.

"웬 인형이야?"

"넌 피겨도 모르냐?"

율이 퉁명스럽게 쏘아붙였다. 소희와 마주 보며 희희낙락하다가 갑자기 표정을 싹 바꾸었다. 꼭 내가 자신을 공격이라도 했다는 듯이 맞받아쳤다. 내가 웃어서 기분이 나빴나? 속 좁은 놈이다.

"미안해, 율아. 알음이는 이런 거 잘 모르거든."

소희가 대신 사과하며 애교가 섞인 웃음을 지었다. 나를 변명해주느라 하는 말인 건 알지만, 기분이 나빠졌다. 자기도 피겨 같은 거 잘 모르면서. 꼭 둘이서 짜고 나를 골탕 먹이는 기분이 들었다. 율은 다시 밝은 얼굴로 돌아가 소희 쪽으로 손가락 열 개를 쫙 폈다.

"피겨 열 개 모았다고? 대단하다."

소희가 요란을 떨었다. 열 개가 뭐가 대단해? 피겨도 모르냐고 쏘아붙일 때는 대단한 수집가라도 되는 것 같더니만.

"아니. 십만 원이라고."

"이게?"

소희는 율 말에 무조건 맞장구치는 것도 잊은 채 입을 벌렸다. 그런데 율의 다음 말은 더 놀라웠다.

"십만 원이면 싼 거야. 게다가 넌 특별가로 쳐주는 거야."

"팔려고 가져온 거야?"

소희가 꽤나 실망했다. 나도 한마디 끼어들고 싶었지만, 또 공격을 받을까 봐 가만히 있었다.

"이거 마음에 안 들면 딴 것도 우리 집에 많아. 어떤 게 좋은데? 귀여운 여자애나 동물 피겨도 있어. 말만 해. 보여줄 테니까. 아, 그냥 아예 오늘 우리 집에 갈래? 와서 골라도 돼."

"너 장사꾼이구나?"

보다 못해 한마디 하고 말았다. 이번 말에도 날카롭게 굴 줄 알았던 율이 내 쪽을 돌아보고 씩 웃었다. 장사꾼임을 인정하는 웃음이었다. 그런데 어딘지 모르게 웃음이 가짜처럼 보였다. 뭔가

툭 빠져 있는 듯한 웃음. 뭐지?

율은 프린트해서 만든 명함 한 장을 쥐여주고는 자기 학교로 돌아갔다.

"재 뭐야?"

내가 기분 나쁜 표정을 지으며 명함을 노려보자, 소희가 재빨리 명함을 낚아채갔다. 마치 내가 구겨버리기라도 할 것처럼.

"아싸, 번호 알아냈다!"

"넌 저 이상한 애가 좋아?"

"진짜 멋있지 않니? 학교에나 겨우 다니는 한심한 남자애들과 달리 벌써부터 장사해서 미래를 준비하잖아. 착실한 거지."

소희의 특이한 생각 전개에 어이가 없었다. 내가 보기에는 정말 이상한 애로밖에 안 보였다. 명함에는 이렇게 쓰여 있었다.

피겨 판매

다양한 피겨 판매합니다.

레어 아이템 다량 구비

뒷면에 이름과 전화번호가 적혀 있었다. 명함을 보니까 더 이상한 애라는 생각이 들었지만, 소희는 명함을 뚫어져라 보고 또 보았다. 그리고 자신의 보물 1호라며 지갑 속에 고이 넣었다. 나는 초등학생 때부터 수없이 많이 바뀌는 소희의 보물 1호들을 아는 터라 대수롭지 않게 여겼다. 작은 구슬을 시작으로 싸구려 목걸이, 예쁜 색 볼펜, 내가 쓴 편지 등등. 소소한 물건들이 보물 1호 타이틀을 거쳐갔기 때문이다.

그런데 이번에는 좀 다른 것 같긴 하다. 율의 명함은 꽤 오랫동안 보물 1호 자리를 차지하고 있었고, 사랑을 이루고자 용감하게 빈집에도 뛰어들었으니 말이다.

"빨리 하자."

학교 끝나고 교실에 남았다. 소희는 빈집에서 계약이 잘 이루어지지 않은 것 같다며 투덜댔고, 다른 의식을 해야 한다고 고집을 부렸다. 십만 원을 모아야 율에게 자연스럽게 연락할 명분이 생긴다던 소희는 아직도 돈을 모으지 못했다. 사실 돈을 모을 생각이 있었다면 씀씀이를 줄였어야 하지만, 소희는 계약 탓만 했다. 계약? 계약이라는 말을 듣는 순간 중요한 사실을 잊고 있다는 기분이 들었다. 그게 뭘까?

"수업이 끝난 학교에는 영험한 기운이 있어서 교실에서 하는 게 훨씬 더 잘돼."

"그건 또 무슨 논리냐?"

"왜 학교에는 늘 괴담이 떠도는 건데? 그리고 옛날에 무덤가 아니었던 학교가 없잖아."

이상한 논리를 더 듣고 있느니 빨리 의식을 도와주는 게 나았다. 결국 소희는 이걸 꼭 할 것이기 때문이다.

소희는 내가 도망이라도 갈까 봐 재빨리 빨간 볼펜을 쥐여주었다. 언니에게 비법을 전수받은 게 있다며 자신만만해했다.

"넌 가만히 있기만 하면 돼."

소희는 내 손을 꼭 맞잡았다. 만날 자기 언니들이 싸가지가 없다고 흉을 보면서도 중요한 순간에는 언니들 말을 신뢰했다. 무슨 결정을 내릴 때 큰 역할을 하는 건 언니들의 경험이었다. 나는 맞잡은 우리 손 사이에 덩그러니 있는 빨간 볼펜을 바라보았다.

"네가 할 일은 볼펜이 안 떨어지게 가만히 있는 거야. 그리고 내가 주문을 세 번 외우면 숨을 참아. 내가 귀신에게 말을 걸면 다시 숨 쉬어도 돼."

"알았어. 지금 같은 말을 몇 번이나 하는 거야."

하얀 연습장 위에 우리 두 손이 놓였다. 소희가 신호를 하자, 나는 눈을 감았다.

"분신사바 분신사바……."

주문을 외우는 목소리가 평소 소희 같지 않았다. 지나치게 차분하고 가라앉은 목소리. 빈집에서도 이랬던 것 같다. 바로 옆에서가 아니라 어딘가 먼 곳에서 나는 것 같은 목소리. 나는 혹시 다른 사람과 손을 맞잡고 있는 것 아닐까?

"분신사바 분신사바……."

몸에 소름이 돋았다. 이제 정말 소희 목소리 같지 않았다. 누군가 소희인 척하고 내 앞에 있는 것 같았다. 눈을 뜰 수 없었다. 갑자기 저번에 꾼 꿈이 떠올랐다. 계약. 의식. 속에 턱 걸리던 것이 그것이었다. 꿈속에서 보았던 거미 같은 괴물. 녹아내려 뚝뚝 떨어지던 괴물은 분명히 '계약'에 대해 말했다.

"분신사바……."

소희 목소리가 끝나기 무섭게 숨을 꾹 참았다.

"오셨어요?"

소희가 물었다. 이제야 제 목소리로 들렸다. 눈을 떠도 됐다. 하지만 도저히 눈을 뜰 수 없었다. 눈을 떴을 때 꿈속에서 보았던 괴물 얼굴이 눈앞에 버티고 있을 것만 같았다. 망설이는 사이에 소희가 작게 비명을 질렀다.

눈을 떴다. 소희는 놀란 눈으로 손을, 아니 볼펜을 보고 있었다.

"이게 뭐야?"

동그라미 비슷한 점 옆에 빨간색으로 작은 가위표가 그려져 있었다. 볼펜이 움직이는 건 느끼지 못했다. 악몽을 떠올리느라 느낄 새도 없었다. 그러나 정말 작았지만 가위표시가 확실했다. 거미괴물이 녹아내릴 때 느꼈던 찐득한 기분 나쁨이 온몸을 타고 재생되었다. 얼른 펜을 놔버렸다.

"야, 손을 떼면 어떻게 해?"

"네가 그런 거 아냐? 나 눈감고 있을 때 그런 거 아니냐고?"

"너 때문에 다 망했어. 귀신을 제대로 보내줘야 하는 거란 말이야. 이런 식으로 대충 끝내면 재수 없다고!"

소희가 가방을 챙겨 혼자 일어섰다. 이건 진짜 삐친 것이다. 소희는 늘 이랬다. 입안의 혀처럼 굴다가도 자기 기분이 틀어지면 내가 먼저 사과하고 맞춰주길 바랐다. 그런데 오늘은 밑도 끝도 없이 좀 과하다 싶었다.

나는 무심코 빨간 볼펜을 챙기다가 도로 내려놓았다. 소희가 한 마지막 말이 떠올랐기 때문이다. 믿는 건 아니지만, 괜히 재수 없게만 느껴졌다.

"소희야."

나는 볼펜을 휴지통에 던져버리고 소희를 따라갔다.

내 예상대로 소희는 계단참에 서서 나를 기다리고 있었다. 잔뜩 부은 얼굴로.

평소대로라면 내가 먼저 미안하다고 말해버리고 풀 일이었다. 소희가 삐치는 일은 늘 별일도 아니었고 대부분의 경우 나는 그냥 넘어갈 수 있었다. 그러나 이번만큼은 먼저 사과하기 싫었다. 내가 아무 말도 안 하니까 소희가 내 눈치를 보다가 어려운 듯 입을 뗐다.

"그냥 속상해서 그래."

소희는 대답이 마음에 안 든 거였다. 불길하게 보였던 가위표시는 질문에 대한 대답이었다. '율과 잘 될 수 있을까?'에 대한 대답.

"넌 뭘 이런 걸 믿어? 그냥 가자."

"그렇지? 미신인데. 괜히 시간 낭비했다. 그치? 우리 배고픈데 떡볶이 먹으러 갈래? 내가 쏠게."

소희는 전혀 개운하지 않은 얼굴로 밝은 척했다.

"너 십만 원 모은다며? 사도 돼?"

"아, 몰라. 몰라. 그냥 나중에 산다고 하고 보여달라고 연락해보자. 혹시 싼 거 있을지도 모르잖아. 내가 연락하면 이상하니까 네가 해."

"내가 왜 해?"

"알음아, 응? 우린 베프잖아. 그런데 전화 한 통 못 해줘? 응? 응?"

나는 하는 수 없이 소희에게서 명함을 받았다. 방금 전 먼저 사과하기 싫었던 것이 내심 마음에 걸렸다. 소희가 악몽을 꾸게 만든 것도 아닌데 비록 잠깐이었지만 밉고 싫다는 감정이 들었다.

컬러링 하나 없이 무미건조한 신호음이 울렸다. 그런데 별 이유 없이 떨렸다. 뭐라고 말해야 하지? 물건 좀 보겠다고 해야 하나? 나를 보고 정색하며 쏘아붙이던 율 얼굴이 떠올랐다.

나는 휴대폰을 도로 닫았다.

"왜?"

"이따 집에 가서 걸게. 눈치 못 채게 하려면 좀 그럴듯하게 말해야 하잖아. 좀 생각해서 전화 걸려고."

"역시 홍알음은 신중해. 나랑은 차원이 다르다니까."

"그래, 이따 통화하고 알려줄게."

소희는 유치하게 새끼손가락까지 걸고 나서야 집으로 가는 갈림길에서 나를 놓아주었다. 전화를 걸면 무슨 말을 해야 할지 생각해보았다. 소희에게 남자친구가 생기는 건 내키지 않았지만, 율 같은 애라면 어쩐지 나쁘지 않았다.

집에 도착하자마자 나는 엄마 것이 아닌 여자 신발을 발견했다. 약간 비스듬히 벗어져 있는 모양새가 눈에 익었다.

"할머니?"

"알음이 왔냐?"

내 방에서 할머니가 나왔다. 할머니는 그 애를 안고 있었다.

할머니는 시골에 살지만, 일명 신세대 할머니다. 뽀글이 펌이 촌스럽다고 날마다 드라이를 해야 하는 머리를 하고, 시골 할머니들을 선동해서 물 좋고 공기 좋은 데는 다 놀러 다닌다. 농사도 지겹다면서 딱 혼자 먹을 만큼만 짓는다. 농사지은 걸 보낸다든가 김치를 담가 보내는 일은 절대로 없다. 원래 할머니는 서울에 살다가 귀농했다. 서울에서 늙은이라고 무시받기 싫어서 평균연령이 높은 시골 마을로 이사를 했다. 그곳에서 할머니는 아름다운 전원주택을 짓고 작은 개 여섯 마리를 기른다. 소원대로 마을 회관에 모이는 노인 중에서 막내이다.

나는 어렸을 때 일하는 엄마 아빠와 떨어져 할머니 집에 가서 살았다. 그때 할머니는 나를 늘 강아지라고 불렀다. 그런데 무슨 큰일이 아니고서야 친히 여기까지 올 할머니가 아니다. 아무리 기억을 더듬어도 오늘은 특별한 날이 아니었다.

"할머니이이~."

나는 어리광을 부리며 할머니에게 다가갔다. 엄마 아빠에게도 안 나오는 어리광이다. 내가 유일하게 어린애처럼 굴 수 있는 사람이 할머니이다. 하지만 할머니는 그 애를 안고 있어서 나를 안아줄 수가 없었다.

"말만한 계집애가 왜 이래? 다움이 봐줄 사람이 없다며? 그래서 왔다."

구구절절 설명할 것도 없이 할머니는 그 애에 대해 이미 알고 있었다. 엄마 아빠 전화도 귀찮다고 잘 안 받는 사람이 어떻게 알았으며 여기까지 올 생각을 어떻게 했는지 놀라웠다. 유기견이 우리 집에 왔을 때도 지금도 집에 개가 넘쳐나니 절대로 강아지를 데려갈 수 없다고 차갑게 굴던 할머니였다.

할머니는 그 애가 귀한 아이라도 된다는 듯 뚫어져라 바라봤다. 뭐가 그리 좋은지 얼굴에서 웃음이 떠나지 않았다. 십년 전까지는 그 자리에 내가 있었다. 초등학교 입학 때문에 엄마가 프리랜서로 일을 전환하고 나를 서울로 데려올 때까지 그 사랑은 온전히 내 몫이었다. 불쑥 질투가 솟았다.

"아유, 고추를 달고 나와서 그런지 알음이랑은 또 다르네."

내가 아는 신세대 할머니는 그렇게 고리타분하고 구식인 대사를 서슴없이 내뱉고 있었다. 그것도 나와 비교까지 하면서. 꼭 드라마에 나오는 어이없는 막장 할머니 같은 대사였다. 나는 귀를 막고 방으로 들어왔다. 소희가 메시지를 보내왔다.

쏘이 - 전화 해봤어? 아, 궁금 궁금.

통화를 할 기분이 아니었다.

알음알음 - 미안. 생각해보니까 내일 걔한테 직접 말하는 게 나을 것 같아.

별것도 아닌 전화인데도 이상하게 신경이 쓰였다. 엄마, 아빠, 그 애, 할머니. 주위 사람들 모두 마음에 들지 않았다. 소희와 소희가 좋아하는 남자애까지도. 나는 소희가 전화를 걸어 징징대기 전에 서둘러 전화기 전원을 껐다.

꼬이다

율네 학교 앞에서 서성이는 건 온전히 내 몫이었다. 소희는 아주 멀리 떨어져 골목길에 몸을 숨기고 나를 감시했다. 일의 진행이 어떻게 되어가는지 알고 싶은 건 이해했지만, 나는 소희의 아바타라도 된 기분이었다. 내 주관과는 상관없이 꼭두각시처럼 조종당하고 있었다.

이 상황에서 벗어나고만 싶어 조바심이 일었다. 그러나 좀처럼 율은 보이지 않았다. 또 어디에서 영업이라도 하느라 바쁜 건 아닌지 슬그머니 걱정이 되었을 때 누군가 내 어깨를 툭 쳤다.

"어? 고객님, 저 찾아오셨습니까?"

율이 능청스럽게 먼저 알은체를 했다. 내내 기다려서인지 얼굴을 보는 순간 나도 모르게 반가운 마음이 일었다. 걱정과는 달리 나를 싫어하는 것 같지 않았다.

"저기, 물어볼 게 있어서."

"고객 문의는 언제나 환영입죠."

"음, 토요일에…… 뭐해?"

"응?"

아차. 내 말을 되새겨본 뒤에야 아주 크게 잘못되었다는 걸 깨달았다. 주말에 뭐하냐고 묻다니, 꼭 데이트 신청이라도 하려는 수줍은 소녀 같은 대사였다.

"아니, 그게 아니라 토요일에 물건 좀 볼 수 있나 해서."

"아하."

역시 오해를 샀다. 얼굴이 뜨거워졌다.

"그러니까…… 소희가! 내 친구 소희가 본다는 거야."

소희가 자기 얘기는 아예 하지 말라고 했지만, 어쩔 수 없었다. 율은 개의치 않는 것 같았다.

"두 시에 여기로 와."

율은 명함을 주었다. 저번과는 다른 명함. 도대체 명함이 몇 개나 있는 걸까? 이번 명함에는 집주소가 적혀 있었다. 소희가 가지길 원한 걸 얻어냈다.

"이리 줘봐."

율이 가자마자 어디선가 소희가 튀어나왔다. 소희는 번개같이 내 손에서 명함을 낚아채갔고, 나는 눈앞에서 과자를 빼앗긴 어린아이처럼 놀라 보고만 있었다. 어쩐지 내가 얻은 보물을 소희가 거저 가져간 것만 같아 기분이 나빴다. 재주는 곰이 부리고 돈은 누가 챙긴다더니.

"잘했어. 내 얘긴 안 했지?"

"어차피 걔도 너랑 오는 거 알 텐데, 뭐."

자기 얘기를 한 걸 알면 소희가 또 징징될 터였다. 신이 난 소희는 더 캐묻지 않았다. 토요일에 무슨 옷을 입고 가야 할지 떠드느라 바빴다. 돈이 없다고 징징거릴 때는 언제고 오늘 당장 새 옷 쇼핑을 가자며 계획을 세웠다. 소희의 연애는 술술 잘 풀려가고 있었다. 내 주변이 온통 칙칙한 밤인 것과는 너무 달랐다. 내가 소희를 도와주었다는 게 뿌듯하기보다 억울하게만 느껴졌다.

"아이고, 우리 다움이."

할머니가 그 애를 안아 올렸다가 내렸다가를 반복했다. 나는 어이가 없어서 책가방도 내려놓지 않고 서서 그걸 봤다. 언제까지 그러나 두고 보자는 식으로. 할머니는 내게 학교 잘 다녀왔냐는 말도 건네지 않았다. 팔이 아프지도 않은지 그 애에게 열중했다. 그 애는 눈 하나 깜빡하지 않고 가만히 있었다. 동그란 눈동자는 먼 곳에 고정되어 있었다. 무슨 생각을 하고 있는지 알 수 없는 눈. 어린아이답지 않은 표정.

엄마는 서재에 들어가 문을 꼭꼭 닫고 작업 중인 듯했다. 이 꼴을 안 보는 게 다행이다.

"할머니, 그만 좀 해."

"내가 뭘?"

할머니는 별말 안 했지만, 사실 그 애가 아빠 아들이라고 굳게 믿고 있었다. 얼굴만 안 닮았지 손발이며 뭐고 다 아빠 어릴 때를 쏙 빼닮았다고 중얼거리는 소리를 들었다. 아기가 다 그렇게 생긴 걸 할머니는 모르는 것처럼 굴었다.

더는 볼 수가 없어서 결국 방으로 들어왔다. 그런데 방 한가운데 내 고흐 도록이 펼쳐져 있었다. 심장이 쿵쾅쿵쾅 무섭게 뛰었다. 불길함을 내 머리보다 가슴이 먼저 눈치챈 것이다. 예감. 무슨 일인가 일어났다. 펼쳐진 페이지는 〈별이 빛나는 밤〉이었다. 내가 좋아하는 〈별이 빛나는 밤〉 그림 위에 온통 검은 크레파스로 줄이 그어져 있었다.

"악!"

어디선가 비명이 터져 나왔다. 나도 모르는 새에 내가 내지른 것이다. 이번에는 가슴이 먼저 알고 비명을 뱉어냈다. 미친. 이게 어떤 건데.

거실로 나갔다. 할머니는 없고 그 애가 소파 곁에 서서 멀뚱히 올려다보았다. 자기는 아무것도 모른다는 멍청한 얼굴이다. 그 애를 잡았다. 샅샅이 뒤진 끝에 그 애 손톱 밑에서 검은색 크레파스 흔적을 발견했다. 예상대로였다.

"너 미쳤어? 왜 그랬어?"

그 애를 흔들었다. 마치 엄마 자동차 뒷좌석에 있는 고개를 까딱이는 인형처럼 그 애 목이 까딱거렸다. 아이가 아니라 인형 같다. 내 힘에 따라 흔들거리던 그 애가 엉덩방아를 찧었다. 작게 쿵 소리가 났다.

"우에에엥."

녀석이 울기 시작했다. 뭘 잘했다고 우는 건지. 할머니가 어디선가 튀어나왔다.

"뭐야?"

우에에에에엥.

그제야 녀석 울음이 사이렌으로 들리기 시작했다. 경보였다. 나를 옥죄어 오는 경보. 머리가 조여와 터질 것 같았다. 더 생각할 것도 없이 밖으로 뛰쳐나갔다. 복도까지 그 애 울음이 따라왔다. 저리 꺼져. 오지 마.

우에에엥.

경보기가 내 뒤통수에 붙기라도 한 듯 따라왔다. 멀리멀리 도망가더라도 어디에서나 족쇄처럼 따라붙을 것 같았다.

번쩍하고 정신이 났다. 도대체 내가 지금 뭘 하는 거지? 왜 도망가는 거지? 여기는 우리 집이다. 할머니도 그 애도 원래대로라면 이 집에 사는 식구가 아니다. 내가 진정한 이 집 가족이다.

그대로 뒤돌아 집으로 들어갔다. 그 애를 달래는 할머니를 뒤로하고 내 방으로 들어가 고흐 도록을 가지고 나왔다. 할머니 눈이 그 애가 한 낙서에 가 멎었다.

"재가 이래 놨어!"

"그게 중요한 거면 네가 잘 뒀어야지! 자기가 간수 못한 걸 어디 애한테 떠넘겨?"

할머니는 그 애를 혼냈어야 했다. 그랬다면 내 속에서 끓고 있던 분노가 조금이라도 가라앉았을 것이다. 그러나 할머니는 낙서를 한 건 그 애임을 인정하면서도 잘못은 나에게 떠넘겼다. 어디서 그런 논리가 있을까?

나는 망연자실하여 꽉 닫힌 서재 방문만 바라봤다. 엄마는 이 난리를 다 듣고 있을 텐데, 문을 여전히 닫고 있었다. 암묵적인 동의일까, 아니면 그저 이 일에 관여하고 싶지 않은 걸까. 애꿎은 엄마까지 미워졌다. 내 편은 하나도 없다.

우리 집이 갑갑하다. 사방에서 나를 눌러 터트리려 한다. 다 저 애가 이 집에 있어서다. 저 애가 오기 전까지만 해도 우리 집은 행복한 편이었다. 여유롭고 평화로웠다.

"할머니는 걔가 그렇게 좋아? 그럼 데려가서 살아. 왜 남의 집에 와서 귀찮게 해?"

할머니는 당황한 표정을 지었다. 애를 봐준다는 보기 좋은 명목으로 남의 집에 들어온 침입자. 엄마가 방문을 닫게 만들고 나를 골탕 먹이려는 적. 할머니나 그 애나 똑같다. 아빠가 데리고 들어왔다는 점도 같다.

"너 지금 그게 무슨 소리야? 버릇없이!"

엄마였다. 엄마가 어느새 방문을 열고 거실로 나와 있었다. 놀랍게도 야단을 맞는 대상은 이번에도 그 애가 아니라 나였다. 엄마 역시 내 편이 아니었다. 배신자. 적어도 엄마는 내 편이어야 했다.

"내가 뭘?"

"엄마가 너 그렇게 가르쳤어? 어딜 할머니한테 그딴 식으로 말해? 얼른 사과하지 못해?"

"못해! 안 해!"

문을 꽝 닫고 내 방으로 들어왔다. 전신 거울에 비친 내 모습을 보고 나서야 내가 아직 교복을 입은 채였고 책가방도 메고 있다는 걸 깨달았다. 책가방을 내려놓고 꾸역꾸역 옷을 갈아입었다. 너무나 피곤해서 옷을 갈아입는 행위 자체가 힘들게만 여겨졌다. 겨우 편한 차림이 되어 침대에 엎드렸다. 뒤늦게 무너져 내렸다. 밑으로 밑으로. 내 마음이 깊은 바다로 잠수하는 것처럼 밑으로 내려갔다. 꾹꾹 참은 눈물이 심장으로 넘어가는 것 같았다. 마음이 축축하고 무거웠다. 할 수만 있다면 땅을 파고 들어가고 싶을 정도로 나는 가라앉고 있었다.

창문이 깜깜했다. 내 마음도 깜깜했다. 죽어서 관에 누워 있는 것같이. 답답하고 깜깜하고 소리를 지르려고 해도 들을 사람이 없는. 아무도 내 편이 없다는 건 그런 거였다.

한밤중, 무심코 눈을 떴다. 불을 켜고 잠이 들었던 것 같은데, 꺼져 있었다. 엄마나 할머니가 껐을 것이다. 몇 시인지 알기 위해 머리맡을 더듬어 휴대폰을 찾아보았지만, 만져지지 않았다. 어딘가로 던져버렸는지, 책가방 안에 있는지 교복 주머니에 있는지 기억도 나지 않는다. 내 방에서 나는 지금이 몇 시 몇 분인지도 모른 채 섬처럼 떠 있었다.

다시 거미가 나타난 것은 그때였다. 몇 시인지 모르는 새벽의 어느 시간. 익숙한 그림자가 눈앞에 쑥 나타났다.

계약자

그림자는 악몽 속에서처럼 세세히 보이지는 않았다. 말 그대로 그저 그림자였다. 실루엣만으로 꿈속 거미괴물임을 알아보았을 뿐이다. 나는 몸을 일으켜 앉았지만, 그 자세 그대로 가위가 눌린 것처럼 꿈쩍도 할 수 없었다. 진짜 몸이 안 움직이는 것인지 내 의지가 움직일 생각이 없는 것인지 알 수 없었다. 그저 그림자를 보고만 있었다. 그림자도 나를 보고만 있었다. 눈동자는커녕 눈도 보이지 않았지만 분명했다. 우리는 마주 보고 있었다. 서로 움직이지 않고.

눈앞에 있는 것이 진짜인지 환상인지 모른다. 다만 꿈이 아니라는 건 확실하다.

"계약자?"

나는 겨우 기억해낸 단어를 내뱉었다. 상대가 아무 말 없이 시간을 끄는 데는 다 이유가 있을 터였다. 그러나 나는 지고 들어가는 한이 있어도 물어야 했다. 묻지 않고는 견딜 수 없다고 해야 할까. 눈앞에 나타난 괴이한 형상을 눈으로 좇으면서 가만히 있는 것은 힘들었다. 두려움이든 호기심이든 괴물은 나를 유혹하며 잡아끌었다.

네가 원하는 것을 들어주겠다.

괴물은 정말 나를 유혹했다. 어떻게 된 일인지 나는 괴물이 이런 말을 할 줄 이미 알고 있었다. 그리고 내가 원하는 게 무엇인지도 알았다. 한 가지 걸리는 것은 괴물이 마치 내 바람을 알고 있다는 듯 말했다는 점이다. 악몽 속에서 잠시 조우했던 것으로는 들킬 수 없는 속내다.

계약은 시작되었다.

괴물이 다시 말했다. 귀로 들리지는 않지만, 들리는 목소리로. 내 몸이 동굴이라도 되는 양 속에서 요동치고 있었다. 계약. 계약. 계약. 또 계약이다.

문득 소희와 빈집에 갔던 일이 떠올랐다. 소희는 교실에서 이상한 주문을 외운 것처럼 그때도 중얼거렸다. 소원을 이루기 위해서, 귀신과 계약을 맺기 위해서 그랬다. 그래, 이건 소희가 원하는 것을 이루기 위해 맺은 계약이었다. 그런데 왜 나에게?

"잘못 아셨어요. 제가 아니에요."

귀신인지 괴물인지는 아무 말도 안 했다. 자세히 해명할 수도 있지만, 나는 굳이 그렇게 하지 않았다. 기회고 운명이다. 정말 계약이라는 게 이루어질 수 있다고 믿지 않았으나, 정작 상대 계약자는 나에게 찾아왔다. 소희가 아니라.

왜인지는 모르나 묘한 희열이 느껴졌다. 시시껄렁한 소원 따위를 비는 소희는 이런 횡재를 할 자격이 없다. 계약자도 그걸 알기에 나에게 온 게 분명하다.

"좋아요. 그럼 저는 무엇을 드리면 되죠?"

소희가 한쪽 귀가 따가울 정도로 떠들던 계약 내용이 하나도 생각나지 않았다. 수다를 흘려들은 일을 후회하게 될 줄이야. 만화와 영화에서는 비슷한 상황에서 대부분 치명적인 것을 요구했다. 수명을 조금씩 빼앗아간다든가. 소중한 것을 내어주어야 한다거나. 나는 순순히 목숨 따위를 내어줄 정도로 멍청하지 않다.

아무것도.

그걸로 끝이었다. 계약자의 그림자가 사라졌다. 유치하게 목숨이나 악마의 부활 따위를 요구하지 않았다. 아무것도 원하지 않는다니. 이건 악마나 귀신 괴물답지 않았다. 베풀고 살라는 종교의 가르침 같다. 봉사활동을 통해 만족을 느끼는 것일까. 아빠처럼?

어쨌든 나는 여전히 눈을 뜨고 있었으니 꿈은 아니었다. 그림자가 사라진 내 방은 평소의 내 방과 다르지 않았다. 달라진 것 역시 아무것도 없었다. 아무것도.

학교에 가자마자 소희를 찾았다. 소희는 일찍 와서 자리에 앉아 있었다. 얼굴을 보자마자 빈집에서 거미줄에 휘감겨 놀랐던 기억이 났다. 소희가 내지르던 비명이 생생했다. 그리고 무엇보다 섬뜩한 느낌이 뇌리를 떠나지 않았다. 얼굴에 휘감겨 있던 한 올 한 올의 감촉. 입술에 닿던 느낌. 혀에 감겨 목으로 흘러들어가던 구역질나는 경험. 그때는 몰랐던 오물 같은 침이 입안에서 맴돌았다.

"알음아, 빨간 펜 좀 빌려줘."

소희가 인사 대신 손바닥을 내밀었다. 그제야 교실에서 의식을 치르고 나서 빨간 볼펜을 버린 일이 생각났다. 집에 가는 길에 하나 사야겠다.

"안 가져왔어."

꺼림칙해서 버렸다고 하기 싫었다. 미신 따위 난 안 믿으니까.

"그래? 하는 수 없지."

소희는 순순히 돌아섰다.

"잠깐만."

물어봐야 한다. 달리 물어볼 사람이 없다. 오늘 밤도 계약자가 찾아온다는 보장은 없다. 나는 주저하다가 빈집에서 하려던 계약에 대해 물었다. 의외로 소희는 이상하게 여기지 않았다.

"그날 내가 말해준 거 벌써 잊었어? 으이그, 홍알음 건망증은 알아준다니까."

"그러게. 나 원래 잘 잊어버리잖아. 그래서 계약을 하면 뭘 줘야 하는데?"

"주긴 뭘 줘. 아무것도 안 줘도 된대."

"아무것도?"

아무것도.

계약자도 그렇게 말했다.

"소문으로 떠도는 계약에 따르면 그래. 빈집의 귀신은 대가 없이 소원을 들어준댔어."

"왜? 뭔가 자기도 이득이 있어야 하는 거 아니야?"

"대신 소원을 가져간대."

"소원을 가져가?"

"몰라. 어디서 들었어. 소문이 돌다 보면 이상하게 변하기도 하니까. 그런데 왜 갑자기 관심이 생겼어? 아, 나 율이랑 잘 되어가는 것 같아서 그래? 너도 소원 한번 빌어보게?"

소희는 엉뚱한 쪽으로 해석하며 실실 웃었다. 나도 누군가 좋아하는 애가 생겨서 자신과 똑같은 목적으로 빈집에 가려는 줄 아는 것 같았다. 역시 웃긴 애라니까. 내가 자기처럼 그렇게 한가한 줄 아나.

나는 절대로 계약자가 나를 찾아온 것을 말하지 말아야겠다고 다짐했다. 말해봤자 안 믿을 테지만, 자기 소원이 안 이루어지면 내 탓을 할 게 뻔하기 때문이다. 내가 자기 몫을 빼앗아가기라도 한 양 날을 세울지도 모른다.

소희에게 오늘은 화실에 간다고 했다. 사실 요즘에는 그림을 통 그리지 못했지만, 소희를 따돌릴 방법은 그것뿐이다. 그런데 거리에 혼자 남고 나서야 그렇게까지 할 필요가 없었다는 것을 깨달았다. 빨간 볼펜을 버린 이유를 알리지 않기 위해서 거짓말까지 하다니. 펜 따위야 다음에 사거나 등굣길에 사도 되는 거였다.

나는 일부러 사거리에 있는 팬시점까지 나가기로 했다. 기껏 거짓말을 했으니 좀 더 자유롭게 다니고 싶었다. 거리에는 사람들이 많았다. 아주 일상적인 풍경. 차도에는 차가 많고 인도에는 인간이 많은 평범한 모습. 간밤의 일은 무엇이었을까. 이상하고 괴이한 일? 아니면 이처럼 평범하고 일상적인 사람들에게도 그런 비밀이 하나씩 자리 잡고 있는 걸까? 비틀리고 더럽고 추악한 그림자. 나는 계약자가 소희 대신 나를 찾았다는 데에는 우쭐했지만, 한편으로는 부끄러웠다. 왜인지 도저히 알 수 없었지만 아무에게도 털어놓고 싶지 않다.

팬시점에서 천천히 다른 물건을 구경하고 볼펜을 고르며 시간을 보냈다. 돈은 충분히 있지만, 사고 싶은 물건이 없다. 지금 내가 필요한 것은 단지 빨간색 볼펜. 쓰레기통에 던져버린 것과 똑같이 생긴 물건이다.

그곳에 있는 모든 물건을 다 만져보다가 전과 똑같은 볼펜 한 자루를 찾아내어 계산대로 갔다. 고를 것도 없는 평범한 빨간 볼펜. 그래서 더 기억하기 쉬웠다. 버렸던 적이 없는 것처럼 필통 속에 들어갈 펜.

"샀어?"

갑자기 누군가 알은체를 했다. 아니 알은체를 했다기보다 같이 온 친구같은 자연스러운 말투였다. 놀라 고개를 들어보니까 우리 반 나비가 서 있었다. 나비. 본명은 나비진. 괴상한 이름을 가진 그 애는 학교에서는 거의 얼굴을 볼 수 없는 애다. 아예 오지 않거나 엎드려 자고 있기 일쑤고, 학교에서 깨어 있다가도 아프다는 핑계로 보건실에 가 있거나 조퇴를 하곤 한다. 당연히 나와도 상관없는 애다. 말 한 번 나누어 본 적 없다. 오늘도 아직 교복을 입고 있어야 정상인 시각에 후드 티에 청바지 차림이다.

"어? 어."

나는 얼른 계산을 치르고 주머니에 볼펜을 넣었다. 나비가 나를 어떻게 아는지 궁금해서 머릿속이 복잡해졌다. 우리는 자리도 멀리 떨어져 있고 친구의 친구도 아는 사이가 아닐 정도로 연관이 없다. 우리에게 교집합은 같은 반이라는 사실뿐이다.

"그럼 가자."

나비는 자연스럽게 내 어깨에 팔을 둘렀다. 계산대 점원도 우리가 친구로 보이지는 않는지 고개를 갸우뚱했다. 그러나 의심을 하기에는 나비가 지나치게 자연스러웠다. 무슨 일인지 궁금하기도 했다. 호기심과 두려움. 익숙하지 않은 것에 대한 동경은 기대를 갖게 했다. 늘 숨쉬기 어려울 만큼 답답하게 채워져 있던 가슴이 간질간질 움직이는 느낌.

"고맙다. 잘 가라."

길모퉁이를 돌자마자 나비가 나를 놓아주었다. 누군가와 닿아 있다가 갑자기 떨어지자 몸이 써늘해졌다. 실망스러웠다. 내가 가졌던 기대는 배신감으로 변했다.

"왜 그런 건데?"

나는 따지듯 물었다. 설명 정도는 들을 권리가 있지 않은가.

"아, 몰랐어? 이것 때문에."

나비가 티셔츠 소매 안에서 머리핀을 꺼냈다. 큐빅이 박혀 있어 비싸 보인다. 검은색 나비가 춤추는 모양.

"응?"

"너 진짜 순진하다? 공부 좀 하는 건 알았지만, 완전 범생이구나?"

나비가 그렇게 말해도 나는 무슨 상황인지 짐작할 수조차 없었다.

"뽀린 거야. 아무래도 점원이 수상하게 보기에 걸렸구나 싶었는데, 마침 딱 네가 있잖아. 그것도 수선도 안 한 범생이 교복까지 입고."

뽀렸다니. 훔쳤다고?

"경보기 있는데 어떻게……."

"어깨동무 하는 척하면서 팔 올리고 나왔잖아. 경보기 울리는 거 그거 키가 요만큼밖에 안 되잖니."

나비가 스스럼없이 내 가슴을 툭툭 쳤다. 깜짝 놀랐지만, 기분 나쁘진 않았다.

"되게 기술적이다. 어깨에 걸치는 척하면서 센서에 안 걸리게 한 거구나."

"범생이라서 이런 것도 학구적으로 배우려고 드네? 마음에 들어."

나비가 이번에는 내 등을 툭 쳤다. 나도 의외로 마음에 들었다. 도둑질한 건 나쁘다고 생각하지만, 그 말이 나비를 나쁘게 생각한다는 말은 아니다. 막상 얘기를 나눠보니까 나쁜 애 같지 않았다. 묘한 쾌감이 일었다. 나와 다른 부류와 어울릴 수 있다는 게 신기하고 재미있었다. 우리 반 여자애들은 대부분 나비와 마주치려 하지 않는다. 소희도 나비를 무서워한다.

"그럼 잘 가."

나비는 손을 들어 인사하고는 긴 다리로 성큼성큼 멀어져 갔다. 어깨에 아직도 감촉이 남아 있었다. 나비가 팔을 올려놨던 어깨. 주머니 안에 들어 있는 빨간 볼펜보다 이제는 아무것도 남아 있지 않은 어깨가 더 묵직했다.

쏘이- 걔 완전 재수 없어.

오늘 일을 모바일 메신저로 전해들은 소희는 질색을 했다. 징그러운 벌레라도 본 듯 얼굴을 찌푸리고 있는 게 눈에 선했다. 나는 팬시점에 볼펜을 사러 갔다고 말하는 대신, 미술 연필을 사러 갔다고 말했다. 약간의 거짓말이었다. 아주 작은 거짓말.

쏘이- 다시는 걔랑 말도 하지 마. 그런 애들 진짜 쓰레기야.

학교에서는 나비에게 들릴 새라 하지 못하는 말을 소희는 휴대폰으로 다 늘어놓을 작정인 것 같았다.

알음알음- 너무 그러지 마. 너도 걔에 대해서 잘 모르잖아.

쏘이- 야, 홍알음. 꼭 걔랑 친해야 잘 아냐? 눈에 다 보이잖아. 걔가 학교 안 나오는 날 뭐하겠어? 봉사활동 갈 거 같아? 어디서 삥 뜯든지 담배나 피고 있을걸.

소희는 정말 화가 난 것 같았다. 짧은 시간에 다다다 말을 쏟아내고 있었다. 나는 소희가 흥분하면 흥분할수록 재미있어졌다. 이상한 일이었다. 내 단짝친구는 소희인데, 나비의 편을 들고 싶었다. 소희의 반응이 지나친 면도 없잖아 있었다. 대부분의 일에 관대한 소희가 치를 떠니까 신기하기도 했다. 무엇보다 소희를 놀리고 싶었다.

쏘이- 어쨌든 정말 정말 정말 짜증나는 애야. 일진이잖아. 도둑질한 것도 그래. 네가 그렇게 무슨 무용담인 것처럼 자랑할 일은 아니라고. 난 그런 애들 정말 싫어!

알음알음- 알았어. 알았다고. ^^

쏘이- 이제 걔 얘기는 그만하고 내일 쇼핑 갈 계획이나 세우자.

이미 소희는 학교에서도 리스트를 네 번이나 수정하고 디자인까지 그려가며 계획 세우기를 완료했다. 율네 집에 갈 때 입을 옷 때문이다. 아마 집에 가서 한두 차례 변덕을 부린 끝에 리스트를 재수정했을 것이다. 대부분의 여자애들처럼. 율의 외모처럼 소희의 성격도 열다섯 살 여자아이의 평균치다. 잘 토라지기도 하지만, 금방 풀어지기도 하고, 변덕스러웠다가 고집을 부리기도 한다. 귀여운 외모 탓에 조금 더 애교 있고 조금 더 징징대는 것처럼 보일 뿐이다.

쏘이- 항목은 티셔츠랑 치마랑 재킷이랑 구두야.

알음알음 - 너 돈 얼마 없다며? 그걸 다 어떻게 사냐?

쏘이 - 없어도 사야지. 언니 돈을 살짝 해서라도~

금방 나비가 도둑질한 게 싫다고 진저리를 치던 애가 친언니 돈 훔칠 생각이나 하다니 앞뒤가 맞지 않다. 물론 이것도 평균치 여자애에 걸맞은 행동이다. 약간 이기적이어서 자기 입맛에 맞게 그때그때 다른 해석을 덧붙이는 간사함. 대화를 주고받는 게 느닷없이 피곤해졌다.

알음알음 - 네가 알아서 해. 내일 사러 가보면 알겠지. 나, 엄마가 부른다.

쏘이 - 알았어. 너도 혹시 모르니까 돈 좀 가져왕~~~

소희는 정신없이 보세의류 매장을 누비고 다닐 것이다. 예전에 소희와 함께 갔던 곳은 소희 언니가 알려준 어느 지하철역 지하상가였다. 엄마를 따라가서 엄마가 골라주는 옷만 사던 나는 눈이 휘둥그레졌다. 하나같이 요즘 유행하는 예쁜 디자인을 한 옷이었고, 가격도 무척이나 쌌다.

나는 내일의 쇼핑이 꽤나 피곤하리라는 걸 알고 있었다. 일찌감치 잠을 청해야 소희 들러리를 성공적으로 해낼 수 있을 것이다. 불을 끄고 침대에 누워 천장을 보니 허무해졌다. 정작 내 처지는 생각도 안 하고 남의 뒤치다꺼리나 하다니.

그때 안방에서 사이렌이 울리기 시작했다. 내 속을 벅벅 긁어 너덜너덜하게 만들기 위해 시기적절하게 울음을 터뜨렸다. 원래 안방의 주인이던 엄마를 서재로 내쫓고 할머니와 그 애가 안방을 차지하고 있었다. 미치겠다. 아무리 잊고 있으려 해도 자꾸 그 애는 이런 식으로 존재감을 드러냈다.

이불을 뒤집어쓰고 귀를 막았다. 소리가 점점 작아지더니 이윽고 들리지 않게 되었다.

한밤중, 나는 아직 이불을 뒤집어쓰고 있었다. 머리가 젖어 축늘어졌다. 덥고 축축하고 기분 나쁜 공기가 이불 안에 가득했다. 나에게서 나는 땀 냄새. 불쾌해서 참을 수 없어서 욕지기가 났다. 무심코 이불을 젖히려던 나는 이상한 기운을 느꼈다. 보이지는 않았지만 느낄 수 있었다. 밖에 계약자가 와 있었다. 어젯밤은 나에게 계약에 대해 알려주기 위해 찾아온 것이다. 오늘은 계약을 유효로 만들고 실행하기 위해 왔겠지.

천천히 이불을 내리고 몸을 일으켜 침대에 기대어 앉았다. 이불을 젖혀서인지 땀 냄새가 사라졌다. 계약자가 더 지독한 냄새를 풍기고 있어서인지도 모른다. 우리의 냄새는 서로 얽혀 공기 중에서 하나가 되어 중화된다. 우리의 냄새. 나와, 괴물인지 귀신인지 모를 계약자의 냄새.

"소원을 들어주는 대신 소원을 가져가나요?"

나는 소희가 한 말을 떠올리며 물었다. 내 소원이 무엇인지도 말할 준비가 되어 있었다.

내가 그걸 가져가면 네가 바라는 것은 이루어질 것이다.

계약자는 천천히 말했다. 계약자가 가져가면 이루어진다? 알 수 없는 말이다. 게다가 마치 내가 바라는 게 무엇인지 이미 알고 있다는 말처럼 들렸다.

너는 이미 바라는 걸 내게 알려주었다.

의문을 표하기도 전에 계약자는 다시 말했다. 내가 계약자의 말을 듣는 방식대로 내 생각도 계약자에게 전달되는 것 같았다.

만약 이런 식이라면 계약자가 소원을 알고 있는 게 하나도 이상하지 않다.

새 친구는 시작을 가져올 것이다.

계약자가 사라졌다. 이상한 말만 남기고. 내가 떠올릴 수 있는 새 친구는 단 한 명뿐이었다.

새 친구는 시작을 가져오리라

"이거 어때?"

소희가 리본이 달린 티셔츠를 들어 보였다.

"예쁘다. 가격도 저렴하고."

"그치? 그런데 이건 한 번 입으면 목 늘어나서 못 입겠다."

소희가 전문가처럼 티셔츠 목을 만져 감별하였다. 저렴한 가격의 비밀이 그런 것이었다. 어차피 유행을 타는 옷, 유행하는 시기에만 입고 버리기. 질이 뛰어난 옷이 아니었던 것이다. 상관없었다. 엄마가 사준 비싼 옷들도 몇 번 입으면 물리고 재미없어서 안 입게 되곤 했다. 집에 있는 옷들이 하나같이 시시했다. 센스 없는 애들이나 입는 깔끔하기만 한 옷이다. 소희는 언니에게 배운 건지 아니면 경험에서 우러나온 것인지 몇 번 비슷한 디자인의 옷을 들었다가 놨다가 감별하더니 하나를 집어냈다.

"여기에는 이 치마가 어울리겠다."

소희는 티셔츠에 달린 리본과 같은 소재로 이루어진 너풀너풀한 치마를 골랐다. 이어서 고무줄이 좋은지, 실밥은 안 풀렸는지 등 꼼꼼한 조사가 이루어지고 나서야 옷을 샀다.

순식간에 소희는 티셔츠와 치마, 카디건까지 3종 세트를 구매했다. 제법 잘 코디된 의상에 감탄이 절로 나왔다. 누가 봐도 사랑스러운 소녀로 보이는 옷이다. 얼굴까지 받쳐주는 소희에게 율이 넘어간다는 건 안 봐도 뻔하다.

소희 옷을 다 사고 나서야 나는 체크무늬 셔츠남방을 한 벌 샀다. 나도 예쁜 치마를 사고 싶지만, 용기가 나지 않는다. 나에게는 짧은 치마 따위가 어울리지 않을 성싶다.

소희네 집에 와서 새로 산 옷을 입어보니 과연 소희는 아이돌 그룹 멤버처럼 귀여웠다. 당장 데뷔를 해서 텔레비전에 나온다고 해도 하나도 촌스럽지 않을 것 같다. 어릴 때부터 아역 연기자 제안을 많이 받은 소희다. 소희네 엄마가 운전만 할 줄 알았으면 지금쯤 소희는 꽤나 알아주는 스타가 됐을지 모른다.

"정말 예쁘다."

칭찬을 뱉고 나서야 질투가 불쑥 솟았다. 한가롭게 옷을 입어보며 히죽 웃고 있는 모습이 아니꼽게만 느껴졌다. 방금 전까지 소희가 예쁘다고 부러워한 게 수치스러웠다. 내가 지금 소희랑 똑같이 굴 처지인가.

"야, 새 옷이 헌 옷 되겠다."

소희 둘째 언니가 와서 핀잔을 줬지만, 소희는 혀를 쏙 내밀었다. 혀를 쏙 내미는 것도 깜찍하고 귀엽다. 슬그머니 내가 산 체크무늬 남방이 촌스럽게 여겨졌다. 집에 있는 옷들보다는 나았지만, 분명 청바지를 입은 나와 예쁘게 차려입은 소희는 확연히 달라 보일 것이다.

나는 집에 오자마자 할머니와 그 애를 본 척도 안 하고 새 옷부터 입어봤다. 어깨가 좀 넓어 보이는 것 같다. 괜히 하늘색을 샀다. 소희처럼 핑크색이 들어간 옷으로 살걸.

옷장을 다 열어 뒤적였지만, 입을 만한 옷이 하나도 없었다. 나도 소희처럼 옷을 코디해서 살 걸 그랬다. 용돈은 늘 넉넉하게 받았다. 빌어먹을 아빠에게서. 옷장에 옷이 제법 많은데 막상 입으려니 쓸 만한 옷이 없다. 심심하고 재미없는 옷. 오늘 지하상가에서 본 최신 유행 옷들이 눈앞에 가물거렸다.

"알음이 뭐하니?"

할머니가 방문을 벌컥 열었다. 막 옷을 벗으려다가 깜짝 놀라 단추를 도로 잠갔다.

"아, 왜? 노크할 줄도 몰라?"

"어휴, 방을 죄다 난장판으로 만들어놓고 뭐가 잘났다고. 이게 뭐야?"

할머니가 바닥에 널린 내 옷을 주섬주섬 챙겨 들었다. 짜증이 확 치밀어 올랐다. 갑자기 나타나서 잔소리하는 것도 짜증나고 주인 노릇 하는 것도 짜증난다.

"몰라. 내가 치울 거니까 그냥 좀 놔둬."

"가시나가 말대답은 꼬박꼬박. 장 좀 봐올 테니까 다움이 보고 있어라."

할머니는 대답도 듣지 않고 나가버렸다. 나에게 강아지라고 하던 할머니는 어디에도 없었다. 배신감이 커져갈수록 마음은 점점 깜깜해졌다. 예전에는 온전히 내 차지였던 것들이 하나둘 사라지고 있었다. 부족할 것 없는 외동딸이었지만, 지금은 아무것도 아니다. 처음부터 가져보지 못한 소희는 알 수 없는 감정이다. 가진 자가 가지고 있던 것을 빼앗겼을 때 추락하는 기분을 언니 둘에 치여 진짜 자기 소유물이라곤 없는 소희가 알 턱이 없다.

그 애는 거실 바닥에 앉아서 장난감 자동차를 바라보고 있었다.

"다 너 때문이야."

그 애는 대답하는 시늉도 안 했다. 언제나 그 애는 나를 철저히 무시했다.

"말 좀 해보란 말야!"

그 애를 흔들었다. 그 애는 눈을 동그랗게 떴지만, 웅얼거리는 소리도 내지 않았다. 바보 같은 녀석. 아기가 언제부터 말을 하는지는 모르지만 옹알이 정도는 할 수 있어야 하는 것 아닌가?

계약자에게 제시할 계약은 처음부터 이 녀석으로 정해져 있었다. 사라지게 만들 수만 있다면 우리 집은 다시 예전으로 돌아올 것이다. 그리고 끊임없이 내 안에서 샘솟는 미움을 잘라낼 수 있을 것이다. 나는 원래 착한 애였다. 소희도 나의 너그러운 심성을 칭찬하곤 했다. 실제로 나는 늘 마음이 여유로웠고 그래서 사람들의 잘못에 너그러울 수 있었다. 초등학생 때 반에서 착한 아이를 뽑는 투표에서 1등을 하기도 했다. 딱히 나서서 남의 고민을 들어주지는 않지만, 내게로 굴러들어오는 고민을 들어주고 함께 풀어가려고 노력하는 부류였다. 그러나 나는 지금 도저히 남의 고민 따위를 함께 풀 여력이 없다. 예전 같으면 재미있어 했을 소희의 사사로운 연애 고민을 들어주기 힘든 것도 그래서다.

이 애를 없애주세요.

나는 속으로 말했다. 계약자가 어디에선가 내 마음을 확인하고 있을지도 모른다.

갑자기 그 애가 몸을 움직였다. 순간 내 팔에 그 애 손이 닿았다. 피부가 좀 끈적끈적하고 말랑했다. 오소소 소름이 돋았다. 처음 봤을 때 느꼈던 더러운 기분이 피를 타고 온몸으로 퍼졌다.

“너 정말 재수 없어.”

나는 조용히 말해주었다. 말해주고 싶었다.

우에에에엥.

사이렌이 울렸다. 말 한마디 제대로 할 줄 모르는 애가 용케 내 말을 알아듣고 울어대기 시작했다. 그러나 나는 꿈쩍도 안 했다. 집에는 나와 그 애밖에 없다. 아무리 울어봐야 달래주거나 도와줄 사람은 없다. 얼굴에 알 수 없는 웃음이 떠올랐다. 내가 왜 웃고 있는지 의아했지만, 조금 뒤 그 애 울음이 잦아들고 흐느끼기 시작했을 때 깨달았다. 이미 시작되었던 것이다. 나의 계약이. 내 표정이 머리보다 먼저 계약자가 움직이기 시작한 것을 느끼고 기민하게 행동했다.

이제부터야.

울다 지쳐 엎드려 있는 그 애를 바라보았다. 내 완벽한 삶에 나타난 하나의 오점. 그러나 점점 까맣게 물들일 악독한 점. 너 같은 건 없어져야 해.

율의 집은 고급빌라였다. 비싼 피겨가 많다는 말에 눈치챘어야 했다. 중학생이면서도 자수성가형 사업가라고 소희가 떠받드는 통에 주소를 따라가면 어쩐지 허름한 빌라가 나올 줄 알았다. 우리는 무의식적으로 율을 돈 없는 고학생쯤으로 지레짐작한 것이다.

"역시 딱 봐도 귀티가 나더라. 나 옷 싸구려 티나?"

소희는 어제 산 옷을 입고 왔다. 아까 만났을 때만 해도 예쁘지 않느냐고 너는 왜 어제 산 체크남방 안 입었냐고 물으며 자신만

만하더니 백화점 브랜드가 아니라서 마음에 걸리는 모양이었다. 나는 고민하다가 빨간 후드티에 청바지를 입었다. 저번에 팬시점에서 본 나비와 비슷한 의상이다. 아무렇게나 걸친 것처럼 보이지만 그래서 더 세련되어 보였다. 소희처럼 신경 쓴 티가 나는 건 좀 유치하다. 그러나 나는 말하지 않았다.

"아냐. 예뻐. 그리고 남자애들은 그런 거 잘 모를 거야."

"그래도 율이는 명품만 입고 그럴 거 같아……."

이럴 때는 한껏 칭찬해주는 게 편하다. 안 그러면 소희는 종일 징징거리며 불안해할 것이다. 다시 집에 가서 옷을 갈아입고 오자고 할지도 모른다. 나비라면 혹시 마음에 안 드는 옷을 입었더라도 신경 쓰지 않을 것이다. 아직 나비에 대해 잘 모르지만, 그날의 경험만으로도 알 수 있다.

"진짜 보기 좋으니까 신경 그만 써. 그리고 넌 미모가 되니까 그런 건 자세히 보이지도 않을걸. 옷이 중요한 게 아니라 모델이 중요한 거라고 네가 늘 말했잖아. 너 진짜 걸그룹 멤버 같아!"

"내가 좀 그렇긴 하지?"

금세 기분이 좋아진 소희는 앞서서 빌라에 들어갔다. 입에 발린 말을 잔뜩 하고 났더니 괜히 억울해졌다. 왜 내가 소희 비위를 맞춰야 하는 거지? 오늘 여기 온 건 소희를 위해서잖아.

초인종을 누르는 것도 내 몫으로 떨어졌다. 소희는 그 앞에서 벌벌 떨고만 있었다.

딩동. 정각 두 시였다.

기다렸다는 듯이 문이 열렸다. 율은 소희의 예상과는 달리 명품 옷 대신 목이 늘어난 낡은 티셔츠를 입고 있었다. 바지는 보풀이 잔뜩 난 트레이닝복 바지. 명품은커녕 길거리에서 주워온 양 정체불명의 옷이다. 게다가 뒤통수에는 까치집을 졌고, 하품을 하며 머리까지 긁적였다.

한마디로, 완전히 깨는 모양새다.

"딱 맞춰 왔네."

"응."

"너도 왔네?"

율이 새삼 소희를 보고 놀랐다. 소희 얘기를 했는데도 그새 잊은 걸까? 설마 내가 친구 핑계를 댄 거라고 생각한 건 아니겠지?

"들어와. 아무도 없으니까."

"응."

단답형 대답이었지만, 그마저도 내 몫이었다. 소희는 율의 깨는 패션에 충격을 받아서인지 얼굴이 딱딱하게 굳어 있었다.

집 안은 율의 복장과 달리 아주 깨끗하고 고급스러웠다. 넓은 거실에는 고급스러운 소파도 있었다. 저렇게 기다란 소파는 난생처음 보는 것이었다. 예식장 앞에서 본 리무진 같다. 이상하리만큼 길게 늘어져 있는 소파와 자동차.

"내 방은 지하야."

"지하?"

"이 빌라는 1층에는 지하 방이 딸려 있거든. 부모님도 못 오는 내 공간이지."

"그렇구나. 좋겠다."

막연히 나도 나만의 공간이 있었으면 좋겠다는 생각을 하고 있었다. 지금도 방이 있지만, 할머니도 그 애도 엄마 아빠도 못 오는 단절될 공간. 최근 들어 생각한 것이다. 요즘은 넓은 내 방에 혼자 있어도 갑갑하게만 느껴진다.

반 층 정도 내려가니 방이 하나 있었다. 내가 생각한 지하실과는 좀 달랐지만, 마음에 쏙 들었다. 창고로나 쓰는 삭막한 곳일 줄 알았는데, 아늑했다. 방에는 사방이 책장으로 차 있었고, 책장에는 책 대신 저번에 본 울트라맨 피겨와 비슷한 것들이 잔뜩 있었다. 만화나 영화에 나와 눈에 익은 캐릭터도 있었다.

"마음껏 둘러보십시오, 손님. 차는 무엇으로 드릴까요? 커피? 녹차?"

"난 녹차."

소희를 돌아봤지만, 여전히 굳어 있었다. 그러고 보니 소희는 여기 와서 여태까지 말 한마디 하지 않았다. 그렇게 율의 차림새가 실망스러웠나? 소희가 좀 속물스러운 구석이 없잖아 있지만, 그깟 옷차림 하나로 마음이 떠나다니 실망이다. 나비라면 좋아하는 남자애 집에 와서 이렇게 가만히 있지만은 않을 것이다. 옷차림만으로 판단하는 게 아니라 적극적으로 상대에 대해 알고자 노력할 것이다.

"너는 뭐 마실래?"

율이 소희에게 직접 질문을 날렸다. 그제야 얼음 상태에서 풀린 소희가 화들짝 놀랐다. 마치 율이 땡을 하기라도 한 듯.

"나?"

"그래. 녹차?"

"응."

"그럼 둘러보고 있어."

율은 쿵쾅쿵쾅 경쾌한 발소리를 내며 위로 뛰어 올라갔다. 위에서 나는 소리가 안 들리는 걸 보니 지하는 방음도 제법 되는 것 같다.

"소희야, 너 괜찮아?"

"어? 응. 그냥. 나중에 말해줄게."

"그럼 예정대로 좀 놀다가 나가? 아니면……."

"차만 마시고 나가자."

소희 얼굴이 지나치게 하얗게 질려 있었다. 싫다고 할 이유가 없어서 고개를 끄덕였다. 어디까지나 여기 온 것은 소희 때문이었고, 결정도 소희 몫이었다.

율은 녹차뿐 아니라 센스 있게 다과도 챙겨왔다. 쟁반 위에 쿠키와 작은 찹쌀떡이 있었다. 손님 접대에 능숙한 걸 보니 피겨를 보러 오는 사람이 좀 있는 것 같았다. 예의상 쿠키를 하나 집어서 입에 넣었다.

"이거 맛있다."

금세 나가려던 계획과 달리 쿠키가 자꾸 입에 들어갔다. 소희는 안절부절못하고 먹을 걸 입에 대지도 못했다.

"우리 엄마가 구운 거야. 제과제빵이 취미시거든."

"와, 좋은 엄마다."

요리를 잘하면서도 간식을 안 해주는 우리 엄마와 비교가 되어도 너무 된다. 고급스러운 집과 깔끔한 집안, 나만의 공간과 엄마. 부러운 게 한두 가지가 아니다. 율의 집은 늘 화목할 것 같다. 우리 집처럼 거지 같은 애가 굴러 들어오는 일은 죽어도 없을 것이다.

"이건 뭐야?"

"아, 그거? 예쁘지? 이렇게 합쳐서 놓을 수도 있고, 공간을 꾸밀 수도 있어."

"이건?"

"이건 1990년대에 인기 있던 모델인데……."

"진짜? 근데 하나도 안 촌스럽다."

쿠키를 한없이 넣으며 피겨를 구경하는데, 소희가 자꾸 옆구리를 찔렀다. 소희가 가리켜서 벽시계를 보니 벌써 한 시간이나 지나 있었다. 검은색 곰 모양 피겨가 눈에 들어왔지만, 더는 머물 수 없었다.

"시간 너무 지났다. 우리 가봐야 하니까 담에 또 와서 골라도 돼?"

"상관없어. 다른 사람들에게 이런 걸 알리고 보여주는 것만으로도 좋거든. 언제든 환영이야. 메시지 날려."

흔쾌히 대답해주어서 고마웠다. 정말 언제든 와도 상관없을 것처럼 마음이 편했다. 율은 다른 가족이 집에 거의 붙어 있지를 않아서 늘 자기 혼자라며 미리 말만 하면 언제든 가능하다고 했다.

"휴."

빌라 단지에서 나오자마자 소희는 길게 한숨을 내쉬었다.

"너 아까 왜 그랬어? 재가 그렇게 깼어?"

"깨다니?"

"옷차림이 막 후줄근해서……."

"아니. 자연스럽고 좋던데. 그렇게 입어도 세련됐더라."

뜻밖의 반응이었다. 나는 집에서 나오자마자 소희가 진저리를 치는 걸 상상했다. 내가 그런 애를 좋아했다니 미쳤나 봐, 이러면서. 그런데 이상하게 말투에 힘이 없었다.

"그런데 왜 그랬어? 얼굴이 진짜 하얗던데."

"응? 그게……."

"뭔데?"

"아, 아무것도 아니야. 별일 아니야."

소희가 손을 내저었다. 별일이 아니긴. 별일이었다. 소희는 단순해서 좀처럼 자기 속내를 숨기는 애가 아니다. 나비라면 시원하게 다 말했을 텐데.

그때 문자메시지가 왔다.

고객님, 찾아주셔서 감사합니다.

다음에도 또 애용해주시기 바랍니다.

율에게서 온 것이었다. 형식적인 문자메시지였지만, 웃겼다. 기껏 가서 사지도 않고 쿠키만 잔뜩 먹고 나왔는데, 고맙다니. 역시 웃긴 애다.

"뭐가 왔길래 웃어?"

소희가 내 휴대폰을 넘겨다보았다. 나는 휴대폰을 도로 가방에 집어넣고 말했다.

"아무것도 아냐."

가지고 싶은 것을 가져라

어김없이 밤, 어쩌면 새벽. 몇 시인지 모를 시각에 계약자가 찾아왔다. 날마다 오는 건 아니었다. 그러나 내가 찾아오리라 예상한 날에는 정확히 나타났다. 낮에도 밤에도 때때로 나는 계약자의 존재를 느꼈다. 게다가 이미 계약은 유효했고 날마다 오지 않는다고 해서 조바심 낼 일도 아니었다.

새 친구를 아직 사귀지 못했어요.

나는 이제 말하지 않고 대화하는 법을 완전히 익혔다. 고요한 한밤중이라고 해도 소리 내어 말을 뱉는 것보다 안전했다.

이미 네 속에는 있다.

제가 생각하는 그 애를 말하는 거라면, 아직 친구라고 할 수 없는데요?

그렇지 않다.

아니. 우리는 전혀 친구라 할 수 없다. 끊임없이 내 속에서만 친구라고 떠들고 있을 뿐. 지난 며칠간 나는 학교에서 몇 번 나비를 보았지만, 말 한마디 걸 수 없었다. 나와는 다른 부류 아이들이 나비를 둘러싸고 있었다. 소위 말하는 노는 애들. 간혹 나비가 혼자 있을 때가 있었으나 보통은 책상 위에 엎드려 자고 있어서 기회가 없었다. 내 눈이 따라다니는 걸 나비는 몰랐지만 제3자인 소희는 눈치를 챘다. 내 눈빛이 복도로 나가는 나비를 따라가는 걸 보고 얼굴을 찌푸렸다.

소희는 나비를 징그러운 벌레 보듯 했지만, 나에게는 아름다운 나비처럼 보였다.

알겠어요. 그럼 새 친구가 생겼다고 치고요, 다음에는 어떻게 해야 하는 건데요?

가지고 싶은 것을 가져라.

가지고 싶은 게 뭔지 생각할 겨를도 없이 계약자는 사라졌다.

가지고 싶은 것?

용돈은 늘 넉넉하니 사고 싶은 걸 못 사는 일은 드물었다. 그래서 가지고 싶은 게 별로 없었다. 소희는 언니들에게 물려 입는 게 진저리난다며 옷을 잔뜩 사고 싶다고 말한다. 나는 딱히 사고 싶은 옷도 없다.

천천히 생각하기로 하고 다시 잠자리에 누웠다. 눈을 감고 잠을 청했다. 얼마나 시간이 지났을까, 문득 검은색 곰 모양 피겨가 떠올랐다. 까맣게 잊고 있었다고 하기는 뭐했지만, 간절하게 가지고 싶은 것도 아니었다. 그러나 떠올리는 순간 나는 그게 꼭 가지고 싶어졌다. 못 가지면 죽을 것만 같이. 계약자가 부린 마법이라도 되는 걸까. 따듯하고 아늑했던 방 안. 녹차와 맛있는 쿠키가 함께 떠오른다. 당장 그 방으로 돌아갈 수만 있다면 얼마나 좋을까. 그날 율의 방에서의 시간으로.

알음알음 - 검은색 곰 피겨는 얼마야?

무심코 율에게 메시지를 보냈다. 보내고 나서야 지금이 고요한 새벽이라는 사실이 떠올랐다. 이미 보낸 메시지를 주워 담을 수도 없고 난감했다. 알림을 꺼두어 깨지 않는다고 해도 아침에 메시지가 온 시각을 보고 이상하게 생각할 것이다. 그런데 바로 답이 돌아왔다.

율 - 가격은 천차만별이지. 작은 건 만 원부터 있는데, 다양하니까 다시 와서 골라볼래?

다시 오라고? 그 방으로 돌아갈 수만 있다면 무슨 일이든 할 수 있을 것 같다.

알음알음 - 알았어. 고마워. 그런데 너 안 자고 있었어?

율 - 이제 자려고.

도대체 몇 시기에. 방금 받은 메시지 시간을 봤다. 세 시 이십일 분.

알음알음 - 빨리 자. 되게 늦게 잔다.

율 - 응. 고맙. 너도 잘 자^^

웃는 이모티콘이 보기 좋았다. 계약자 말을 듣기를 잘했다.

으에에에엥.

안방에서 그 애 울음소리가 들려왔다. 왜 갑자기? 하필이면 지금 이 시각에 저 애는 우는 걸까? 꼭 내가 깨어 있는 것을 알고 있는 것처럼, 다시 잠들기 어려워하는 것을 아는 것처럼 울음소리는 작아졌다가 커졌다가를 반복하며 내 신경을 긁어놓았다.

다음 날 학교에 안 가는 토요일답게 늦잠을 자고 일어났다. 또 율에게 말을 걸고 싶었다. 가지고 싶은 걸 가지기 위해서.

알음알음 - 나 그거, 곰 보러 오늘 가면 안 돼?

율 - 아, 그러면 우리 집 말고 다른 데 갈래? 베어브릭 새로 출시되는 날이거든.

베이브릭이라면 이름 그대로 곰 모양 피겨 같았다. 처음 봤을 때 정색을 하고 피겨에 대해 설명하던 것과 달리 꽤나 친절했다.

알음알음 - 좋아. 몇 시까지 어디로 가?

서둘러 답을 보냈다. 조바심이 일었다. 왜인지는 모르지만, 함께하고 싶다. 베어브릭이라는 피겨가 내 마음을 생각보다 많이 잡아끈 것 같다.

율 - 너희 집 어딘데?

왜 묻는지 물어보지 않고 가르쳐주었다. 사실은 왜 묻는지 무척이나 궁금했지만.

율 - 11시까지 너희 아파트 정문으로 갈게.

알았다고 답하고, 시계를 봤다. 아직 아홉 시. 씻고 준비하면 넉넉할 시간이었으나 입을 옷이 없다는 게 마음에 걸렸다. 정신없이 샤워를 하고 옷장을 뒤졌다. 나를 보고 할머니가 혀를 끌끌 찼다.

"밥도 안 먹고 자겠다더니 또 뭔 바람이냐?"

가뜩이나 입을 옷이 없어서 짜증나는데 할머니까지 보태니까 화가 치밀었다. 그런데 지금은 할머니랑 싸울 때가 아니었다. 싸워봤자 내 기분이나 잡치지.

결국 나는 저번에 산 체크무늬 남방을 입었다. 엄마가 전에 억지로 사 안겨준 청치마도 입어보았다. 괜찮아 보였지만, 다리가 좀 굵어 보이는 것도 같고, 너무 꾸민 티가 나는 것도 같다. 아무리 다시 봐도 이상해 보여서 나오기 직전에 청바지로 다시 갈아입었다.

"어디 가는데?"

"몰라. 나 늦었어."

열한 시까지 나갔어야 했는데, 열한 시하고도 몇 분이 더 지나고 나서야 집을 나섰다. 정신없이 뛰다가 정문을 보고 숨을 고르느라 멈추어 섰다. 숨이 찬 모습을 보이고 싶진 않았다.

당연히 율은 진작 와서 기다리고 있었다. 후줄근한 트레이닝복도 명품 옷도 아닌 평범한 남방에 면바지를 입고. 율을 보는 순간, 안 좋은 일들이 싹 잊혀졌다. 기분이 아주 좋아졌다.

"미안. 늦었지?"

"괜찮아. 가자. 방금 알아보니까 이 앞 정류장에도 바로 가는 버스 있더라."

"그, 그래."

우린 마치 친한 친구처럼 보였다. 아니면 연인. 연인이라. 애인도 아니고 연인. 오래된 남자친구같이 편한 율은 그렇게 칭해야 적당할 것 같다. 속으로 단어를 되새기는 것만으로 온몸이 간질간질했다.

"버스 카드 있지?"

"응."

율은 나를 먼저 버스에 타게 하고 뒤이어 탔다. 토요일 오전이어서인지 버스에는 빈자리가 많았다. 어디 앉을까 두리번거리는 사이에 율이 뒤쪽 두 자리를 잡고 나를 불렀다.

"너 이소희랑 같은 반이야?"

율이 물었다. 그제야 소희가 떠올랐다. 왜 잊고 있었을까. 율과 새벽에 대화를 나눴을 때도, 아침에 메시지를 받고 외출 준비를 할 때도 나는 소희에 대해 까맣게 잊고 있었다. 율을 떠올릴 때 소희를 연상했어야 했다. 금방이라도 어디서 소희가 튀어나올 것만 같아 불안해졌다. 버스 안에 있는 손님을 하나씩 눈으로 확인해보고 나서도 버스가 정차할 때마다 흠칫 놀랐다.

"사거리에 있는 큰 빵집 알아?"

율은 내가 불안해하는 것도 모르고 창밖을 내다본 채로 말했다.

"빵집? 아, 알아. 거기서 가끔 빵 사거든."

"거기 옆이야."

"그 옆에 피겨 가게가 있어? 몰랐는데?"

"보통 잘 몰라. 모르는 사람 눈에는 잘 안 띄나 보더라. 그래서 소개해주고 싶었어."

소개해주고 싶었다니. 그것도 나에게. 율은 별생각 없이 한 말인지 몰라도 누가 나를 위해 뭔가 해주는 느낌이 좋았다. 그것도 이상하고 다혈질일 거라고 생각한 남자아이가. 초등학교 때도 나는 남자애들과 친하지 않았다. 키가 훌쩍 큰 중학교 때야 두말할 것도 없었다. 나는 소희와만 놀았다. 소희는 남자애들에게 인기가 많았지만, 나는 그렇지 않았다. 소희는 그게 내가 남자애들을 싫어해서라고 정의 내렸다. 사실은 전혀. 싫고 좋고 아무 감정도 없었다. 소희는 나를 위해서 자신에게 접근하는 남자애들을 다 차단했다. 율이 처음이다. 소희가 아이돌 스타가 아닌 사람을 짝사랑하게 된 것도, 내가 편한 상대를 만난 것도.

빵집 뒤로 비밀통로가 있으리라는 내 예상과 달리 잘 보이는 대로변에 지하 계단이 있었다. 아주 잘 보였다. 길 가다가 저기는 뭘까 궁금해서 한 번쯤 들어가볼 만한 곳이다. 간판은 없었지만, 왜 진작 이런 통로가 있다는 걸 몰랐을까.

"사람은 보고 싶은 것만 보거든."

율이 내 표정을 보고 가볍게 말하며 앞장서 내려갔다. 두 번째지만 율은 늘 지하로 내려가고 있구나 하는 생각이 들어서 웃음이 나왔다.

your toys

매장 앞에는 두 단어만 있었다. 당신의 장난감들. 새하얀 벽과 눈부신 조명에 눈이 부실 지경이었다. 그리고 온통 피겨. 율의 방에서 보았던 것처럼 벽을 가득 메운 피겨가 매장 안을 더 눈부시게 만들고 있었다.

"우와."

나도 모르게 감탄사를 내뱉자, 율이 히히 웃었다. 내가 놀라며 좋아하는 걸 뿌듯해하는 것 같았다. 하지만 그것도 잠시 이내 내게서 관심을 돌리고 주인으로 보이는 청년에게 다가갔다.

"형, 베어브릭 오늘 나오는 날이죠? 제 친구가 관심 있어서요."

"아, 오랜만에 왔네? 나왔지. 그나저나 요새 어떻게 지내?"

그다음 말은 들리지 않았다. 율이 작게 말하는 탓도 있었지만, 내 정신이 이미 벽장으로 쏠렸기 때문이다. 상상력을 자극하는 갖가지 피겨들이 눈을 뗄 수 없게 만들었다. 알록달록한 색과 정밀한 묘사. 피겨란 그저 일본 만화 주인공을 재현해서 만든 거라는 선입견이 싹 날아갔다.

평면의 디자인을 입체로 살려 생명을 불어넣는 일.

이건 창의적인 캐릭터 디자인이다. 고흐나 밀레가 그려낸 예술품과는 다른 현대의 예술. 나는 여태까지 고흐 같은 그림을 그리고 싶었고 동경하고 있었다. 엄마가 일로 그리는 일러스트도 제대로 들여다본 적이 없을 정도로 명화에만 집착했다. 고흐처럼 그릴 수 없어서 미술 전공을 포기해버린 게 작년이다. 그런데 피겨를 보니 손이 근질근질했다. 무언가 형상을 그리고 싶다. 다시 연필을 잡고 잔뜩 그려내고 싶다. 내 안에 있는 뭔가가 꿈틀대고 있다.

"알음, 이리 와 봐."

율이 부르고 나서야 정신이 들었다. 주인 형이라는 사람이 큰 상자를 꺼내 보여주었다. 안에 든 것은 내가 보고 마음을 빼앗겼던 베어브릭. 그런데 다른 디자인이다. 무지개 색으로 알록달록한 녀석부터 유명한 록 가수 코스프레를 한 녀석까지 다양했다. 까만 것만 있는 줄 알았더니 아니었다.

"이게 이번에 새로 나온 세트."

"진짜 예쁘다."

낱개로 사도 된다는 말에 나는 한참 고민한 끝에 상자 두 개를 집었다. 베어브릭은 어떤 디자인이냐에 따라 나올 확률이 달랐다. 나오기 힘든 시크릿 아이템도 있었다. 모두 세트로 구매하지 않는 한 가지기 어려운 것이다. 나는 어떤 게 나올지 두근거리며 상자를 꼭 쥐었다.

"이건 내가 사줄게."

율이 한 상자를 더 집었다.

"어? 네가 왜?"

"입문한 걸 축하한다는 의미야."

"하지만……."

"맘에 걸리면 빵집에서 점심 사."

나는 고개를 끄덕였다. 율은 자기가 먼저 보러 가자고 했으면서 자기 것은 하나도 고르지 않았다. 내가 구경하는 걸 쫓아다니며 설명해주느라 바빴다. 배가 무척 고파졌을 때야 우리는 지상으로 올라왔다. 큰 빵집은 카페도 같이 운영하고 있었고, 우리는 샌드위치와 피자빵에 콜라를 시켜서 한쪽 구석에 자리를 잡았다.

앉자마자 벅찬 마음으로 상자를 개봉했다. 은색 포장을 뜯자, 알록달록한 곰이 나왔다. 다른 두 상자도 각각 다른 무늬였다.

"정말 마음에 들어. 네가 골라준 것도 진짜 예쁘다. 고마워."

고맙다고 말할 때 좀 쑥스러웠다. 오늘 새벽 처음 대화다운 대화를 나눴고 처음으로 함께 외출했으면서 선물을 받아버렸다.

"줘봐."

율이 내 피겨를 가만히 어루만지다가 다시 건네주며 말했다.

"Your toys. 첫 토이네."

"으, 응."

율 말이 내 가슴 깊이 새겨 들어왔다. 어린 시절에서 벗어난 내가 스스로 고른 첫 장난감.

"너 내 방에서 피겨들 보고 눈빛이 달라지더라. 호기심에 구경 오는 애들은 종종 있었어도 그렇게 좋아하는 애는 처음 봤어. 그래서 사주고 싶었던 것뿐이야."

"내가 그랬어?"

"그래. 꼭 누구랑 똑같더라. 눈이 반짝반짝 빛나서."

"누구?"

"우리 형."

율이 형이라고 말할 때 얼굴에 묘한 표정이 스쳐 지나갔다. 더 물어볼 수가 없었다. 엄마 아빠가 없으면 늘 혼자라더니 형은 어디로 갔냐고 물어보고 싶었지만, 입이 떨어지지 않았다. 분명히 무슨 사연이 있을 터였다.

잠깐 우리 사이에 침묵이 흘렀다. 율은 시선을 창밖에 두고 빵만 오물오물 씹었다. 안쓰럽다. 뭔가 슬퍼 보인다. 도대체 무슨 일일까 미친 듯이 궁금하다. 그때 옆에서 이상한 시선이 느껴졌다. 누군가 나를 빤히 보고 있는 느낌.

"아."

놀라 옆을 보니 하나 건너 테이블에 우리 반인 혜진과 미연이 앉아 있었다. 혜진과 미연은 작년에 소희와 같은 반이어서 나도 잘 알았다. 나는 천천히 습관적으로 손을 흔들었다. 조금 놀란 듯이 보이는 혜진과 미연도 손을 흔들더니 이내 일어서서 나갔다.

큰일이다.

갑자기 불안해졌다. 내내 일부러 머릿속 깊은 곳에 감춰두고 잊고 있던 소희가 떠올랐다. 소희와 저 아이들은 어설프게나마 친구라 할 만한 사이였다. 둘은 다른 학교인 율에 대해 모를 테지만, 분명 어떤 남자애와 내가 함께 있더라는 이야기를 전할 것이다. 그 이야기가 어떤 형태로든 전해지리라는 건 빼도 박도 못하는 사실. 아무리 혜진과 미연이 둘만 단짝이라고 해도 이런 특종을 전하지 않을 리 없다. 다 틀어졌다. 좋은 기분이 싹 달아났다.

"우리도 가자."

"응? 우리도?"

율이 마지막 빵조각을 입에 넣다가 깜짝 놀랐다. 이 애에게 설명할 수 없다. 조금 전까지 들떠 있던 마음이 한순간에 까맣게 덮여버린 걸 어떻게 설명할 수 있을까.

"집에 가야겠어. 오늘 일 내 친구 소희한테는 말하지 말아줄래?"

"알았어."

율은 되묻지 않았다. 왜 소희에게 말하지 말아야 하는지 궁금했을 텐데도. 눈치가 무척 빠르거나 너무 눈치가 없거나 둘 중 하나다.

돌아오는 버스에는 자리가 없었다. 나는 율 옆에 서서 차창 밖만 바라봤다.

내가 왜 그랬을까. 나와 율 사이에 소희가 있다는 걸 왜 간과했을까. 가지고 싶은 것을 가져라? 계약자의 조언이 아니었다면 이런 일은 없었을 것이다. 오늘 일은 다른 애들 입으로 분명히 전해진다. 소희에게 고백해야 한다. 약간의 거짓말을 덧붙여서. 길을 가다가 우연히 만났다거나 그런 선의의 거짓말.

난 그저 피겨가 구경하고 싶었을 뿐이야.

내가 가지고 싶은 것은 피겨였어.

진실을 되뇌었지만, 마음속 깊은 곳에 있는 또 하나의 진실이 나를 괴롭히고 있었다. 어쩌면 내가 가지고 싶은 것은 피겨가 아니라 누군가일지도 모른다.

집에 돌아오자마자 할머니가 반겼다.

"마침 잘 왔네. 나 화장실 좀 다녀올 테니까 다움이 좀 봐라. 혼자 있으면 운다."

"싫어."

할머니는 내 말을 귓등으로 듣고 안방 화장실로 들어갔다. 거실에는 나와 그 애만 남았다. 그 애가 멀뚱히 나를 올려다보더니 입술을 씰룩댔다.

"우에에엥!"

우는 소리가 커져갔다.

"야, 울지 마. 조용히 해!"

그 애는 계속 울었다. 내 말 같은 건 듣고 싶지 않다는 듯 눈을 꽉 감고 고집스럽게 울었다. 머릿속이 왕왕 울렸다. 머리가 아파왔다. 나를 탓하는 것 같다. 내가 오늘 소희를 배신한 것을 만천하에 떠벌리기 위해 저러는 것 같다.

"뚝! 응? 제발 울지 말라고!"

어르고 달래도 그 애는 계속 울었다. 듣기 싫다. 울음소리가 내 머리를 뚫고 들어와 공명했다. 소리로 내 머리를 산산조각 내려고 작정한 것 같다. 나는 파편이 되어 흩어진 내 두개골을 눈앞에 그려보았다.

자꾸 날 건드리지 마. 난 원래 착한 아이라고.

"야!"

얼떨결에 그 애 입을 막았다. 울음소리가 작아졌다. 그런데 갑자기 날카로운 통증이 손바닥에 전해졌다.

"아야!"

손바닥에 이 자국이 선명했다. 이게 감히 깨물어? 누군가 나를 갈기갈기 찢어놓기라도 한 듯 분노가 일었다. 안 그래도 그 애는 처음 이 집에 올 때부터, 아니 오기 전부터 나를 찢어놓고 있었다. 엄마와 아빠, 나. 화목하던 우리 가정을 파괴한 악마였다. 애만 없었으면 지금쯤 나는 잘 살고 있었을 것이다. 평소처럼. 악마. 벌레. 그래, 징그러운 벌레야. 소원이 빨리 이루어져서 너 따위 사라져버렸으면 좋겠어.

그 애가 다시 울기 시작하자, 나는 참을 수 없었다. 소파에 있던 쿠션을 집어 들었다. 내 손보다는 쿠션이 그 애 울음소리를 더 작아지게 만들 것이다. 순간적으로 그 애 얼굴에 쿠션을 갖다 댔다. 그 애가 놀라 뒤로 넘어갔다.

"우는 애 하나 못 달래?"

때마침 할머니가 뛰어와 그 애를 안아 올렸다. 내가 쿠션을 왜 들고 있는지 할머니는 몰랐다. 상상도 못했을 것이다.

방에 들어오고 나서야 온몸이 오들오들 떨렸다. 순간적으로 하려던 일이 믿어지지 않았다. 내가 정말 그러려고 한 걸까? 그럴 수 있었을까?

나는 침대에 누워 천장을 보고 나머지 일을 실행해보았다. 넘어져 누워 있는 그 애 얼굴에 쿠션을 댄다. 두 손으로 힘껏 누른다. 그 애가 발버둥 친다. 처음에는 영문을 몰라 약하게, 그러나 곧 자신의 운명을 깨닫고 심하게. 조금 뒤 팔다리가 축 늘어진다.

쿠션을 서서히 떼어도 그 애는 움직이지 않는다.

아니, 난 못했을 것이다. 절대로. 그게 쉬운 방법이라고 해도 영영 그런 짓은 못한다.

거짓말은 나쁘지 않다

"야, 누군데? 알음이 너, 나 몰래 남친 생긴 거야?"

학교에 도착하자마자 소희가 달려들었다. 미연과 혜진은 적당히 거리를 유지하고 우리를 구경하고 있었다.

"아니야. 그런 거."

나는 소희가 아니라 미연과 혜진을 보면서 대답했다.

"그럼 빵집 남자애는 누구야?"

"그게……."

미연과 혜진. 늘 순하기만 하던 그 애들이 나무라는 눈빛으로 나를 보고 있었다. 마치 내가 소희를 두고 바람이라도 피웠다는 듯이. 사실 내 죄책감의 크기나 종류도 비슷했다. 그 상대가 약간 뒤바뀌어 있었고 비틀어져 있었지만 소희를 속이고 기만했다는 점은 같다. 어제 느낀 찝찝한 기분의 정체도 몰래 바람을 피우다가 들켜버린 것과 비슷하지 않을까 싶다. 나는 간밤에 쉽사리 잠을 이루지 못했다. 계약자가 찾아오리라 생각했지만, 내 예상은 빗나갔다.

"초등학교 때 알던 애야? 아니면 전에 미술학원 같이 다녔던 애?"

소희는 자꾸 자기가 모를 만한 애만 짚었다. 율이라고는 상상도 못하는 듯했다. 그러고 보니 소희는 율의 집에 다녀온 뒤부터 율에 대해 거의 말하지 않았다. 가끔 한숨을 내쉬며 허공을 볼 때면 율에 대해 생각 하는가 보다 짐작할 뿐이다.

당초 계획은 율과 우연히 만나게 되어 피겨 매장에 다녀온 것만 말할 셈이었다. 거기에 실린 내 감정과 율이 준 선물 같은 건 쏙 빼고 별 일 아닌 듯 말하면 괜찮을 것이다. 그런데 점점 말하기가 어려워졌다. 소희 머릿속에서 어제의 일은 설레는 비밀 데이트쯤으로 이미 번질 대로 번지고 있었고, 전달자인 미연과 혜진이도 예사로운 사이로는 안 보였다고 한 모양이다.

"너…… 모르는 애야. 남자친구도 아니고."

"그럼 누군데?"

"그니까…… 친척 오빠야!"

무난한 대답이었다. 비록 존재하지도 않는 친척 오빠를 걸고넘어졌지만 말이다.

"주말에 친척 왔어?"

"응. 맞아. 할머니가 아는 먼 친척인데, 할머니 보러 왔다가 다시 갔어."

"그랬구나."

소희가 기분 좋게 웃으며 미연과 혜진 쪽을 봤다.

거 봐. 홍알음에게 내가 모르는 남자친구가 어디 있어?

말하지는 않았지만 내 귀에는 똑똑히 들렸다. 반면 미연과 혜진의 얼굴에는 '에이, 재미없어'라고 쓰여 있었다. 남의 비밀을 잡아 떠들어대기 좋아하는 건 동네 반장 아줌마나 연예부 기자나, 평범한 중학생이나 똑같다. 나조차도 누군가의 스캔들이나 루머에 흥분하며 떠들기 좋아한다. 그 대상이 모두가 아는 연예인이나 같은 반 누군가라면 금상첨화다.

"할머니는 언제 내려가신대?"

"몰라. 짜증나."

할머니를 떠올리면 자동으로 그 품에 안겨 있는 그 애가 떠올랐다. 둘은 꼭 세트 상품 같았다. 불청객들. 언제부턴가 집이 불편해진 것은 당연하다. 소희는 그 애 존재를 몰랐지만, 내 짜증은 이해하고 고개를 끄덕여주었다.

갑자기 교실이 웅성거리더니 뒤쪽이 소란스러워졌다. 아이들이 누군가를 둘러싸고 있었다. 누가 온 건지 감이 왔다. 우리 반에서 저런 화제를 몰고 올 사람은 딱 한 명밖에 없다. 소희가 재빨리 달려가 그 무리에 끼어들었다. 반 아이들 절반 이상이 소희처럼 끼어들자, 무리는 점점 커졌다. 소희는 실체를 확인하고 나서 금세 튕기듯 빠져나왔다.

"뭐야?"

"별거 아냐. 나비."

소희가 소리 죽여 말했다. 나비를 싫어하면서도 동시에 두려워하는 소희. 그런데 이번에는 좀 누그러져 있다. 나비에 대해 말할 때마다 흥분하던 소희가 조금 다른 눈으로 나비를 바라봤다.

"나비가 왜?"

"명품 선글라스 쓰고 왔어. 교문에서 안 걸렸나?"

고개를 푹 숙이고 긴 머리로 얼굴을 가린 나비 모습이 떠올랐다. 키가 웬만한 여자 선생님들보다 크니까 시야에 들어오지 않았던 걸까? 나도 가까이 가서 선글라스 쓴 모습을 보고 싶었지만, 소희 눈치가 보여서 그럴 수가 없었다. 소희 기분을 일부러 건드리는 건 좋지 않다. 나는 대수롭지 않은 척 말했다.

"명품이 어디서 났을까?"

"재네 집 부잔 거 같으니까……."

소희가 별생각 없이 말하다가 얼른 입을 다물었다.

"부자라니? 누가 그래? 그럼 팬시점에서 왜 훔쳐?"

"어? 내가 부자랬나? 아, 나도 잘 몰라. 그냥 짐작."

소희가 당황하며 얼버무렸다. 나비가 부잣집 딸일 리 없다. 돈이 많다면 팬시점에서 핀 따위를 훔칠 리 없으니까. 소희는 잘 알지도 못하면서 가끔 생각 없이 말한다.

교복을 입고서도 나비는 제법 선글라스가 잘 어울렸다. 나비도 그걸 아는지 담임이 들어온 뒤에도 선글라스를 벗지 않았다. 대신 엎드려서 얼굴을 감추었다.

담임은 여느 때처럼 나비에게 관심을 갖지 않았다. 사고만 안 저지르면 누워 있든 말든 내버려두는 게 담임 스타일이다. 하지만 한번 사고를 쳐서 자신에게 피해가 올 시에는 아무리 사소한 거라도 무섭게 돌변한다. 사단을 내버릴 것처럼 씩씩대면서 줄 수 있는 벌은 다 주고 훈계도 길게 하며 괴롭힌다. 체벌이 가능했다면 죽기 직전까지 때렸을 것이다. 그만큼 담임은 자신을 귀찮게 만드는 상대를 적으로 간주하고 증오한다.

소희는 온종일 기운이 없어 보였고, 때때로 한숨을 쉬었다. 소희가 한숨을 쉴 때마다 토요일에 율과 만난 것이 떠올랐다. 물론 그 일을 알았다면 한숨만 쉬고 있지는 않았을 것이다. 아마 오랜만에 나비가 학교에 온 것 때문인 듯했다.

"난 정말 불행해."

소희는 마침내 한숨의 이유를 털어놓았다. 진짜 세상에서 가장 불행한 여자아이 같은 표정을 하고 있었다.

네가 뭐가 불행해. 배부른 소리 하지 마.

정말 불행한 내가 보기에는 소희네는 화목하고 평범한 가족이다. 엄마가 전업주부인 것도 부럽고 아빠가 집에서 출퇴근하는 것도 부럽고 형제자매가 있는 것도 부럽다. 무엇보다 소희네 집에는 어디서 데려온 정체불명의 아이는 없다. 금방이라도 산산조각이 날 것처럼 잔뜩 금이 간 우리 집을 본다면 그런 소리 못할 것이다.

그래서 나는 왜 불행하다고 생각하느냐고 묻지 않았다. 묻기 싫다. 소희가 어떤 대답을 하든 짜증날 것 같다. 내가 묻지 않자 한탄할 타이밍을 놓친 소희가 다시 한숨을 쉬었다.

"휴, 오늘 옷이나 사러 가자. 좀 있으면 내 생일이잖아. 큰언니가 알바한 돈으로 백화점에서 옷 사준대. 지금 학교 앞으로 온다고 메시지 왔어."

"난 안 갈래. 모처럼 언니랑 놀아."

"왜?"

왜? 그저 내키지가 않으니까. 소희네 언니들은 나를 좋아한다. 자기 동생과 다르게 어른스럽고 속이 깊다면서. 소희도 내가 가야 맛있는 걸 얻어먹을 수 있다고 생각했기에 같이 가자고 하는 것이다. 그러나 오늘은 소희와 웃고 떠들 기분이 아니었다.

"집에 가서 그리고 싶은 게 있어서."

보통 그림에 대한 이야기면 소희는 단번에 이해해주었다. 자신은 모르는 예술혼이 있다나 뭐라나 하면서 내가 훌륭한 예술가가 되도록 도와주고 싶다고 했다. 이번에도 소희는 오케이였다. 떠오른 영감이 사라지기 전에 빨리 집에 가라고 독촉하기까지 했다.

하지만 나는 소희가 언니를 만나러 간 뒤에도 뭉그적뭉그적 가방을 쌌다. 아직 나비가 교실에 남아 있었다. 책상 위에 걸터앉아 하교하는 애들을 창밖으로 관찰하는 듯했다. 선글라스를 낀 상태라 어떤 표정인지 알 수 없었지만, 어쩐 일인지 쓸쓸해 보였다.

마음이 나비 쪽으로 끌렸다. 몸도 가까이 이끌리고 있었다. 물어보고 싶었다. 무슨 일 있느냐고. 그러나 나는 뭣도 아니다. 나비의 친구도 상담사도 가족도……. 우연히 같은 반이 된 동갑내기 여자애일 뿐이다. 혼자만 친구라고 생각하는 작은 존재다.

애써 마음을 돌려 가방을 짊어졌다. 정말 내가 별것 아닌 하찮은 존재처럼 여겨졌다. 지금 이 순간만큼은 우주먼지보다 하찮고 가벼웠다.

뒷문으로 나가는 나를 스쳐 옆 반 애들이 들어왔다. 나비랑 친한 애들이다. 나도 모르게 멈춰 그 애들을 돌아봤다. 저 무리 중 하나가 나라면 정말 좋겠다.

"나비! 오늘 거기 안 갈래?"

"아, 귀찮아."

나비가 심드렁하게 말했다. 교실에는 이미 애들이 다 빠져나가고 그 애들뿐이었다.

"가자. 남자애들도 온댔어."

"싫다고."

"너 그런데 웬 선글라스냐? 벗어. 답답해."

한 아이가 손을 뻗었다. 나비는 피하려고 했지만, 결국 선글라스가 벗겨져 떨어졌다. 그런데 나비 눈에 시퍼런 멍이 들어 있었다. 눈에 멍이 든 사람을 실제로 본 건 처음이었다. 멍은 현실적이지 않을 정도로 보랏빛이었다.

"아, 씨발!"

나비가 소리를 지르며 선글라스를 벗긴 장본인의 머리를 후려쳤다. 그리고 교실을 둘러보다가 나와 눈이 딱 마주치고 말았다. 심장이 쿵 내려앉았다. 마치 눈에 멍을 만든 사람이 나인 것처럼. 나비는 얼른 선글라스를 다시 썼다. 아무에게도 알리려 하지 않은 것인데, 내가 봐버린 것이다.

바로 뒤돌아 도망치듯 교실을 빠져나왔다. '씨발'이 나를 겨냥한 것이 아니었음에도 내가 먹은 욕처럼 여겨졌다. 바보처럼 거기 서 있는 게 아니었다.

한 번도 멈추지 않고 운동장을 가로질러 뛰었다. 나비가 따라와 나를 후려칠 것만 같아 불안했다. 소희 말이 맞는지도 모른다. 나비는 우리와 다른 부류였고, 싫어하고 무서워해야 할 인물인지도 모른다. 되도록 마주치지 않아야 하고 엮이지 말아야 한다.

그렇게 생각하니까 우울해졌다. 왜 나비를 징그러운 벌레 취급해야 하는지, 나와 나비는 왜 다른지. 팬시점에서 어깨동무를 한 느낌이 아직 내 어깨에 남아 있었다. 언제라도 골목길에서 나비가 튀어나와 스스럼없이 내 어깨에 팔을 올려놓고 등을 툭툭 치며 이렇게 말할 것 같았다.

뭘 그런 걸 가지고 그래? 범생이같이.

우리 아파트 단지에 다다를 때까지 내 상상은 멈추지 않았다. 나는 나비가 필요하다. 스스럼없이 대해줄 새 친구. 대단한 사건을 그까짓 일로 만들어버릴 사람 말이다. 하지만 이제는 다 끝났다. 자신의 치부를 목격한 이에게 나비는 너그러울 것 같지 않다.

보통은 자다가 계약자를 맞이했지만, 밤을 새고 기다렸다. 침대에 앉아 나타나야 할 자리를 노려보았다. 눈앞에 그림자가 쑥 올라오는 순간은 놀랍지도 이상하지도 않았다. 두려워야 할 이성이 가만히 잠자고 있었다. 혹시 내가 자고 있는 것이 아닐까 의심스럽기도 했다.

계약자는 이제 괴물 거미의 모습이 아니었다. 둥그런 머리에서 두 귀가 쑥 나와 있었다. 꼭 곰처럼.

나, 가지고 싶어요. 새 친구도, 율도.

생각과는 다른 말이 튀어나왔다. 내가 말하고 싶던 것은 율이 아니라 베어브릭인데. 그저 피겨를 모으고 싶다고 얘기하려고 했는데, 말이 그렇게 나와버렸다. 그러나 계약자는 잘못 말했다고 지적하지 않았다. 내 생각을 다 읽고 있으면서도 가만히 있었다. 그래, 사실은 난 율도 가지고 싶다.

계약자가 조언했다.

거짓말은 나쁘지 않다. 노력하는 자는 승리한다.

노력하는 자는 승리한다

율과 둘이 만난 일은 아주 오래된 일 같기도 하고 바로 어제 일어난 일 같기도 했다. 그 뒤로 율은 연락을 해오지 않았고 나도 그랬다. 내 책상에 있는 곰 세 마리만이 증거품으로 남아 있었다. 나는 그중 율이 선물한 곰은 서랍 안에 넣어두고 열쇠로 잠갔다. 나머지 곰 두 마리는 책상 위에 있었다. 소희가 당장 내 방으로 쳐들어와 보는 것도 아니었고 본다고 해서 누가 선물한 건지 아는 것도 아닌데.

소희는 생일이 다가옴에 따라 점점 한숨 쉬는 횟수를 줄이고 있었다. 작년 생일에 비할 바는 아니지만 평생 한 번밖에 안 찾아오는, 남들은 갖지 못하는 기념일을 혼자만 맞는 것 같다. 매년 해가 거듭될수록 소희는 생일에 더 많은 의미를 부여했다. 누가 보면 역사적인 기념일이라도 되는 것처럼. 이제는 한숨 소리가 지긋지긋했기 때문에 적당히 장단을 맞춰주기로 했다.

나는 소희 선물로 테디 베어 인형을 샀다. 소희는 늘 입버릇처럼 남자친구에게 커다란 곰 인형을 선물 받을 거라고 말해왔다. 커다란 곰 인형은 아니었지만, 나는 남자친구도 아니니까 작은 것으로 그럭저럭 만족할 것이다. 고르고 고른 끝에 품 안에 쏙 들어오는 귀여운 분홍색 곰으로 준비했다. 소희를 쏙 빼닮았다.

"생일잔치 하고 싶다. 어휴."

소희의 관심은 온통 생일로 옮아갔다. 다시 신세 한탄이 시작되었다. 언니들에게 옷을 받아낸 것도 모자라 용돈을 갈취했지만, 뭘 사기에는 턱없이 부족한 소액이라는 둥, 아빠는 최신 휴대폰으로 바꿔준다더니 돈이 없다며 케이크로 때우려고 한다는 둥 섭섭한 것도 많았다. 그까짓 생일. 유치하게. 나는 속으로는 비웃었지만 티 내지는 않았다. 내 머릿속은 다른 일로 가득 차 있었다. 계약자의 조언대로 노력하고 싶지만 도저히 방법이 떠오르지 않았다. 계약자는 아직은 다시 찾아오지 않았다. 나 스스로 방법을 찾길 바라는 것 같다.

"나 맛있는 거 사줄 거지?"

소희가 뜬금없이 음식 타령을 했다.

"왜?"

"왜라니? 내 생일에 말이야. 넌 절친 이소희가 생일에 미역국이

나 먹고 끝냈으면 좋겠어?"

미역국이 어딘데. 곧 나도 생일이 돌아온다. 미역국 같은 건 기대조차 하지 않는다. 그러니까 너도 고맙게 미역국이나 먹고 끝내.

"나 잠깐 화장실 좀."

"야, 너 대답도 안 하고 어디 가?"

나는 소희를 놔두고 복도로 튀어나왔다. 좀 더 소희와 상대했다가는 다 말할 것만 같았다. 너 정말 철없어. 귀여운 척 좀 그만해. 질리게 좀 하지 마. 소희 말대로 우리는 절친이고 여태까지는 잘 지내왔다. 그런데 요즘에는 무슨 대화를 해도 짜증만 난다.

"거기가 어딘데?"

반가운 목소리가 복도 끝에서 들려왔다. 복도 끝 계단참에 나비가 서 있었다. 나비는 전화 통화 중이었다.

"아, 거기. 알아. 2층에 빨간 풍선 달린 파스타집 말하는 거지?"

나도 안다. 학교 뒷문 쪽에 생긴 지 얼마 안 되었지만 벌써부터 맛있다고 소문난 집이다.

"알았어. 알았다고. 토요일 한 시까지 갈게."

토요일. 소희의 생일이다.

통화를 마친 나비는 교실로 돌아오는 대신 계단을 올랐다. 곧 수업이 시작할 텐데도 나비는 자유롭다. 아름답다. 긴 다리로 계단을 두 칸씩 오른다. 훨훨 날아오른다.

나는 소희에게 돌아가 말했다.

"맛있는 거 사줄게."

"정말?"

"응. 파스타 어때?"

소희는 환한 웃음을 지으며 힘차게 고개를 끄덕였다.

웃음이 너무 환해 율과 지난 토요일에 있었던 일을 소희에게 다 말해버리고 싶다는 충동이 인다. 내가 착해서가 아니다. 오히려 소희가 사색이 되어 자신의 패배를 인정하고 낭패감에 젖은 모습을 보고 싶다.

내가 왜 이러지? 이렇게 나쁜 애였나?

나도 모르게 그동안 소희에게 열등감을 가지고 있었던 걸까?

언제부터인가 거짓말을 계속하고 있다. 그러나 거짓말은 나쁘지 않다. 진실 때문에 상처받는 것보다는 거짓말로 보호막을 치는 것이 훨씬 낫다.

웬일로 집에 가자마자 할머니가 웃으며 반겼다.

"왜? 왜 웃어, 할머니?"

웃을 일이 없는데 날 보고 웃으니까 도리어 기분이 나쁘고 불쾌하다. 게다가 할머니는 언제부턴가 집주인 행세를 하고 있다.

"그래도 누나라고 챙기는 거 보니까 대견해서 그런다."

"챙기다니? 내가?"

할머니가 소파 위에서 분홍색 곰 인형을 들어 올렸다. 소희에게 주려고 산 것이다.

"그게 왜 여기 있어?"

"다움이 준다고 장난감 사서 포장까지 하려고 했드만, 뭘."

"그거 내 친구 소희 줄 거야! 생일 카드 넣어서 주려고 포장 조금 풀러놓은 거란 말이야. 할머니는 잘 알지도 못하면서 왜 남의 걸 막 가져가?"

인형을 살폈지만 다행히 더러워진 곳은 없다. 할머니가 지금 막 방에서 들고 나온 듯했다.

"그런 거야? 그럼 간수를 잘 했어야지."

할머니는 민망한 듯 얼버무렸지만, 단어 하나가 내 머릿속에 콕 와서 박혔다. 간수? 간수를 잘 하라고? 반사적으로 저번 일이 떠올랐다. 고흐 화집을 마구 망쳐놓은 저 녀석. 명백히 녀석 잘못인데도 편을 들던 할머니. 간수를 잘 하라고? 왜 내가 내 집에서 그것도 내 방에서 물건 간수를 잘 하라는 소리를 들어야 하지? 여러 가지 일로 바빠서 잊고 있었지만, 아직도 고흐 화집은 엉망인 채로 내 방에 있었다. 나조차 아까워서 잘 못 보던 것을 그렇게 망쳐놓다니.

"난 또 왜 사내자식한테 분홍색 인형 선물인가 했더니……."

할머니가 혼잣말을 했다. 화가 치밀어 올랐다.

"짜증나니까 그만해!"

"아니, 할머니가 실수 좀 했기로서니 눈에 불을 켜고 달려드냐?

싸가지 없는 가시나가."

"뭐?"

눈물이 차올랐다. 나는 곰 인형을 들고 내 방으로 들어왔다. 문을 꽝 소리 나게 세게 닫고 잠갔다. 책상 위에 있는 베어브릭이 나를 보고 있었다. 표정 없는 그 얼굴이 나에게 울지 말라고 위로하는 듯했다.

나는 책상 서랍 안에 숨겨놓은 율이 준 곰을 꺼냈다.

괜찮아.

곰이 말했다.

"응, 난 괜찮아. 이깟 일로 안 울어."

난 씩씩하게 말했다. 말하고 나니까 정말 눈물이 쏙 들어갔다. 사소한 일인데 울고 말았다. 작은 곰을 손바닥 위에 앉혀놓고 바라보았다.

알음알음 - 네가 준 베어브릭 정말 예쁘다. 고마워.

갑자기 연락을 한다고 이상하게 생각하면 어쩌지? 노력하는 자가 승리한다. 노력. 나는 조금 더 적극적일 필요가 있다. 당장 검색을 해봤다. 피겨숍. 우리 동네가 아니라 다른 곳에, 시내에, 크고, 유명한 곳. 몇 번 단어를 바꿔가며 재검색한 끝에 명동에 있는 큰 피겨숍이 나왔다.

알음알음 - 명동 xx360 알아? 거기 가보고 싶어. 같이 갈래?

모른다고 하면 어쩌지.

율 - 알아. 같이 가자.

"정말?"
뛸 듯이 기뻤다.

알음알음 - 언제 갈까?
율 - 토요일?

분홍 곰 인형이 눈에 들어왔다. 토요일은 소희 생일이다. 곰 인형이 소희처럼 귀엽고 천진난만한 눈으로 나를 똑바로 보고 있었다.

소희를 배신할 거야?

곰 인형이 말했다. 책상 위에 꺼내놓은 율이 준 베어브릭을 흘낏흘낏 보는 것도 같았다. 나는 얼른 베어브릭을 서랍 안에 넣고, 곰 인형을 얼굴이 안 보이게 침대에 엎어놓았다.

알음알음 - 미안해. 내일은 소희 생일

생일인 걸 굳이 밝힐 필요는 없겠지? 쓰던 메시지를 지우고 다시 썼다.

알음알음 - 미안해. 내일은 친구랑 약속이 있어. 일요일은 시간 없어?

율 - 아니. 일요일에 가자.

해냈다. 노력하여 승리한 결과다.

또 누군가에게 들키면 어쩌지? 설렘이 물러가자 걱정이 다가왔다. 하지만 이성은 냉정하게 판단했다. 이번에는 동네도 아니고 명동까지 나가는 거니까 아는 애와 마주칠 확률은 희박하다.

율과 함께 있으면 즐겁다. 점심시간이 껴 있는데 뭘 먹지? 일요일이라 사람이 많을 텐데 옷자락이라도 잡고 다녀야 하나? 어색하게 떨어져서 다녀야 하나?

풋. 웃음이 밀고 나왔다. 요즘 웃을 일이 없었다. 아직 나에게도 웃음이 남아 있는 걸 증명하려는 듯 숨어 있던 웃음이 터져 나왔다.

"홍알음, 저녁 먹어라."

밖에서 할머니가 불렀다. 달콤한 상상 속에서 순식간에 현실로 끌어내려졌다. 일요일이 되려면 토요일을 지나야 한다. 토요일. 소희 생일을 축하해주기 위해 만날 생각을 하니까 마음이 무거워진다. 꼭 내가 엄청나게 나쁜 짓을 하는 기분이 든다. 내 탓이라는 생각도 들지만, 한편으로는 꼭 내 탓도 아니라는 생각이 들어 혼란스럽다. 엄연히 말해서 소희와 율은 아무 사이도 아니다. 소희가 율을 먼저 알았고, 먼저 좋아했지만, 그게 다다. 둘은 연인도 친한 친구도 아닌 아무것도 아닌 사이이다. 게다가 요즘에는 소희도 율 이름을 입에 올리지 않는다. 평생에 한 번뿐인 짝사랑이라고 요란을 떨더니 한풀 꺾인 게 분명하다.

그런데 왜 내가 이렇게 마음고생을 해야 해?

"저녁 먹으라고!"

할머니 목소리가 한 옥타브 올라갔다.

"홍알음!"

또 밥 소리가 나오기 전에 부리나케 밖으로 나갔다. 식탁 앞에는 빈자리가 너무 많았다. 이상하다. 가족들이 전부 사라진 이 느낌은 뭐지? 식탁 위에는 그 애와 할머니만 있었다. 가지고 싶은 것을 갖기 위해 노력하는 사이에 나는 그 애를 잊고 있었다. 사이렌이 울렸는지 안 울렸는지도 모르겠다.

할머니가 그 애 밥을 떠먹여주었다. 그 애는 할머니가 떠주는 밥을 꾸역꾸역 다 먹었다. 입가에 물에 말아 퉁퉁 불은 밥풀이 묻어 있다. 더러워. 혐오스럽다. 내 눈길을 눈치챈 할머니가 그 애가 목에 두르고 있던 가제수건으로 입을 닦았다. 하얀 천에 고스란히 음식물이 묻어 나왔다.

욱.

속에서 신물이 올라왔다. 하마터면 토할 뻔한 걸 겨우 도로 넘겼다. 입맛이 뚝 떨어졌다. 겨우 두 숟가락 먹었는데 배가 안 고팠다.

"그만 먹을래."

"뭘 먹었다고 그만 먹어?"

"됐어."

"그 다이어트라는 거 해봤자, 몸만 상한다. 연예인들 한다고 요즘 개나 소나 뭣도 모르고 다 하고, 원."

할머니가 혀를 끌끌 찼다.

"내가 무슨 다이어트를 한다고 그래? 할머니는 알지도 못하면서!"

다이어트 하냐고 묻지도 않고 단정 지어 말하는 할머니가 정말 싫다. 정말 정말 정말. 식탁 앞에 앉기 전까지 좋았던 기분이 싹 날아갔다.

율과의 만남은 꼭 판타지 세상 같다. 신나고 설레고 벅차다. 반면 현실은 비참하다. 그래서 더 무섭다. 자고 일어나면 다 꿈일까 봐. 내게 판타지 세상이 사라지고 비참한 현실만 남아 목을 조여 올까 봐 말이다.

우연을 만드는 것은 의지다

소희는 끊임없이 말을 했다. 그만 멈췄으면 좋겠는데, 자꾸 말을 했다. 음식이 나오기 전까지 수없이 많은 말을 한 것 같다.

"그냥 크림 파스타 시킬 걸 그랬나 봐. 토마토 오븐 파스타는 최근에도 먹었잖아."

"응, 그렇지."

화제는 파스타로 다시 넘어왔다. 소희는 큰언니 남자친구 이야기를 시작으로 작은언니의 지저분함, 엄마의 잔소리, 구두쇠 아빠를 둔 고뇌를 거쳐 잠시 전에 주문한 파스타와 피자 이야기로 갔다가 담임, 옆반 스캔들, 갖고 싶은 최신 휴대폰 이야기를 거쳐 다시 파스타 이야기로 넘어왔다.

"지금이라도 카르보나라로 바꿔달라면 바꿔줄까?"

"아니. 곧 나올 텐데……. 카르보나라 먹고 싶으면 하나 더 시킬까?"

"아냐, 살쪄. 하기는 크림 파스타 먹으면 살찔 거야. 얼마 전에 티브이에서 봤는데 토마토가 그렇게 몸에 좋대. 이탈리아에서는……."

이번에는 이탈리아 노인들에 대한 이야기였다. 언제부터 소희는 수다가 늘었을까? 원래 저랬던가? 변한 건 나일지도 모른다. 전에는 같이 맞장구를 치느라 수다가 긴지도 몰랐다. 그러나 이제는 거의 일방적으로 듣는 입장이 되어버렸고, 가만히 듣고 있자니 수다의 질과 양을 객관적으로 평가할 수 있게 된 것이다.

"와, 나왔다!"

마침내 음식이 나오고 나서야 수다 고문이 멈추었다. 먹음직스러운 냄새를 풍기는 오븐 파스타와 마르게리타 피자. 소희가 가장 좋아하는 조합의 메뉴였다. 맛있어 보이는 음식을 보고 나서야 오늘이 소희 생일을 축하하기 위한 자리임이 실감났다. 더불어 내가 준비한 선물도.

"아, 맞다. 선물!"

가방에서 포장된 선물을 꺼냈다. 막 파스타를 포크에 말던 소희가 손을 내저었다.

"이거 먹고. 식으면 맛없잖아."

기분이 팍 상했다.

"무슨 말을 그렇게 하냐?"

"뭐가?"

소희는 개의치 않고 포크를 놀렸다. 음식과 선물 둘 다 내 돈으로 사는 것이다. 그런데 소희는 전혀 고마워하지 않는 듯했다. 자기가 배가 고프다고 내가 준비한 선물을 밀어두는 게 괘씸했다.

당장 내 선물부터 뜯어보라고 하고 싶었지만, 순간 어이없게도 나는 일요일의 약속을 떠올렸다. 귓속에서 사이렌이 울린다. 그 애가 우는 소리와 비슷한. 소희의 생일이지 않은가. 딱 한 번만이다. 한 번만 더 져줄 것이다. 이번이 마지막이야.

퉁명스러운 소리가 나올 뻔한 내 입에 피자를 쑤셔 넣었다. 소희는 전혀 눈치채지 못하고 음식이 맛있다며 호들갑을 떨었다. 그 사이에 파스타집의 하얀색 프로방스풍 시계가 한 시를 가리켰다. 나비는 아직이다. 오래 마주치는 것도 좋을 것 같지 않아서 일부러 열두 시 반에 왔다. 딱 한 시에 함께 들어오는 것도 이상해 보일 테고, 혹시나 밖에서 먼저 마주치기라도 하면 소희가 다른 음식점으로 가자고 할 테니 말이다.

배를 좀 채우고 나서야 소희는 선물에 관심을 보였다.

"요게 뭘까나?"

"그냥 네가 좋아할 것 같아서."

포장지가 바스락거렸다. 소희는 상기된 얼굴로 내가 테이블 너머로 건네는 선물을 받았다. 그런데 받자마자 얼굴을 찌푸렸다.

선물에 소희 손이 닿은 지 삼 초도 안 되어서 일어난 일이었다.

"혹시 인형이야?"

"인형 받고 싶다고 했잖아."

"그거야 남친한테지. 친구한테 받는 거랑 남친한테 받는 거랑 같니?"

할 말이 없었다. 애써서 골라 선택한 선물이 처참하게 무시당했다. 그것도 포장된 채로.

"여하튼 고마워."

소희는 포장지를 풀었다. 바스락바스락. 기분 탓인지 포장지가 더 엉망으로 흩어졌다.

"분홍색? 예쁘네."

형식적으로 건네는 게 분명한 인사말이었다. 소희 눈빛은 실망한 빛이 가득했다. 내가 꽤 시간을 들여 고른 선물이 한순간에 유치한 선물이 되었다. 안에 넣은 내 카드가 포장지와 함께 의자에 버려져 있는 게 보였지만, 챙겨 말해주고 싶지 않았다. 소희가 카드를 읽는 게 싫었다.

사랑하는 내 친구 소희에게

생일 정말 축하해.

너와 꼭 닮은 귀여운 곰 인형이야.

마음에 들었으면 좋겠다.

앞으로도 영원히 친하게 지내자.

-너의 친구 알음이가

머릿속에서 사진으로 찍은 듯 카드 내용이 스치고 지나갔다. 어차피 백 퍼센트 진심을 담아 쓴 글도 아니었다. 읽지 않는 편이 나을 것이다.

그때 왁자지껄한 소리가 났다.

눈에 익은 나비의 친구가 보이고 이어서 나비가 들어왔다.

안녕? 여기 웬일이야? 이런 우연이 다 있네. 신기하다.

나와 눈이 마주치면 말할 셈이었다. 그러나 나비는 그대로 지나쳐 구석 자리로 갔고, 일부러 붙잡고 말하기에는 늦어버렸다. 내가 하려고 한 말은 공중을 떠돌았다. 나비는 자기 친구들을 툭툭 건드리며 장난을 치고 깔깔댔다. 즐거워 보였다. 나도 저기 낄 수만 있다면. 끼기만 한다면. 그러나 아직은 아니겠지. 그렇지만 즐거워 보이는 나비의 친구들에게 샘이 났다.

뒤늦게 소희가 생각나 돌아보니 허옇게 질린 얼굴로 눈을 내리깔고 애꿎은 테이블보를 보고 있었다.

"뭐해?"

"……응?"

방금 전까지 생일이라고 신이 나서 수다를 떨던 애가 기운이 쭉 빠져 있었다. 왜? 나비가 그렇게나 싫은 거야?

우리는 서둘러 가게를 나왔다. 나비와 우연인 척 마주친다는 계획은 일단 접기로 했다. 소희는 금방이라도 쓰러질 것처럼 파리했다.

"나비 때문이야?"

소희 얼굴이 딱딱하게 굳었다. 언젠가 한 번 보았던 표정인데 그게 언제인지 기억나지 않는다. 다만 예삿일이 아니라는 건 분명히 알았다. 소희는 무슨 일이 있으면 미주알고주알 떠들어댈 타입이지 입을 꾹 다물 타입이 아니다.

"난…… 저런 애들 정말 싫어."

마침내 입을 연 소희는 저번에 한 말을 반복했다. 이미 지겨울 정도로 들은 말이기에 크게 신경 쓰지 않으려 했는데 갑자기 소희 눈에 눈물이 고였다.

"야, 왜 그래?"

"나 정말 싫어. 특히 나비 옆에 붙어서 쫑알거리는 애."

눈물을 주룩 흘릴 거란 예상과 달리 소희는 갑자기 화를 냈다. 마치 내가 일부러 나비를 만나게 한 걸 아는 것처럼.

"걔가 왜?"

그 아이는 꽁알이라고 불리는 애였다. 옆 반인데 좀 세다 싶은 애들한테 딱 달라붙어서 아양을 떤다. 호랑이 옆의 여우랄까. 목소리가 귀여워서 어디서 들어도 좀 튀게 들린다. 그게 마음에 들어 곁에 붙어 있게 하는 애들도 있다. 어딜 데리고 가도 요란한 목소리로 요란스럽게 자신의 존재감 하나는 부각되게 해주니까.

얄밉다고 생각하는 애는 있어도 소희처럼 정말 싫다는 애는 없다. 보통 애들은 자신에게 피해를 주지 않으면 싫어하지 않는다. 그렇게까지 관심을 쏟을 필요가 없다는 걸 아는 것이다.

소희는 뭐라고 말을 하려는 듯 입을 달싹거렸으나 고개를 돌려버렸다. 나는 굳이 잡고 캐묻지 않았다. 그리고 잘 가라고 했다. 소희는 굉장히 황망한 표정으로 잠시 나를 보더니 손을 흔들고 돌아섰다. 한 손에는 내가 준 분홍색 곰 인형을 들고 있었다.

율은 아파트 단지 정문에 서 있었다. 일요일 오전의 우리 아파트는 무척이나 한가로웠다. 모두 집에서 늦잠을 자거나 누워서 텔레비전을 보는 걸까.

"왔어?"

저번 날과 똑같았으나 이번에는 내가 청치마를 입었다는 점이 달랐다. 위에는 평범한 티셔츠를 입었지만, 용기를 내었다. 확실히 치마를 입으니까 좀 여성스러워 보이기도 했다.

"치마 입었네?"

"으, 응. 나 원래 만날 입는데……."

"교복 입은 거만 많이 봐서 몰랐지. 잘 어울린다. 하긴 교복도 치마지."

율이 웃어주었다. 확실히 교복 치마와 그냥 치마는 다르다. 수많은 여자애들과 똑같이 입은 교복은 그저 교복일 뿐 예쁘게 여겨지지가 않는다. 아무리 줄이고 수선을 해도 교복인 건 달라지지 않는다. 그럼에도 불구하고 아이들은 어떻게 해서든 다른 교복을 입기 위해 노력한다.

우리는 지하철역까지 걸어가기로 했다. 역까지 가는 길에 율 집으로 가는 길목이 나왔다. 처음부터 지하철을 탈 줄 알았으면서 일부러 우리 집 앞까지 와준 것이 고마웠다. 그런데 아무 말도 할 수 없었다. 나란히 걸으면서도 율이 앞만 똑바로 보고 있었기 때문이다. 걷는 내내 이상하리만큼 말이 없어서 나도 침묵할 수밖에 없었다. 어쭙잖게 이 말 저 말 늘어놓아 소희처럼 가벼운 수다쟁이로 보이고 싶지 않았다.

지하철을 자주 탈 일이 없어서 가는 길이 익숙하지 않았다. 가끔은 예전에는 미처 못 본 아주 낯선 풍경도 눈에 들어왔다. 비어 있는 놀이터, 뒤늦게 어슬렁어슬렁 문을 여는 가게들. 유모차를 끌고 산책하는 아이 엄마. 평온하면서도 조용한 동네다. 조금 나른하지만 그만큼 여유로웠다. 나는 심술궂게도 전쟁이라도 일어나 조용한 이곳이 비상태세에 들어가는 상상을 해보았다. 모두 여유를 잃어버리고 우왕좌왕하며 집으로 숨어들어가거나 혹은 집에서 튀어나오거나 할 것이다.

“무슨 생각해?”

역에 거의 다 왔을 때 율이 물었다. 차마 평온한 동네가 폭격을 맞는 상상을 했다고 말할 수는 없었다.

"어? 어……. 어제 친구 만난 거 생각했어."

"친구? 혹시 이소희?"

"응. 걔 생일이라서."

말해버리고 말았다. 소희 생일인 건 끝까지 말하기 싫었는데 얼떨결에. 율의 눈에도 소희는 예쁘고 귀여운 아이로 비쳐질 것이다.

"그래? 그 친구랑 되게 친한가 보다. 넌 생일이 언제야?"

율은 다시 나에게 관심을 돌렸다.

"나 다음 달 7일."

"얼마 안 남았네? 다행이다."

"뭐가 다행이야?"

"안 지났잖아."

율은 그렇게만 말하고 아무 말도 안 했다. 깊은 눈이 뭔가를 생각하는 듯 더 깊어만 갔다. 처음 울트라맨을 갖고 등장했던 율과 지금 내 옆에 있는 율은 다른 사람 같다. 이제는 어딘가 쓸쓸하면서도 진지한 면이 많이 보인다. 내가 그렇게 보게 된 것인지 아니면 율이 변한 것인지 모를 일이다. 사람이 이렇게 확 달라 보일 수 있는 것일까? 요즘 소희를 달리 보게 된 것과도 연관이 있을까? 나에게 무슨 일인가 일어난 것이 분명하다.

"갈아탈 전철만 금방 오면 삼십 분이면 가겠다."

노선표를 보고 율이 말했다. 어느새 다시 활기찬 율로 돌아가 있었다.

"혹시 오늘 가는 데도 잘 아는 곳이야?"

저번 사거리 가게에서 주인을 형이라 부르던 걸 떠올리며 물었다. 율은 잠깐 멈칫하나 싶더니 고개를 저었다.

"잘 안다고 하기보다는 그냥 다른 사람 통해서 알아. 사실 나도 오늘 딱 두 번째로 가는 거야."

"그렇구나."

나는 애써 밝게 말했지만, 율은 다시 자기 속으로 들어갔다. 오늘따라 율은 잠깐씩 다른 곳에 마음을 두고 있었다. 몸은 여기 있었지만, 마음은 자꾸 어딘가로 갔다가 돌아왔다. 그게 뭔지는 짐작조차 할 수 없었지만, 기분 나쁘지는 않았다. 오히려 사색에 잠기는 모습이 그 애가 마냥 가볍지만은 않게 보여서, 나를 만나는 오늘이 진지하다는 뜻인 것만 같아서 마음이 놓였다.

명동역에 내려 큰길로 걸어 내려가다가 작은 골목으로 빠졌다. 나는 큰길도 제대로 모르기 때문에 놓칠세라 율을 따라붙어야 했다. 사람에 치여 놓치기라도 하면 큰일이라고 생각했지만, 다행히 아직 거리에 사람이 꽉 차지 않았고 골목으로 들어서니 인적이 드물었다. 율도 때때로 돌아보며 나를 챙겼다. 다만 발걸음만은 뭐가 그리 조급한지 점점 빨라져갔다. 꼭 가게에 시간 약속이라도 해놓은 사람처럼.

"여기야."

이곳도 지하였다. 꽤 큰 매장이란 말은 맞았지만, 역시 지하.

율과는 늘 내려가게 된다. 어디론가.

그러고 보니 조금 전 율의 마음도 계속 깊은 곳으로 내려가는 듯했다. 어디로 가는 걸까? 내가 알아도 되는 곳일까.

안에는 전에 보았던 종류의 피겨는 물론이고 바비 같은 인형과 로봇 등 수집가들이 좋아할 만한 장난감들이 잔뜩 있었다. 유명한 이유를 알 것 같다. 갖가지 종류의 정리가 깔끔하게 되어 있었고 매장도 크다. 손님들 역시 예사롭지 않다. 차림새가 튀지는 않았지만 뭔가 마니아 같은 냄새가 풍긴다. 다들 진중하게 물건을 구경하고 고르는 모습이 같은 부류라는 느낌을 전해준다.

인적이 드문 골목길과 달리 매장 안은 꽤 붐볐다. 나는 사람들 사이를 누비며 하나씩 구경을 하기 시작했다. 처음에는 곁에 있던 율이 정말 어디론가 가버린 것도 모른 채.

"진짜 대단하다."

무심코 던진 말에 대답이 없어 돌아보니 율이 없었다. 가장 먼저 날 두고 갔을지도 모른다는 생각이 들었다. 어쩐지 아까 본 눈빛이 그럴 수도 있을 것 같다는 느낌을 주었다. 황급히 가게 안을 살폈다. 율은 멀찌감치 떨어진 곳에 홀로 서 있었다. 단순히 구경을 하고 있는 것처럼 보였지만, 그 시선은 분명히 카운터로 가 있었다. 카운터에는 아르바이트생으로 보이는 여자애와 키 큰 남자가 함께 카운터를 보고 있었는데, 누구에게 가는 눈길인지 알 길이 없었다. 다만 확실한 것은 율이 다른 세상으로 가버린 것처럼 여겨졌다는 것이다. 이곳이 아니라 현실이 아닌 어딘가 아득하게 먼 곳에. 내가 모르는 곳에 가서 있었다. 갑자기 율이 가 있는 그곳 거리만큼이나 멀게만 느껴졌다. 나와 그 애는 단지 몇 번 만난 사람일 뿐이고, 지금 그 애 속을 모르는 만큼이나 우리는 아는 게 없는 사이였다. 아는 것보다 모르는 게 더 많은 사이.

나는 율과 함께 있다고 여겼지만, 사실 그 애는 그게 아닐지도 모른다는 생각에 가슴이 아려왔다. 여태까지는 아무와도 가까워지고 싶지 않았지만, 요즘은 누군가를 잘 알고 싶은 욕심이 생겨났다. 그러나 방금 인간은 누구나 혼자일 수밖에 없다는 걸 재차 확인했다.

한 발씩 가까워질수록 율이 카운터에 있는 사람이 아니라 카운터 자체를 보고 있다는 걸 깨달았다. 그 애가 하고 있는 먼눈은 지금이 아니라 다른 시간과 공간을 헤매고 있었다. 나는 작게 불러서도 들릴 만큼 그 애 가까이 다가갔지만, 곧바로 현실로 불러오는 것은 망설였다. 잠시 기다려주었다.

"어? 다 봤어?"

조금 뒤 율이 나를 인식하고 깨어났다.

"저기…… 뭐 보고 있었어?"

대답해주지 않아도 상관없었다. 율은 잠깐 나를 빤히 보더니 다른 말을 했다.

"아, 배고파. 뭐 먹고 다시 올까?"

"응."

율이 앞장섰다. 계단을 올라가는 뒷모습은 사뭇 달라 보였다. 늘 내려가는 모습만을 봐왔으니.

우리는 돈가스를 먹으러 갔다. 율이 두둑한 지갑을 꺼내 보였다.

"먹고 싶은 거 다 시켜. 오늘은 내가 사줄게."

"너희 집 부자야?"

나조차도 뜬금없고 무례하다고 여겨졌다. 이미 집에 가서 눈으로 확인했으면서 직설적으로 묻는 것이 속물처럼 여겨졌다. 소희나 할 철없는 질문 같기도 했다. 변명이 따라붙었다.

"그러니까…… 용돈을 많이 받는 것 같아서……."

"내가 마음대로 시킨다?"

율이 메뉴판을 잡고 세트 메뉴 두 개를 시켰다. 내 말이 기분 나빴나 가늠하느라 얼굴을 살폈지만, 여느 때처럼 밝은 얼굴이었다.

"돈이 많긴 해. 그런데 돈이 많다고 잘 사는 건 아니더라고."

대답을 듣고 나서야 나는 내가 물어보고 싶던 진짜 질문을 깨달았다.

"진짜 부자인지 알고 싶어서 물어본 게 아니라…… 사실은 왜 이렇게 나한테 뭘 사주나 싶어서 물어본 거야."

돈가스도 베어브릭도. 아무 사이도 아닌 나에게 왜 사주는 걸까.

"몰라. 아마 너도 나랑 비슷한 거 같아서?"

"내가?"

내가 아는 율과 내 공통점은 피겨에 흥미가 있다는 것뿐이다. 율이 웃었다.

"가끔씩 넌 어딘가로 가 있는 것 같아."

율 입에서 이런 말이 나올 줄은 몰랐다. 내가 본 율의 모습을 율은 나에게서 보고 있었다니.

"나도…… 그래?"

"너도 내가 그런 거 눈치챘구나?"

돈가스가 나왔다. 모락모락 김이 나게 잘 튀겨진 일식 돈가스를 보니까 그제야 배가 고팠다.

"와, 맛있겠다. 나 돈가스 정말 정말 좋아해. 순식간에 다 먹어버릴 테다!"

율이 언제 진지했냐는 듯 소란을 떨며 아그작아그작 먹는 시늉을 했다. 웃음이 터져 나왔다. 정말 다 먹어치울 듯이 행동하는 게 웃기기도 했지만, 율이 일부러 나를 두고 다른 곳에 가 있던 것이 아니라는 걸 알아서 안심이 되었다. 그래서 점점 기분이 좋아졌다. 비슷하다고 해주어서 고마웠다.

율은 다시 아파트 정문까지 데려다준다며 자기 집으로 가는 길목을 그냥 지나쳤다.

밥을 다 먹고 매장에 다시 들어갔을 때는 둘이 함께 다니며 이것저것 구경하였다. 나는 작은 휴대폰 줄을 하나 샀고, 율은 아무것도 사지 않았다. 그리고 우리는 햄버거 가게에서 아이스크림을 먹은 뒤 돌아왔다.

"며칠 전이 형이 죽은 날이었어. 이 년 전에."

우리 아파트까지 거의 다 왔을 때, 문득 율이 멈춰서며 말했다.

"아까 그 가게에서 형이 아르바이트를 했거든. 그래서 꼭 한 번 더 가보고 싶었어. 형이 일할 때 한 번 데려간 뒤로는 처음이야. 혼자 가기가 좀 그렇더라고. 그런데 마침 네가 가자고 해주어서…… 정말 고마웠어. 갈 핑계를 만들어준 거잖아."

"형이…… 그럼 형이 모은 거구나?"

"맞아. 그 지하 방도 피겨도 다 형 거야. 난 꼴도 보기 싫은데 차마 버릴 수 없어서 그런 걸 좋아하는 사람들에게 보내려고 그래."

율 눈이 다시 깊어졌다. 밑으로 밑으로 가라앉았다. 그런데 다른 곳으로 가버리지는 않았다. 내 앞에 서서 내 눈에 눈을 맞추며 그대로 있었다.

"그런데 형은 왜……."

"그 가게에서 알바하고 집에 오다가 차 사고로. 기타를 산다고 돈을 모았어. 엄마 아빠가 피겨는 오케이였는데 음악은 노였거든. 차라리 계속 피겨나 사 모으라고 야단이었지."

"형이 음악을 했어?"

"데이브릭이라는 밴드를 했어. 결성되자마자 해체였지만."

"그랬구나."

얼굴도 모르는 율의 형이 기타를 잡고 무대에 서 있는 모습을 떠올렸다. 율보다 크고 말랐을 것 같다. 내 생각을 말해줬더니 율이 헤헤 웃었다.

"우리 집에 왔을 때 거실에 걸린 가족 사진 못 봤구나? 우리 집에서 내가 가장 잘생겼지. 아닌가? 동생이 더 잘생겼나?"

"동생도 있어?"

"응, 쌍둥이. 나이는 같지만 내가 한참 오빠야. 쌍둥이 세계에서는 오 분도 굉장한 차이인 거 알지?"

율이 언제 깊은 눈을 했느냐는 듯이 장난스럽게 웃었다.

"쌍둥이라서 좋겠다. 서로 말도 잘 통할 거 같아."

"아니. 그렇지도 않아. 동생은 형 그렇게 된 뒤로 우리 가족하고 말도 잘 안 해. 형 죽인 게 아빠라고 생각해서 맨날 싸워."

아까 카운터에서 과거 형의 모습을 되짚어 가던 율도 하나도 괜찮아 보이지 않았다. 이곳이 아니라 딴 곳으로 떠나버리고 싶어 하는 모습이 역력해서 내 마음까지 슬퍼졌다. 가지 마. 붙잡아 주고 싶었다.

"벌써 다 왔네. 들어가. 오늘 고마웠어. 내가 워낙 겁쟁이여서 혼자 거기까지 갔으면 무서웠을 거야. 그리고 너도 무슨 일인지 모르지만 슬퍼하지 마. 자꾸 그러면 버릇된다."

버릇이 든 건 내가 아닌 듯하다.

그래도 나는 손을 흔들었다. 율은 내가 들어갈 때까지 서 있다가 돌아갔다.

너도 슬퍼하지 마.

말하지 못하고 나는 집으로 올라왔다.

내 것이 될 수 없다면 남의 것도 될 수 없다

지난주부터 나비는 학생부실로 등교하고 있었다. 소문에 의하면 뭘 훔치다가 걸렸다고 했다. 학생주임은 이번 기회에 눈엣가시를 뽑아버리려 했지만, 나비 부모가 손을 써서 이 정도로 넘어갔다는 말이 전해졌다.

"이번에도 내가 있었으면 안 걸렸을 텐데."

나비의 절도를 도와준 지난 일이 떠올라 중얼거렸다. 소희가 질색했다.

"무슨 소리를 그렇게 하니?"

"뭐, 말이 그렇다는 말이지."

"너 요즘 되게 이상한 거 알아?"

누가 할 소리. 이상한 건 소희다. 늘 발랄하던 소희는 요즘 창밖을 내다보며 우울해할 때가 많았다. 파스타 집에서 꽁알을 보고 싶다고 한 일이 궁금했지만, 나는 묻지 않았다. 가끔 소희는 율이 보고 싶다고 말하곤 했다. 그러나 율을 만나러 간다거나 연락을 하지는 않았다. 마치 이루어질 수 없는 비극적인 사랑이라도 되는 양 멜로영화 속 비련의 여주인공 흉내를 냈다.

간밤에 계약자가 찾아와 일러준 말이 떠올랐다.

내 것이 될 수 없다면 남의 것도 될 수 없다.

계약자는 아직도 곰 모습을 하고 있었고, 이 말만 남기고 사라졌다. 어쩌면 나는 소희 때문에 영영 율을 가질 수 없을지 모른다. 그러니까 소희도 율을 가질 수 없다.

2교시 쉬는 시간에 교실이 술렁거리는 느낌이 들더니 나비가 돌아왔다. 눈부터 살폈지만, 멍이 쏙 빠져 있었고, 담담한 표정이었다. 나비를 따르는 애들이 학주 욕을 하며 나비 비위를 맞추었다. 꼭 여왕벌을 맞이하는 일벌들 같았다. 나비가 교실에 없을 때는 자기들 세상을 만난 양 시끄럽게 굴더니 나비가 있으니까 기가 좀 죽어 나비 눈치를 봤다. 특히 꽁알은 목소리를 드높여 욕설을 퍼부었다. 욕먹는 상대는 나비를 괴롭히는 모든 악당이었다.

나는 나비 무리 쪽을 힐끗거리다가 책을 꺼내 읽었다. 소희는 미연과 혜진을 따라 매점에 갔다. 우울해하면서부터 소희는 부쩍 그 애들과 잘 어울렸다. 그 애들도 소희에게 같이 가지 않겠냐고 먼저 묻는 일이 잦아졌다. 나는 소희에게 오렌지 주스 하나를 부탁했는데, 소희도 굳이 나에게 같이 가자고 하지 않았다.

쉬는 시간이 끝나는 종이 치자, 소희는 그제야 들어왔다. 소희는 재빨리 내 자리로 다가와 아무 말 없이 작은 오렌지 주스 한 병을 책상 위에 올려두고 자기 자리로 돌아갔다.

종일 이상하게 뒤숭숭했다. 날씨도 갑자기 우중충해져서 금방이라도 비가 내릴 듯 하늘이 무거워지고 낙엽이 운동장에 굴러다녔다. 바람이 차가워서 교실 창문을 닫아야 했다.

날씨 때문인지 소희도 기분이 많이 가라앉았다. 시도 때도 없이 늘어놓던 수다도 내뱉지 않았고, 점심을 먹을 때도 말이 별로 없었다. 전에도 비가 내리는 날마다 우울하다고 노래를 불렀기 때문에 이상하게 여겨지지는 않았다. 우산이 없어서 비가 올까 봐 걱정이 될 뿐이다.

"비 온다."

결국 집에 갈 시각에 맞춰 비가 내렸다. 내 말에 가방을 메고 곁에 왔던 소희가 가방을 다시 내려놓았다.

"나 우산 있어."

"엄마가 말 안 해줘서 비 올 줄 몰랐는데, 너라도 우산 있어서 다행이다."

엄마는 아침마다 일기예보를 보고 아침 식사를 할 때 날씨에 대해 일러주곤 했다. 아, 그런데 말을 하는데 이상한 기분이 들었다. 엄마가 날씨에 대해 알려주었던 게 언제더라? 최근 들어 날씨 얘기를 들은 기억이 없다. 그러고 보니 요즘 아침 식사는 거의 혼자서만 하고 있다.

소희 우산을 쓰고 함께 건물 밖으로 나섰다. 빗줄기가 굵지는 않았지만, 바람이 많이 불어서 자꾸 안으로 들이쳤다. 나는 소희가 든 우산을 바람이 오는 방향으로 조금 틀었다.

"야, 그러면 내가 맞잖아!"

내내 조용하던 소희가 소리를 내질렀다.

"바람을 막아야 비가 안 들이치지."

"싫어. 난 이렇게 들 거야."

"그러면 우리 둘 다 맞는다니까?"

"진짜 짜증나!"

갑자기 소희가 우산대를 거칠게 낚아챘다. 나는 내동댕이쳐지듯 밖으로 밀려가면서 우산살에 얼굴을 긁혔다. 순식간에 일어난 일이었다.

"야, 왜 그래?"

"이거 내 우산이야. 그러니까 내 마음대로 할 거야. 불만 있으면 넌 쓰지 마!"

왜 이렇게 예민하게 구는지 알 수 없었다. 황당했다. 지나가던 애들이 우리를 구경거리 삼아 보면서 갔다. 얼굴이 빨개졌다. 우산살에 스친 볼이 따가웠다.

"야, 이소희."

소희는 내 말이 들리지 않는지 우산을 쓰고 뚜벅뚜벅 홀로 걸어갔다. 걸음이 아주 빨랐다. 나는 멀어져 가는 소희를 멍하니 서서 보다가 정신을 차렸다. 온몸이 흠뻑 비를 맞은 뒤에야 나는 소희를 따라 뛰기 시작했다. 단순히 날씨 때문에 기분이 우울한 게 아닌 듯했다. 오늘 종일 가라앉아 있던 소희. 언제부터였을까? 점심시간? 아니면……. 재빠르게 내 책상 위에 올려놓던 주스 병. 아무 얘기도 하지 않고 돌아가던 소희. 그 전까지는 그렇지 않았다. 웃고 떠들고 우울하더라도 우울하다고 징징대거나 내가 듣고 위로해주길 바라며 들리게 한숨 쉬는 게 바로 소희였다.

그때 무슨 일이 있었기에? 매점에 함께 간 미연과 혜진이 또 무슨 이야기를 한 걸까? 아니면 쉬는 시간에 다른 일이라도……. 번개처럼 율이 떠올랐다. 소희가 저렇게 나올 이유는 율밖에 없다. 우리 학교 매점과 옆 학교 매점은 담벼락을 하나 사이에 두고 나란히 있었다. 매점에 갔다가 옆 학교 애들과 말싸움이 붙는 일이 잦아서 학교 측은 곧 매점 위치를 옮기겠다고 선언했다. 우리 학교와 옆 학교 애들은 그 담벼락을 만남의 장소로 쓰기도 했다. 담을 기어오르는 애들도 많았다. 혹시 율이 거기 있던 걸까?

귓속에서 경고가 울렸다. 와아앙. 나는 우리 집에서 그 애를 거의 지워가고 있었다. 계약자의 조언대로 하며 다른 일로 신경을 돌리다 보니 그 애 소리에서 벗어날 수 있었다. 그러나 갑자기 그 애가 머릿속으로 기어들어왔다.

"소희야!"

마침내 동네 어귀에서 소희를 발견했다. 소희는 아직도 잔뜩 굳은 뒷모습으로 걷고 있었다. 모든 것에서 벗어나고 싶다는 듯이. 나에게서 도망치고 싶다는 의지가 역력한 모습이었다. 나는 가까스로 소희네 집 앞에서 소희를 붙잡았다.

"왜 그래? 응?"

"저리 가!"

소희가 나를 밀쳤다. 약한 소희에게 밀릴 내가 아니었다. 소희는 그게 억울하다는 듯 나를 잡고 흔들다가 말했다.

"진짜야?"

"뭐…… 뭐가?"

"신율!"

"율이가 뭐?"

"나 정말 그 애가 보고 싶었어. 그래서 메시지를 보냈어. 매점으로 와달라고."

뜻밖이었다. 소희가 그런 일을 했다는 것보다 나에게 아무 말도 안 한 것이.

"혜진이랑 미연이가 같이 가 준다고 했어. 왜 너랑 안 갔냐고? 그건 네가 나비를 좋아하기 때문이야."

나비? 여기서 나비 이야기가 왜 나오지?

"나비……라니?"

"몰라! 그냥 넌 나비를 좋아하니까 아무렇지도 않게 받아들일 것 같아서 말 못했어. 그런데 난 달라. 난 그런 애들 질색이라고!"

계속 소희는 뜻 모를 말을 이어갔다. 매점에서 율을 만난 게 분명한데, 뜬금없는 나비 이야기로 흘러갔다. 어찌 되었건 분명한 점은 소희가 율을 만났고, 그 자리에 혜진과 미연이 동행했다는 사실이다. 그리고 혜진과 미연은 내가 율과 함께 있는 것을 보았다. 친척 오빠라고 둘러댄 것도 알았다.

"……미안해. 그런데……."

미안하다고 말하면 끝인데, 그 말밖에 할 말이 없었다. 소희가 자기가 쓰고 있던 우산을 바닥에 내동댕이쳤다.

"신율이 뭐래는 줄 알아? 곧 돌아오는 네 생일에 함께 서프라이즈 파티를 해주재. 다른 사람도 아니고 나한테 말이야. 넌…… 날…… 배신했어. 나 너무 비참해."

"그런 거 아냐! 율이는……."

"꺼져. 그리고 그 애 이름은 율이 아니고 신율이야. 나신율!"

소희가 휙 뒤돌아 자기 집으로 달려 들어갔다. 미처 잡을 새도 없었다. 엉망으로 망가져버린 소희의 우산만이 남았다. 정말 예쁜 우산. 핑크색 하트무늬와 레이스가 무척이나 마음에 든다며 영원히, 꼬부랑 할머니가 돼서도 쓸 거라고 했던 우산. 그런데 지금은 처참히 망가져 있었다. 소희와 나처럼.

어디선가 나타난 벌레들이 몸에 난 모든 구멍으로 들어왔다. 징그러웠지만 비명은 나오지 않았다. 벌레는 내 몸을 잠식하고 나를 집어삼키려고 안간힘을 썼다. 굵어진 빗줄기도 벌레를 씻어낼 수는 없었다. 나는 이미 더러워질 대로 더러워져 벌레보다 못한 존재가 되어 있었다.

내 것이 될 수 없다면 남의 것도 될 수 없다.

소희도 나와 같은 생각을 하고 있었다. 이소희 것이 될 수 없다면 홍알음의 것도 될 수 없다. 나신율. 외자 이름이라 멋있다고 함께 떠들던 소희가 왜 그 애를 나신율이라고 칭하는 거지? 율을 처음 봤을 때 평범하다고 느꼈던 것이 사실은 누군가와 닮았기 때문이라면? 익숙함을 평범함이라고 착각한 건 아닐까?

나는 뒤늦게 나비의 정체를 깨닫고 웃었다. 나신율과 나비진. 왜 진작 몰랐을까. 율의 집에 처음 간 날, 소희 얼굴이 하얗게 질렸던 이유를.

사라진 것을 찾지 마라

당장 율의 거실로 달려가 확인하고 싶었다. 나는 기다란 소파 뒤에 있던 액자를 기억하고 있었다. 가족사진이 걸려 있었다. 그때까지만 해도 나는 율에 대해 잘 몰랐고 남의 가족을 눈여겨볼 이유도 없었다. 율을 좋아하던 소희는 관심이 많았겠지만.

소희가 나에게 말하지 못한 것도 이해가 됐다. 나는 지나치게 나비를 좋아했고, 소희는 지나치게 나비를 싫어했다. 율의 가족사진에서 율과 나란히 서서 웃고 있는 나비를 보았을 때 느꼈을 소희의 기분을 공감해줄 수 없었다. 소희는 나에게 털어놓을 고민이 아니라는 걸 깨닫고 미연과 혜진을 잡았다. 그 애들은 재미없을 만큼 평범했고, 그래서 소희의 첫사랑이 이루어질 수 없음을 함께 슬퍼해줄 수 있었다.

우리가 알아온 긴 시간 동안 서로 사이좋게 지낸 시간이 많지만, 다툰 적도 많았다. 그리고 사소한 다툼 뒤에도 늘 부은 눈으로 아침을 맞곤 했다. 그것이 연필심을 부러뜨린 아무리 사소한 일일지라도 나는 밤늦게까지 울다가 지쳐 잠이 들었다. 소희 역시 마찬가지여서 우리는 싸움 끝을 늘 눈물범벅의 화해로 마무리했다.

수많은 다툼과 수많은 화해. 하지만 어느 순간부터 나는 소희에게 져주기 시작했다. 아니 아예 싸울 일을 만들지 않았다. 그럴 조짐이 보이면 일단 내 의견을 꺾는 것으로 소희 비위를 맞추고 그다음에서야 시간을 가지고 이해하려고 노력했다. 가끔 억지 같아 보이더라도 그랬다. 소희를 동생 보듯 너그럽게 대하며 언니 노릇을 하고 있었던 것이다.

그러나 이번에는 그 정도로 넘어갈 수 있는 일이 아니다. 나는 어린 시절처럼 울지 않았지만, 마음이 편하지도 않았다. 소희와 나 우리 둘 사이에 엄청난 사건이 일어난 것이라는 건 실감하고 있다. 돌이킬 방법이 없다는 것도 알고 있다. 그래서 아무것도 할 수 없다. 처음부터 하나씩 잘못되어가고 있었고, 나는 그걸 알면서도 다음 단계로 그다음 단계로 억척스럽게 넘어갔던 것이다. 시간을 되돌릴 수 있다면, 율이 만나자고 했을 때 거절했을까? 아니다. 나는 율이 이끄는 대로 따랐을 것이다. 역시나 무척 기뻤을 것이다.

그래서? 그래서 눈물이 나오지 않은 걸까? 율과 만난 일이 불법이거나 불륜이 아니라는 것을 아니까 소희에 대한 미안함과 죄책감이 그만큼 작아진 것일까?

몇 번이나 썼다가 지웠지만 결국 소희에게 전달되지 않은 메시지에는 미안하다는 내용이 가득하다. 그러나 나는 정말 나쁜 년이다. 나비가 신율의 쌍둥이 여동생이라는 걸 아는 순간, 나는 기뻤다.

꼬박 밤을 새고 먼동이 터올 때쯤 나타난 계약자는 한 가지 말만 하고 갔다.

사라진 것을 찾지 마라.

"밥 먹어라."

할머니는 어김없이 아침상을 차려놓고 나를 불렀다. 아침상에는 빨간 국물을 한 오징어무국이 올라와 있었다. 오늘은 내 생일이다. 미역국이 어디에라도 숨어 있지 않다는 걸 알았지만 나는 식탁 위를 눈으로 훑었다.

"왜 오징어국이야?"

"왜라니?"

할머니는 의아하게 나를 봤다. 두 번 물을 것 없이 포기해버렸다. 원래 우리 가족이 아닌 할머니는 모를 수도 있다고 생각하니까. 그러나 엄마는 알았어야 한다. 오늘은 미역국을 끓여야 한다고 귀띔했어야 한다. 엄마? 그러고 보니 엄마는 어디 있지? 식탁에 함께 앉은 순간이 언제인지 까마득하다. 아니, 식탁에서뿐만 아니라 엄마를 본 지가 꽤나 오래되었다는 생각이 든다. 정신이 몽롱하다. 이상하다. 아무리 가늠해봐도 엄마와 마지막으로 이야기한 것이 까마득한 옛날 같다. 그 애 물건을 잔뜩 사 들고 들어온 날? 아니면 언제? 그다음에 본 적이 있던가? 너무 일상적인 풍경이어서 엄마가 있던 모습을 뇌리에서 지워버렸나?

"밥 안 먹고 뭐해? 오징어국이 싫어서?"

할머니가 나를 빤히 바라보았다. 그러고 보니 이 집에는 할머니와 그 애, 나만 있었다. 의도적으로 그 애의 존재를 지운 적은 있지만 그것 또한 일시적이었을 뿐이다. 언제부터 우리는 셋이서 살게 된 걸까. 혼란스럽다.

"엄마는?"

내 물음에 할머니는 침묵했다. 집 안이 고요해졌다. 그 애는 사이렌을 울리지 않을 때는 언제나 조용했다. 그래서 더 사이렌이 시끄럽게 여겨졌다.

"엄마는 어디 갔는데?"

아무 감정이 실리지 않던 할머니 얼굴이 잠시 일그러지더니 뜨악한 표정으로 바뀌어갔다. 내 질문이 이상하다는 건 잘 안다. 어디 갔는지 물을 게 아니라 언제 사라졌는지 물었어야 옳다.

"알음아, 괜찮냐? 엄마가 간 게 언젠데 이제 와서……."

할머니가 내 이마로 팔을 뻗었다. 나는 할머니 팔을 막았다.

"됐어. 말하기 싫으면 하지 마."

벌떡 일어섰다. 식탁 의자가 찌익 끌리며 괴이한 소리를 냈다. 개의치 않고 서재로 달려갔다.

문은 굳게 닫혀 있었다. 집을 들어오고 나가는 동안 늘 이 방문은 닫혀 있었던 것 같다. 엄마가 일을 할 때는 늘 닫혀 있어서 익숙했기에 이상하게 여기지 않았다. 늘 작업 중이라고 생각했던 것 같다.

"엄마, 문 좀 열어봐."

"애가 왜 이래? 네 엄마 없잖아."

할머니가 내 어깨를 잡았다. 엄마가 없긴 왜 없어?

엄마는 지금 방문을 굳게 닫고 숨을 죽이고 있다. 안에서 이 소란에 귀를 기울이는지, 귀를 틀어막고 수면제를 먹고 잠이라도 자는지. 요즘 한 번도 엄마 방에 들어간 적이 없다. 전에는 늘 드나들던 그 공간이 그 애가 온 뒤로 뒤틀리고 비뚤어져 낯설기만 하다. 그래서 그 공간에 살고 있는 엄마도 멀게만 느껴지는 것이다. 엄마는 내가 들어오길 바랄까? 내가 들어가면 엄마를 밖으로 끌어낼 수 있는 건가?

당장 문을 열어 할머니에게 엄마를 보이고 싶었지만, 그럴 수가 없었다.

사라진 것을 찾지 말라는 계약자의 조언을 따르기로 했다.

주머니 속 휴대폰이 부르르 몸을 떨었다.

율 - 생일 축하해.

"학교 다녀올게."

율을 만나야 한다. 지금 이야기할 만한 상대는 율밖에 없다.

알음알음 - 지금 어디야?

율 - 학교. 오늘 일찍 왔거든.

알음알음 - 그래. 그럼 1교시 끝나고 매점에서 잠깐 볼래?

우리는 매점 담장에서 만나기로 했다. 내가 옆 학교 아이를 거기로 불러낸 것은 처음이다.

학교에서 마주친 소희는 감정이 쭉 빠져버린 것 같은 이상한 얼굴을 하고 있었다. 밤새 눈물로 감정을 짜내어 빼낸 얼굴. 다시 죄책감이 들었다. 소희 눈은 퉁퉁 부었던 걸 억지로 가라앉힌 게 분명한 모양새를 하고 있었고, 반사적으로 얼린 숟가락이 떠올랐다. 소희도 떠올렸을까? 율을 처음 알게 된 게 얼린 숟가락 때문이었다는 것을.

소희 곁에는 미연과 혜진이 붙었다. 반 아이들이 이럴 때는 눈치가 빨랐다. 늘 붙어 다니던 우리가 따로 있는 걸 본 순간부터 그 애들은 우리 사이에 무슨 일이 있었다는 걸 감지해냈다. 평소에 나와 스스럼없이 지내던 아이들은 무슨 일인지 알아내겠다는 의지를 보이며 귀찮게 굴었다. 나는 잡담이나 할 여유가 없었고, 스스로 방어막을 칠 수밖에 없었다. 그걸 굳이 깨고 들어오려는 애들은 다행히 없었다. 두꺼운 방어막을 보며 나를 비난할 뿐이었다.

혼자 있다는 건 하나도 쓸쓸하지 않았지만, 내 삶에서 소희가 빠져버린 것이 허전했다.

"이따가 내가 맛있는 거 사줄까?"

나를 보자마자 율은 딸기 우유를 내밀며 말했다. 딸기 우유는 소희가 좋아하는 건데.

"아니야. 됐어."

"왜? 우리 파티 하자."

다른 애들처럼 돌을 딛고 올라서 담장 위로 머리를 삐죽 내민 율은 작은 무대에 들어가 연기하는 마리오네트 같았다. 나는 인형극을 올려다보고 있었다. 율과 소희는 주연. 나는 주술을 써서 그들의 사랑을 가로챈 악역.

"파티는 무슨. 됐어."

"그래? 친구들끼리 놀기로 했나 보구나. 에이, 아깝다. 내가 먼저 예약할걸."

내 생일 파티를 하자는 율에게 소희가 뭐라고 했는지 모르지만, 율은 평소와 다름없었다. 소희는 비련의 여주인공답게 고자질 따위 하지 않은 걸까.

율에게 모든 걸 말하고자 했던 마음이 사그라졌다. 아직 율은 나를 잘 모른다. 순진하고 착하다. 그리고 나도 자신과 비슷하다고 생각한다. 내 속에 있는 악마에 대해 알게 되면 크게 실망할 것이다.

엄마가 없어졌어.

뭐? 언제?

몰라. 오래전인 것 같아.

어떻게 엄마가 없어진 걸 모를 수 있어?

평범한 모두는 나에게 말할 것이다. 엄마가 없는 걸 몰랐단 말이야? 몰랐어. 난 내 방에만 있었으니까. 엄마는 엄마 방에 있는 줄 알았겠지. 아마. 아마도.

"나 이제 갈게."

"진짜 나랑은 안 놀 거야? 내일도 싫어?"

율은 아쉬운 눈을 했다. 나는 악역을 어떻게 벗고 연극을 끝내야 할지 몰라 한참 율을 마주 보다가 돌아섰다.

소희가 가질 수 없다면 나도 가질 수 없다.

당장 계약자를 불러내어 묻고 싶다. 내가 이루고 싶은 소원은 단지 정다움 그 애를 우리 집에서 사라지게 하는 것뿐인데, 왜 이런 일이 벌어졌는지를. 조언을 받아들이자 나는 가진 것을 잃어가고 있었다.

나는 아무에게도 말을 걸지 않고 철저히 혼자가 되어 애꿎은 나비를 눈에 담았다. 나비는 평소처럼 심드렁하게 학교생활을 하고 있었고, 내 눈길을 눈치채지 못했다. 내가 선택해야 했던 사람은 율이 아니라 나비였는지 모른다. 계약자가 말한 시작을 가져올 새 친구는 나비였는지도.

온종일 나비를 좇던 나는 방과 후에도 나비를 좇았다. 나비는 끝나기 무섭게 운동장으로 나갔다. 걸음이 빨랐다. 꽁알처럼 자신에게 들러붙는 애들이 귀찮다는 듯이. 흡사 몸에 들러붙은 먼지를 떨쳐내기라도 하려는 듯 힘차게 양쪽 팔을 흔들며 걸어갔다. 씩씩하고 활기찬 나비. 나는 자연스럽게 뒤를 따랐다.

나비는 익숙한 길을 걸어갔다. 우리 아파트가 저 멀리 보이는 길. 어느 순간 나비는 골목길 모퉁이를 돌았다. 골목에 골목을 지나니까 고물 리어카가 벽에 기대 있었는데, 몸을 옆으로 틀어 그 사이를 통과해 들어갔다. 나는 따라 들어가다가 도로 나왔다. 그 안은 공터였다. 나비는 막 컨테이너 건물로 들어갔고, 나오다가 나를 보면 이상하게 여길 것이다.

나는 리어카를 볼 수 있는 한쪽에 몸을 숨기고 나비를 기다렸다. 십오 분 뒤 나비가 나왔다. 왔던 길을 되돌아 큰길 쪽으로 걸어갔다. 이번에는 따라가지 않았다. 나비가 들어갔던 컨테이너가 궁금했다.

조심스럽게 공터로 들어섰다. 원래 집 한두 채 정도가 있던 곳을 허물고 공터로 만든 것인지 뜬금없는 풍경이다. 주위에는 모두 주택들이고, 이곳만 빠진 이처럼 휑하다. 용도를 가지고 있을 공간임이 분명한데도 한쪽 구석에는 녹슨 철제 의자 따위가 어지럽게 쌓여 있다. 마치 세상과 격리되어 있는 숨겨진 공간 같다.

"누구니?"

등 뒤에서 귀여운 목소리가 말을 걸었다. 인기척을 느끼지 못했다. 몸이 절로 움찔 움직였다. 돌아보니 꽁알이 혼자 서 있었다.

"어? 그냥 구경하는 거야."

"구경? 누구 따라온 건데?"

내가 나비를 미행한 걸 아는 말투는 아니었다. 그리고 나를 아는 것 같지도 않았다. 하긴 꽁알은 튀는 아이고 유명하지만, 나는 아니다. 평범해서 눈에 띄지도 않는데 옆 반 애가 날 알 리 없다. 공부를 아예 잘하거나 아예 못하거나 아니면 다른 개성이 있어야 눈에 띄는 존재가 될 수 있다.

"나비 따라왔어."

스스로 놀랄 정도로 뻔뻔한 대답이었다. 거짓말을 한 건 아니지만, 나비가 알면 깜짝 놀랄 것이다. 게다가 난 비진이와 친한 애들만 부르는 별명으로 그 애를 불렀다. 나비.

"정말? 하긴. 여긴 나비만 손님 부를 수 있어. 딴 애들이 부르면 난리나지."

일명 나비를 중심으로 한 무리들의 아지트인 모양이다. 눈에 띄는 존재들. 나는 도저히 함께할 수 없는 아이들. 나비가 나에 대해 아는 건 고작 같은 반 모범생이라는 사실이다. 그래도 나는 나비가 부른 손님인 양 행동하기로 했다. 오늘만큼은 내 마음대로 해보고 싶다. 생일이니까.

"그런데 나비는 너 데려다 놓고 어디 갔어?"

"이거 너희가 만든 거야?"

나는 대답 대신 작은 컨테이너 건물을 가리켰다. 꽁알은 쌩끗 웃었다.

"설마. 원래 있었어. 벽에 깨지고 구멍난 데가 있어서 바람이 다 들어오기는 한데, 그럭저럭 괜찮아. 들어가 볼래?"

꽁알은 붙임성이 좋았다. 이 아이 저 아이에게 들러붙어 귀여움을 받는 이유가 다 있었다. 비록 호랑이에게 붙는 여우라고 욕을 먹어도 부럽다. 나도 나비에게 들러붙어 종알종알 이야기를 하고 싶다.

안에는 휴대용 가스 버너가 놓인 밥상이 펴 있었다. 바닥에 이불이 여러 겹으로 깔렸고 담요도 있었다. 구석에는 다 먹은 컵라면 용기가 쌓여 있었다.

"아씨, 그때 그때 좀 치우라니까 더럽게."

꽁알이 투덜거리며 컵라면 용기를 들고 나갔다. 컵라면을 끓여 먹는 일이 잦은 눈치다. 나비와 마주 앉은 나를 상상해보았다. 이불 위에 드러누워 수다를 떨다가 출출하다며 컵라면을 하나씩 끓여 먹는다. 빨리 빈 용기를 내놓지 않는다고 구박을 받기도 한다. 이곳의 일원이 되어서.

그때 한쪽 구석에 눈에 익은 머리핀이 있는 게 보였다. 팬시점에서 나비가 훔쳐 나온 반짝이는 머리핀이었다. 검은색 나비가 반짝이며 춤을 추는 듯한 머리핀. 놀며 뒹굴다가 머리칼에서 빠져나온 것인지 머리카락이 몇 가닥 붙어 있었다. 나비 머리카락일까? 생각하면서 동시에 나는 머리핀을 주머니 안에 넣었다.

문득 정신이 들었다. 들키면 안 된다. 핀을 훔친 것도 거짓말을 한 것도. 내가 지금 무슨 짓을 하고 있는 건가. 뻔뻔하게 진짜 나비의 친구인 꽁알 앞에서 나비의 친구 행세를 하고 있다. 속으로 계속 나비와 친구가 되길 바랐더니 정신이 나간 것 같다.

나는 꽁알이 쓰레기를 정리하는 틈을 타서 몰래 공터를 빠져나왔다.

행복한 생일이 되길

아파트 정문 앞에 뜻밖에도 율이 서 있었다.

"왜 이렇게 늦게 와?"

율의 손에는 쇼핑백이 들려 있었다. 그리고 케이크 상자. 케이크 상자에 눈이 멎은 걸 눈치챈 율이 쑥스럽게 웃었다.

"다시 한 번 생일 축하해…… 원래 네 친구랑 같이 서프라이즈 해주려고 했는데 말이야."

아슬아슬하게 붙여놓은 거울이 자신의 말 한마디로 산산조각이 나버린 걸 이 아이는 모른다. 사실은 거울에 금을 만든 것이 나라는 것도 모른다.

"고마워. 잘 먹을게."

케이크 상자를 받아들고, 쇼핑백에는 눈길을 주지 않았다.

"이것도."

"뭐야?"

그런 게 있었냐는 듯이 말하는 내가 가증스러웠다.

"선물. 그냥 골라봤는데, 마음에 들지 모르겠어."

"뭔데?"

"집에 가서 봐."

율은 쭈뼛쭈뼛 뒤돌았다. 내가 잡길 바라는 것 같았지만, 잡을 수 없었다. 나는 이제 막 나비 뒤를 밟아 아지트를 알아내고 친구 행세를 하고 오는 길이었다. 마냥 뻔뻔하게 굴 수는 없다.

"내가 진짜 맛있는 거 사주면 안 돼?"

율이 먼저 말했다. 나는 고개를 절레절레 흔들었다. 새삼 율이 나비와 많이 닮았다는 생각이 들었다. 얼굴은 물론이고 어딘지 모르게 풍기는 분위기가. 세상을 자유롭게 보는 것 같은 냄새가.

"너 여동생 말이야."

"내 동생이 왜?"

"우리 학교 다니지? 왜 말 안 했어?"

"걔랑 안 친해. 몇 반인지도 몰라. 우리 가족은 같은 집에 살지만 다 홀로서기 중이거든."

율은 씁쓸하게 웃었다. 어깨를 으쓱하더니 다시 뒤돌았다. 갈게. 율이 인사했다. 작별 인사였다. 나는 소희와 달리 나비에게 아무 감정도 없는데, 이제 율을 안 봐야겠다는 생각이 든다.

"율아."

"응?"

율이 환한 얼굴로 돌아봤다. 미안해.

"나신율, 잘 가."

"알았어. 너도."

난 정말 잘 갈 것이다. 방금 아파트 정문 앞에서 기다리는 율을 보는 순간 알았다. 나는 율을 좋아했지만, 소희처럼 이성으로 좋아하지 않았다. 내 기억은 처음 율을 보았던 그날로 돌아갔다. 율과 소희, 소희와 율. 그리고 나. 둘은 무척이나 잘 어울렸다. 말도 잘 통하는 것 같았고 외모도 비슷해서 잘 어울리는 커플처럼 보였다. 둘 곁에 있는 나는 사실 내내 그걸 느끼고 있었다. 누구에게 질투하는지 모를 질투가 불쑥 솟았다. 그리고 내가 피겨를 인형이라고 해서 율이 정색하던 순간, 율과 친해져야겠다고 생각했다. 나만 내치고 둘이 어울리게 둘 수는 없었다.

율의 집에 가서 유난히 말이 많았던 것도, 메시지를 보낸 것도 나는 단지 가지기 위해서 그랬던 것 같다. 계약자가 가지고 싶은 것을 가지라고 조언한 뒤로는 명분까지 얻었다. 설마 나비도 그랬던 걸까? 소희가 싫어하니까 더 친구로 만들고 싶었던 걸까.

집으로 올라가는 엘리베이터 안에서 몸이 뜨거워져 갔다. 불꽃이 내 몸속으로도 타들어왔다. 속이 답답하고 신물이 올라왔다. 토해버리고 싶다. 내가 원해서 몸속에 가두고 있는 게 아니다. 다

뱉어버리고 홀가분하게 예전처럼 지내고 싶다. 나는 안전한 울타리로 도망치듯 집으로 뛰어들었다.

으아아아아앙.

사이렌이 울렸다. 내가 들어감과 동시에 울린 것인지 원래 울리고 있었는지 분간할 수 없었다. 단지 아는 것은 그 애가 경보를 울리고 있다는 것.

"그래 다 내가 잘못했어. 내가 나쁜 년이야!"

나는 울음소리 사이로 소리쳤다. 할머니가 그 애를 달래다가 바라봤다. 옆에 아빠도 있었다. 우리 집과는 전혀 어울리지 않았다.

"아빠가 여긴 왜 왔어?"

할머니가 그 애를 달래는 데 성공했다. 그 애 얼굴은 시뻘게졌고 온통 눈물범벅이었다. 어린아이가 지칠 정도로 울었는데도 전혀 동정심이 일지 않았다.

"우리 딸 생일이니까 왔지."

"웃기시네."

아빠가 또 놀란 표정을 지었다. 할머니가 아빠에게 무슨 말버릇이냐고 윽박질렀다. 그 애는 훌쩍이며 축 늘어졌다. 이 기묘한 풍경에서도 역시 엄마는 없다. 엄마는 늘 우리 가족의 행복한 순간에 함께 있었다. 그러나 지금은 없다. 우리 모두가 불행하다는 걸 나타내는 표시 같다.

"홍알음!

뒤늦게 아빠가 자신이 해야 할 위엄을 찾고 아버지의 역할을 해야겠다고 마음먹었다. 나는 씩 웃었다. 하나도 무섭지 않았다. 먼저 역할을 깬 건 아빠였다. 가족 구성원이 바라지 않는 일을 남을 위해서 해버렸고 그 결과는 처참했다.

"난 아빠가 정말 싫어."

아빠는 충격을 받은 듯 움찔했다.

"알았어. 내가 나가면 되지?"

"그래. 가버려."

아빠가 신발을 신었다. 할머니는 자신의 아들을 잡기 위해 달려 나갔다. 끼리끼리다. 아빠는 자기 엄마를 데려오고 내 엄마를 내쳤다.

내 방으로 들어가려다가 현관문을 열었다.

"알음이가 요즘 이상하다. 네가 이해해야 해. 충격을 받았는지 제 엄마가 어디 갔는지도 모르더라."

엘리베이터를 기다리는 아빠에게 할머니가 매달려 사정하고 있었다. 나를 팔아서까지 그렇게 잡고 싶은 모양이다. 그 애는 할머니에게 안겨 있었다. 어느새 울음을 그친 채 또 바보 같은 얼굴을 하고. 나는 홀린 듯 뚜벅뚜벅 그들에게 다가갔다. 할머니가 속삭이던 걸 멈추었다. 아빠가 나를 봤다.

"아빠, 얘도 데리고 가."

내 입에서 낮고 담담한 목소리가 흘러나왔다. 아빠가 한동안 내 얼굴을 보다가 시선을 바닥으로 떨어뜨렸다.

"알음아, 너, 너……."

아빠가 바닥에서 눈을 떼지 못하고 떨리는 목소리로 말했다. 나는 신발을 신지 않은 맨발이었다. 신을 신어야겠다는 생각 자체를 안 했던 것 같다. 가을밤 기온이 제법 떨어져 있었지만, 발이 시린 줄도 몰랐다. 스타킹을 신었다지만 차가운 복도 바닥의 기운이 뒤늦게 올라왔다. 추운데 온몸이 다시 뜨거워졌다. 내 의지와 상관없이 으슬으슬 떨리기 시작했다.

악몽

이제 조금만 더 가면 된다.

깜깜한 밤. 계약자가 말했다. 어둠이 몸서리칠 듯한 스산한 목소리. 불쾌해졌다. 나를 점점 엉뚱한 곳으로 이끄는 주체.

그만둘래요.

포기하지 마라.

소원과 상관없는 일뿐이잖아요. 엉망으로 꼬이고 있어요.

그렇지 않다.

내 소원은 소희와 절교하는 게 아니에요. 이건 뭔가 잘못된 거라고요.

계약자가 쑥 올라오더니 커졌다. 커다란 그림자에서 분노가 느껴졌다. 분노와 슬픔, 한숨, 후회와 연민, 밑바닥에 깔린 공포. 온갖 감정이 뒤섞여 커다란 뭉치를 이루고 있었다. 그랬다. 나는 단순히 계약자의 조언을 받아들였을 뿐이라고 생각했지만, 생각보다 계약자는 더 많이 개입하고 있었다. 꼭두각시처럼 조종당하고 있었는지도 모른다. 평범한 조언을 마음에 새기고 행동했을 뿐이다. 상황을 이렇게 만들고 싶진 않았다.

어디선가 울부짖는 소리가 들려왔다. 그림자 안에 가득 든 감정이 소용돌이치며 요동쳤다. 바람 소리가 방 안 가득했다.

그만해. 그만.

소란이 뚝 멈추었다. 다시 보니 계약자의 그림자가 처음 봤을 때 그대로 거미 형상을 하고 있었다. 그리고 목을 길게 뽑았다. 내 머리 위에 그날처럼 거미 머리가 있었다. 잊었다는 듯이 다시 머리가 녹아내렸다. 찐득하고 고약한 냄새를 풍기는 액체가 내 머리 위로 떨어졌다. 머리카락을 적시고 얼굴을 감쌌으며 입으로 흘러들어갔다. 피 맛이 났다. 누군가의 죽음이 떠올랐다. 그 애가 죽어 파편으로 흩어진 모습. 산산조각 났으나 그게 그 애라는 건 똑똑히 알 수 있었다.

안돼

거미의 머리가 다 녹아내려 내 온몸을 감쌌다. 몸이 가려웠다. 구멍 하나하나에서 구더기 같은 벌레가 기어나오고 있었다. 벌레는 코와 입을 막아 비명조차 지를 수 없게 만들었다. 소리 없는 비명을 지르며 나는 서서히 죽어갔다. 내가 틀렸다. 그 애가 죽은 게 아니라 방금 본 몰골은 나였다. 내가 조각조각 흩어진 것이다.

다시 계약자가 제 모습을 찾은 것은 내가 지칠 대로 지친 뒤였다. 주위는 조용했고 온 방 안을 어지럽히던 파편과 진동하던 냄새도 없었다. 계약자의 그림자는 평소 둥그런 머리만 보일 때와 달리 길쭉하게 몸을 꼿꼿이 세우고 있었다. 눈, 코, 입 어느 것도 보이지 않을 정도로 까맣기만 했다.

계약자가 움직이기 시작했다. 달팽이처럼 느리고 부드럽게 내 쪽으로 다가왔다. 스스스. 빗자루로 바닥을 쓰는 것 같은 소리가 작게 났다.

오지 마.

목소리로 나오지는 않았지만, 상대는 내 비명을 느끼고 있었다. 나를 비웃듯 멈추지 않고 점점 빨라졌다. 스스스 스스스.

눈을 질끈 감았다. 비슷한 기분을 최근에 느꼈다. 온몸을 간지럽게 하던 더러운 빗줄기. 그게 언제였는지는 도통 기억나지 않았다. 주위가 조용했다. 그림자가 움직일 때 나는 소리 말고는 아무 소리도 없었다. 나를 비롯한 모든 것이 어둠처럼 무성이었던가?

홍알음.

누군가 나를 불렀다. 눈을 떠볼까 하다가 그냥 있었다. 이 공간에 타인이 들어왔을 리 없다.

나야.

율 목소리였다. 그런데 소희 목소리 같기도 했다. 눈을 떠보니 그림자가 소희 모습을 하고 있었다.

알음아, 너 어떻게 그럴 수가 있어? 영원히 널 용서하지 않을 거야.

소희야, 미안해. 그게 아니야.

이미 늦었어. 하긴 너는 나처럼 귀엽지가 않으니 샘이 났겠지.

툭툭. 비가 내렸다. 몸이 축축해졌다. 눈을 뜨려다가 멈칫했다. 내 방에 왜 비가 내리지? 이건 가짜다. 함정이다. 와서는 안 될 소희가 갑자기 이리로 날아와 버릴 리 없다. 그림자가 농간을 부리는 것이다.

나는 이 집에 없어. 널 버렸어.

이번에는 엄마다.

엄마가 날 버리다니?

아무 대답도 돌아오지 않았다. 다시 주위가 고요해졌다. 눈을 감고 있어서 여기가 내 방인지 아니면 새까만 우주 어느 곳에 뚝 떨어져버린 것인지 가늠되지 않는다.

엄마, 무슨 말이라도 해봐.

목소리보다 나를 못 견디게 하는 것은 침묵이었다.

악.

눈앞에 그것이 있었다. 언제 다가왔는지 바로 코앞에서 온몸의 돌기를 드러내고 웃고 있었다. 어디가 입인지 모르겠지만 활짝 핀 다리들이 웃는 것처럼 보였다. 길쭉하고 다리가 많은 벌레였다. 집게벌레처럼도 보이고 지네처럼도 보이고 애벌레 같기도 했다. 내 키만큼 커다란 검은 벌레.

저리 가.

벌레 다리가 내 몸에 닿을락 말락 꿈틀댔다. 수많은 다리가 죄다 촉수와 더듬이가 되어 뻗어 나와 길어졌다가 작아졌다가 묘기를 부렸다. 잘게 나뉜 마디마다 진액이 흘러나왔다. 지독한 냄새와 열기가 훅 느껴졌다. 우엑. 내 몸도 다시 뜨거워졌다. 이제야 나는 깨달았다. 내 몸 안에도 저런 진액이 흘러넘치고 있었다. 토해내야 해. 난 벌레가 아니야.

그러나 눈앞의 벌레는 내 몸 위를 기기 시작했다. 마구 겹쳐 올라왔다. 따듯한 진액이 몸 위에 넘쳐흘렀다. 벌레가 녹고 있었다. 액체 상태가 되어 내 피부로 내 온몸의 구멍으로 스며들었다. 거부할 수 없었다. 몸속이 피 대신 끈적끈적한 액체로 가득 차는 걸 느끼면서 나는 다시 눈을 감았다.

"알음아, 홍알음!"

앓는 소리가 먼저 나왔다. 아빠 목소리인데, 눈이 떠지지가 않았다. 눈을 뜰 기운이 없었다.

"알음아, 깬 거야? 괜찮니?"

"아빠……."

아빠는 아무 말도 없이 나를 안았다. 다른 사람과 닿고 나서야 내 몸이 땀으로 범벅이 되어 있다는 걸 느낄 수 있었다. 아빠가 나를 안아준 것이 얼마만이던가. 오랫동안 나는 혼자서 살아온 기분이다.

다시 잠들었다가 깨어보니 이른 아침이었다. 머리맡에 물통이 있었지만, 냉장고에서 막 꺼낸 차가운 물을 마시고 싶었다. 나는 누군가를 부르는 대신 몸을 일으켰다. 평생 한 번도 발로 딛고 선 적이 없는 것처럼 날선 감촉이 발바닥으로 전해졌다. 다리를 얻고 첫걸음을 걷던 인어공주처럼.

거실에는 그 애 말고는 아무도 없었다. 안방에서 소곤대는 목소리가 들렸다. 할머니와 아빠가 숨을 죽이고 대화를 나누었다. 소리가 뭉개져서 어떤 이야기가 오가는지 알 수 없었다. 엄마 방 문은 여전히 굳게 닫혀 있었다. 간밤에 들은 말이 떠올랐다. 엄마는 정말 나를 버린 걸까. 왜 나를 혼자 두고 어디론가 가버린 걸까.

차가운 물을 꿀꺽꿀꺽 마시고 나니 살 것 같았다. 몸 안에 퍼진 진액이 씻겨 내려갔다.

누군가의 시선이 느껴져 보니 그 애가 소파 옆에 서서 나를 빤히 보고 있었다. 저 애는 울지 않는 한 조용하다. 말을 할 수 있는 나이일 텐데 늘 조용하다. 맘마, 까까 같은 아기 말도 하지 않는다.

"뭘 봐?"

내가 다가가는데도 그 애는 조금도 주춤하지 않았다. 멀뚱멀뚱 나를 봤다. 나를 보는 시선이 익숙하다. 알았다. 간밤의 벌레가 바로 이 애였던 거 아닐까. 계약자인 척 나타나 나를 오염시키려고 한 것이다. 넌 악마 같은 거야? 우리 집을 파괴하려고 온?

"너였지?"

그 애가 대답할 리 없었다. 나는 거칠게 그 애 팔을 잡았다. 하나도 불쌍하지 않다. 하나도. 어린아이인 척하면서 나를 골리고 있는 것이다. 나를 점점 미쳐가게 만들려고. 울음소리로 내 죄책감을 끌어내려는 거지? 숨 막혀.

"네가 죽어버렸으면 좋겠어."

그 애 귀에 대고 나지막하게 말했다. 그 애는 꿈쩍도 하지 않았다. 아무것도 모르는 양 정작 자신은 다른 곳에 살고 있는 사람처럼 눈동자를 데굴데굴 굴릴 뿐이다. 그게 더 화가 났지만 할머니가 거실로 나오는 바람에 아무 일도 하지 못했다.

학교에 가지 않고 대신 병원에 갔다. 아빠가 함께 갔다. 엄마는 내가 아픈 걸 아는지 내 생일이었다는 건 아는지 궁금했다.

간호사가 나를 불렀다. 아빠가 따라 일어섰다.

병원에 오는 동안, 접수를 하고 기다리는 동안에도 아빠는 아무 말도 안 했다. 나도 딱히 할 말이 없었다. 아빠가 싫고, 이 모든 일을 되돌려 놓으라고 따지는 것 말고는 아빠에게 할 말이 없었다. 게다가 그 말조차 어제 다 전달되었다고 믿었기에 되풀이하지 않았다. 아빠가 묵묵히 운전만 한 것이 그 증거였다. 아마 그 애를 데리고 가라고 한 내 말을 아빠는 깊이 새겨들었을 것이다. 내가 온몸으로 시위하여 얻어낸 결과다.

병원에서는 감기몸살이라고 했지만, 진짜 이유를 알아내지는 못했다. 나는 안다. 자꾸 내 속에서 뭔가가 자라나고 있다는 것을. 간밤에 일어난 일이 꿈이었다고 해도 상징하는 바가 있었다. 이미 뭔가가 내 안에 알을 까고 도사리고 있는 것이다. 그 애 얼굴에 소파 쿠션을 가져다대려 한 그 순간부터 급속히 자라나고 있다. 돌이킬 수 없다. 그 애가 사라져야 이 일은 끝날 것이다.

율 - 내 선물 마음에 들어?

휴대폰을 두고 간 탓에 집에 와서야 메시지가 와 있는 걸 확인했다. 신율이 준 쇼핑백. 미처 열어보지도 못하고 방치해둔 채 까맣게 잊고 있었다. 더불어 케이크도. 할머니가 어딘가에 두었다는 케이크를 찾아 냉장고를 열었다. 작은 하트 모양을 한 딸기 무스 케이크가 아주 달콤해 보였다. 달콤하다. 그래서 더 사악하다. 나는 딸기를 좋아하지 않는데, 이 케이크는 맛보고 싶을 만큼 아름다웠다.

케이크를 들고 잠시 망설였다. 소희는 딸기 케이크를 아주 좋아한다. 율이 매점 담장 너머로 건넸던 딸기 우유도 소희가 좋아하는 것이다. 질투가 난다. 율이 소희와 잘 어울려서가 아니라 행복해진 소희를 상상하면 질투가 난다. 나는 불행한데, 소희만 행복할까 봐. 간밤에 나타난 소희의 환상이 떠올랐다. 내가 귀여운 자신을 질투한다는 걸 다 안다는 말투. 소희는 언제까지 귀엽고, 나는 평범하다 못해 비루하겠지.

케이크를 음식물쓰레기 봉지에 처박았다.

알음알음 - 케이크 진짜 예쁘다. 선물도 마음에 쏙 들어.

벌써 점심시간. 율은 평소처럼 학교에서 점심을 먹고 있을 것이다. 내가 결석한 것을 알까? 모르겠지? 매점 담장 너머로 혹시 내가 지나가지는 않는지 서성이고 있는 건 아닐까.

책가방 밑에 깔려 있는 쇼핑백을 찾아냈다. 쇼핑백 안에는 포장된 상자가 있었다. 체크무늬 포장지가 예뻤다. 세심하게 신경을 쓴 티가 났다. 포장지가 뜯기지 않게 조심하면서 테이프를 떼었다.

깨끗한 하얀 상자에 검은 글씨로 'your toys'라고 쓰여 있었다. 그걸 보는 순간 기분이 한결 나아졌다. 나는 어느새 그날 그 가게로 돌아가 있었다. 누군가와 함께 새로운 곳으로 떠난 날. 함께 가겠냐고 먼저 말해주었을 때 얼마나 기뻤던가. 비록 율을 이성으로 좋아하는 건 아니었지만, 혼자가 아니라서 좋았다. 고마웠다.

상자를 여는 손이 떨렸다.

안에 든 것은 동화나 소설 속 주인공들을 본떠 만든 피겨였다. 빨간 모자, 백설공주, 피터팬, 헨젤과 그레텔, 걸리버 여행기 등등. 그저 캐릭터만 만든 것이 아니라 독특한 해석까지 갖춘 작품이었다. 예를 들어 빨간 모자는 도리어 늑대를 잡아먹으려는 자세를 취하고 있었다. 귀엽고 깜찍하고 특별해 보였다.

알음알음 – 정말 정말 고마워.

아까 보낸 메시지로 부족한 것 같아 또 보냈다. 책상 위에 피겨들을 하나씩 예쁘게 전시했다. 보물 1호 베어브릭을 재치고 새 보물 1호로 꼽아도 좋았다. 물론 둘 다 의미가 있다. 율이 소희가 아니라 나에게 준 선물이기 때문에. 내가 소희보다 나은 애라는 증거다.

점심시간이 거의 끝나가고 있었다. 평소라면 진작 배고팠을 나인데, 아침도 먹는 둥 마는 둥했는데도 전혀 배가 고프지 않았다.

바로 그때 전화벨이 울렸다. 율이었다.

"많이 아파?"

율이 다짜고짜 말했다. 소란스러운 아이들 잡담이 새어 들어왔다.

"학교 안 나온 거 지금 알았어. 어디가 아픈 거야?"

"그냥 몸살이야."

소란스럽게 구는 아이들 중에 꼭 소희가 있을 것만 같다. 소희가 담장 너머에서 율을 노려보며 서 있다면? 겁이 나기도 하고 미안하기도 하고 한편으로는 후련할 것 같다. 나를 조롱하던 간밤의 너. 그게 진짜 속마음일까? 사실은 배신감이 다른 데서 온 것 아니야? 우정이 문제가 아니라 자기보다 못난 내가 율을 빼앗아 가니까 분했던 거 아니냐고.

"끊을게. 약 먹었더니 졸리다."

"알았어. 그럼 이따가……."

율이 말을 이었지만 듣지 못하고 끊었다.

율이 이 정도로 걱정하는데, 내가 학교에 오지 않은 걸 소희는 어떻게 해석하고 있을까. 미안해할까. 자기 행동이 심했다고 생각할까? 내가 알던 소희라면 내가 학교에 못 온 게 일생일대의 사건이라도 된 것처럼 충격적이었을 것이다.

명치가 꽉 막힌 것 같다. 뭔가 중요한 걸 잊어버리고 있는 것처럼 뒤숭숭하다. 그게 무엇인지 눈을 감고 헤맸다. 어딘가에 답이 있었지만, 잘 찾아지지 않아 괴로웠다.

다시 잠이 들락 말락 했을 때, 할머니가 나갔다가 들어오는 소리가 났다. 잠결에도 부스럭대는 소리를 들으며 마트에 다녀온 거라고 짐작했다. 잠을 자는데도 정신이 점점 또렷해지는 것 같아서 이상하다고 생각하는데, 갑자기 정신이 아득해졌다.

깨어보니 방이 어둑했다. 꿈도 꾸지 않고 잠깐 잔 것 같은데 벌써 여섯 시가 넘어 있었다. 해가 점점 짧아져서 여섯 시만 되어도 내 방에는 해가 들지 않았다. 겨울이 훌쩍 앞으로 다가왔다.

문득 그림을 그려야겠다는 생각이 들었다. 학교가 끝나고 들른 화실에서 정신없이 그림을 그리다 보면 금세 해가 져서 깜깜해지곤 했다. 어둠이 막 들어서려는 내 방을 보는 순간 그때가 생각났다. 나는 늘 뭔가를 그리고 싶어 했고 열정적이었다. 그러나 모든 사람이 엄지손가락을 치켜들 만한 '작품'이 나오지 않았다. 선생님은 내 그림이 잘 그린 그림이기는 하지만 '진짜' 같지는 않다고 했다. 본 것을 그대로 그리는 것은 사진과 다르지 않다면서 손보다는 마음을 담으라고 했다. 나는 두 가지를 이해할 수 없었다. 마음을 담으라는 말뜻과 나보다 훨씬 못 그리는 애들에게는 칭찬을 하는 이유 말이다. 나는 몇 차례 학원을 바꾸었지만, 모두 비슷했다. 선생들이 말하는 '진짜'가 뭔지 도저히 알 수 없어서 결국 그림을 그리지 않게 되었다.

오랜만이었다. 늘 고흐처럼 훌륭한 그림을 그리기 위해 붓을 들었지만, 오늘은 그저 순수하게 그리고 싶어서 붓을 들었다. 이젤 위로 검붉은 물감이 펼쳐졌다. 나도 뭘 그리려는지 몰랐다. 그저 붓이 가는 대로 움직여 보자 싶었다.

저녁밥을 먹으라는 할머니의 고함이 있었지만, 먹지 않겠다고 했다. 내 방문이 살짝 열렸다가 닫혔다. 어둠 속에서 나는 계속 손을 놀렸다. 물감 위에 물감이 덧입혀지고 하얀 종이 위에서 휘몰아쳤다. 너무 깜깜해서 내 손이 보이지 않게 되었을 때야 나는 불을 켰다. 반쯤 완성된 그림을 보며 한숨을 쉬고 다시 붓을 들었다. 끝까지 그리지 않고는 잠을 이룰 수 없을 것이다. 그림은 차차 내가 아는 형상을 찾아갔다. 똑같지는 않았다. 아니, 나는 그걸 본 적이 없어서 어떻게 생겼는지 모른다. 그러나 만약 봤다면 이렇게 생겼으리라는 걸 알 수 있었다.

"하아."

깊은 숨이 내 입에서 몰아 나왔다. 잊고 있던 것처럼 어깨에 통증이 밀려왔다. 새벽 네 시. 수시간을 앉아 그림만 그린 것이다.

내 그림을 바라봤다. 어둡고 스산하고 욕망하는 덩어리가 있다. 피비린내와 시궁창 냄새가 난다. 차가운 밤안개처럼 냉정하다. 금방이라도 뚝뚝 녹아내릴 것 같다. 혼란과 불안이 소용돌이친다. 그림을 가까이 들여다보는 사람을 잡아당겨 집어삼키려 한다. 늪이다. 누구든 흡수하여 늪을 키워간다.

영락없는 계약자의 모습이었다.

궁지에 몰린 쥐는 깨문다

하루를 쉬고 온 나에게 주변에 앉은 아이들이 전에 없던 관심을 보였다. 사실은 밤새 그림을 그리느라 피곤한 내 얼굴을 가지고 퀭하다느니 하루 만에 살이 빠졌다느니 말도 많았다. 소희는 때때로 내 쪽을 봤지만, 직접 와서 어떤지 묻지 않았다. 미연과 혜진이 뭔가 알아내려는 듯 주위에서 얼쩡거리기도 했다.

율은 점심시간에 매점으로 나오라고 메시지를 보냈다. 답을 하지 않자 눈치 없이 세 번씩이나. 어제는 몰랐지만, 이상한 일이었다. 율이 내가 아파서 결석한 걸 알다니. 누군가 말해주지 않고서는 가능한 일이 아니었다. 그리고 그 누군가는 우리 둘을 다 알고 있는 딱 한 사람일 수밖에 없었다.

왜? 왜 말했을까?

소희는 나를 저주해야 마땅했다. 악몽 속에서처럼 자신보다 못생긴 나에게 율을 빼앗겼다는 것에 분노하며 배신감에 치를 떨어야 했다.

"나랑 매점 갈래?"

점심시간, 나는 소희에게 말을 걸었다. 율이 매점에서 기다리리라는 것을 뻔히 알면서 왜 그랬는지 모를 일이다.

"아니."

소희는 잠시 아무 말도 하지 않다가 짧게 대답했다. 나와 말을 섞지 않으려다가 마지못해 대답하는 잔뜩 삐친 목소리다. 혜진과 미연이 우리가 함께 있는 것을 보고 득달같이 달려왔다. 소희는 그 애들을 보고 나를 한 번 보았다. 봤지? 이제 그만 가줄래? 눈으로 말하는 소희가 달갑지는 않았다.

"할 말이 있어서 그래."

나는 다시 말했다. 이쯤에서 순순히 물러가거나 미안하다고 말했어야 했다. 그러나 나는 자꾸 밑으로 내려가고만 싶어졌다. 내려가봐야 내 마음을 알 것 같았다.

소희는 내가 얼마나 잔인한지는 꿈에도 생각하지 못한 채 고개를 끄덕였다. 우산을 집어던지며 화를 내던 날보다 한풀 꺾여 있었다. 소희는 혜진과 미연을 두고 홀로 나를 따라왔다. 우리는 계단을 내려가는 동안 아무 말도 안 했다. 재잘재잘 떠들며 뛰어 내려가던 게 아주 오래된 일처럼 여겨졌다.

매점에서 마실 것을 사가지고 담장 가까이 나왔다. 이미 몇몇 아이들이 담장을 사이에 두고 시시덕거리고 있었다. 걸리면 죽는다고 선생님들이 아무리 으름장을 놔도 씨알도 안 먹히는 게 중학생들이다. 한심하긴. 나는 옆 학교에서 잘 보이는 곳으로 갔다.

"야!"

마침내 율이 나를 발견했다.

"답이 없어서 안 나오는 줄 알았잖아."

율은 헐레벌떡 우리 쪽으로 왔다. 오다가 소희를 발견했는지 손을 흔들었다. 소희는 놀란 얼굴로 율을 보고만 있었다. 어쩌면 내가 선택할 수 있는 마지막 기회였다. 율과 소희 둘 다 가질 수는 없다.

이성은 율을 뿌리치라고 하고 있었다. 악몽 속에서 도도한 소희를 보기 전까지는 그러려고도 했다. 그러나 나는 소희의 마음이 의심스러웠다. 정말 내가 자신보다 못나다고 생각해서 분노한 거라면 우리는 친구도 뭣도 아니다.

"나, 갈게."

소희가 갑자기 휙 뒤돌았다. 무언가를 결정할 새도 없이 소희는 사라져버렸다. 목소리에서 아무 감정도 읽을 수가 없었다. 내 방법이 크게 잘못되었다는 건 인정한다. 그러나 근본적으로는 화해하고 싶은 마음에서 한 시험이었다. 시험이 치러지지도 못했다는 건 예상 밖이지만.

"네 친구 오늘도 기분이 안 좋은가 보다."

"그러게."

"많이 아팠어? 얼굴이 안 좋네."

율이 뭐라고 더 말했지만, 귀에 들어오지 않았다. 어디선가 우리를 보는 시선이 느껴졌다. 매점에는 애들이 아주 많았고, 우리 반 애들도 눈에 띄었다.

교실에 들어섰을 때부터 소곤거리는 소리가 들렸다. 소리는 웅성웅성 한데 뭉쳤지만, 가시 하나 하나처럼 날카롭게 들리기도 했다.

남자 때문에 베프를 버렸대.

원래 소희 남친이었다며?

와, 진짜 그렇게 안 봤는데, 장난 아니다.

순진하게 생겨가지고.

나에게 날아오는 말이라는 건 물어보지 않아도 알 수 있었다. 방금 전까지만 해도 결석한 나를 동정하던 여론이 순식간에 적으로 돌변해 있었다. 공부를 잘하지도 못하지도 않고, 예쁘지도 못생기지도 않은 나는 그동안 우리 반이라는 우주 안에 잘 부유하고 있었다. 소희의 손을 꼭 잡고서. 단짝 친구가 있는 애들은 따돌림 당하는 일이 없다. 셋이 놀다가 하나가 따돌려지는 경우는 있어도 단둘은 안정적이다. 여간해서는 찢어지지 않는다.

그러나 우리는 찢어졌고 소희는 미연과 혜진에게로, 나는 홀로 떨어져 나왔다. 혼자가 된 짐승은 표적이 되는 법이다. 혼자라는 것은 그렇다. 누군가의 원망이나 방해를 받지 않으면서 편하게 괴롭힐 수 있다. 게다가 과오를 저지른 표적이라니. 죄를 묻는다는 핑계로 마음껏 화살을 겨눌 수 있는 것이다.

나는 스스로 도래한 일을 기꺼이 안으려 하지만 그렇다고 해서 화살을 다 맞겠다는 건 아니다. 싸울 것이다. 독해질 것이다. 다른 애들과 나는 다르다. 집안이 조각나는 경험을 해본 아이는 흔하지 않다.

그때 뒷문으로 들어서던 꽁알이 교실을 둘러보다가 나에게서 눈이 멎었다. 까맣게 잊고 있었다. 생일에 다소 충동적으로 나비를 쫓아가 친구 행세를 한 일. 순간적으로 얼어붙었으나 꽁알은 쌩끗 웃었다. 애교가 넘쳤지만, 그건 꽁알이 본능적으로 가지고 있는 습성일 뿐 내 불안을 가중시키기만 하는 웃음이었다. 꽁알은 이내 나비에게 갔다. 무슨 이야기를 하는 걸까. 꽁알은 나를 손가락으로 가리켰다가 애교 있게 웃었다가 했다. 나비는 담담했다. 아무 몸짓도 하지 않은 채 이야기만 했다.

아주 긴 시간처럼 느껴졌다. 도대체 둘이서 무슨 얘기를 했을까. 궁금해서 미쳐버릴 것 같았다. 물론 내 이야기를 안 했을 수 있다. 제 발이 저린 걸 수도 있다. 사소한 다른 이야기를 할 가능성이 더 많다. 나는 그 둘을 똑바로 볼 수도, 보지 않을 수도 없었다. 이야기를 마친 꽁알이 교실을 빠져나갈 때까지 나는 떨어야 했다. 머리핀은 어디 있지? 그날 훔친 나비 머리핀을 어디에 두었는지 전혀 생각나지 않았다. 교복 주머니에서 꺼낸 것 같은데 그걸 어디에 뒀을까.

수업이 모두 끝나고 나비 핀에 대해서 잊어갔을 때, 꽁알이 다시 나타났다. 꽁알은 교문 앞에 있었다. 늘 무리지어 다니던 애들이나 나비 없이 혼자 있었다. 나는 혼자 있는 꽁알의 모습을 그날 아지트에서 보고 두 번째 보는 것이었다. 그러나 그날과는 너무도 달랐다. 꽁알은 눈웃음을 지으며 내 쪽으로 다가왔다.

"아까 매점에서 봤어. 오, 남자친구 괜찮던데?"

꽁알이 엄지손가락을 들고 흔들었다. 순간 아무것도 눈치채지 못한 건 아닐까 싶었다. 단순히 나를 나비의 친한 친구로 알고 아는 척하는 거라면 얼마나 좋을까. 꽁알은 내 팔짱을 끼고 어디론가 걸었다. 나는 걸음을 맞추며 어색한 웃음을 지었지만, 사실은 질질 끌려가고 있었다. 꽁알은 겉으로는 다정하게 굴었지만, 내 옷자락을 단단히 움켜쥐고 있었다.

"어딜 가는 거야?"

"어디긴 어디야? 우리 아지트지."

아지트. 역시 꽁알은 다 알고 있었다. 아까 나비에게서 내 얼굴을 확인했을 것이다. 그렇다면 모든 게 까발려졌을 텐데 나비가 덤덤했던 것이 이상하다.

"지금 이상하다고 생각하지? 나비가 왜 가만히 있었는지?"

꽁알은 기분 나쁘게 히죽 웃었다. 힘센 애들에게 들붙어서 눈웃음을 흘리던 때와는 너무나 다른 모습이었다. 꽁알은 딴 사람이라도 된 것 같았다.

"나비는 아무것도 모르니까 걱정 마. 자기 머리핀이 어딜 갔는지 궁금해하고 있을 뿐이야. 더 정확하게 말하자면 누가 훔쳐갔는지 알고 싶어 하지. 도대체 누가 그걸 가져갔을까? 도둑질은 나쁜 건데, 그치?"

내가 사라진 뒤 머리핀이 함께 없어진 걸 꽁알은 바로 알아챈 것이다.

"나비에게 물었지. 혹시 누구와 같이 온 거 아니냐고. 나비는 영문을 모르더라. 그래서 아무 말도 안 했어. 나 잘했지?"

꽁알은 똑똑하다. 지나치게 똑똑하다. 그래서 별 힘도 없으면서 센 애들에게 잘 붙어 있는 것이다. 나는 그걸 간과했다. 꽁알을 과소평가했다.

"왜 아무 말도 없어? 사람이 말을 하면 듣고 대답을 해야지. 안 그래?"

"……네가 오해한 거야."

겨우 뱉은 말이 어이없을 정도로 말이 안 됐다. 내 대답을 듣고 꽁알이 '아, 그런 거야? 미안해'라며 납득하리라고는 생각지 않았다.

"머리핀 돌려줄게. 어디 있는지 찾아봐야겠지만……."

"아냐. 아냐. 괜찮아. 그까짓 머리핀. 이거 왜 이러셔. 날 뭐로 보고. 게다가 부잣집 따님인 나비가 그깟 머리핀 돈 주고 못 사서 훔친 건 줄 알아? 취미 생활 좀 한 거지. 참, 너 이름이 홍알음이라며? 나랑 잘 맞겠네. 꽁알홍알. 재미있다. 우리 어디 가서 맛있는 거라도 먹으면서 이야기 좀 더 하자. 오늘부터 너 내 베프야. 알았지?"

꽁알은 나를 껴안았다. 스스럼없이 어깨에 팔을 올리던 나비와는 다른 느낌. 온몸에 소름이 돋았다. 꽁알은 뱀 같았다. 차갑고 으스스한 뱀.

"우리 맛있는 거 먹으려면 돈이 있어야겠다. 애들한테 좀 빌리자."

꽁알은 나를 잡아끌었다. 어디서 빌려온다는 것인지 감이 잡히지 않았지만, 따라갈 수밖에 없었다.

꽁알은 가까운 초등학교 앞으로 갔다. 수업이 끝난 지 한참 지났는데, 아직도 책가방을 메고 어슬렁거리는 애들이 있었다. 꽁알은 마트에서 물건을 고르듯 교문 앞을 휘리릭 훑어보더니 통통하고 키가 작은 남자애에게 다가갔다. 고작 2, 3학년으로 보이는 남자애는 문방구 앞 오락기에 정신이 팔려서 우리가 다가가는지도 몰랐다.

"야, 너 돈 있어?"

꽁알이 다짜고짜 그 애에게 물었다. 그 애는 바싹 얼어붙었다. 우리 사이에서는 작고 귀엽기만 한 꽁알이 어린 남자애에게는 위협적인 존재로도 여겨지는 모양이다. 그저 재미있다는 생각으로 지켜보던 나는 남자애가 주섬주섬 주머니에서 돈을 꺼내는 걸 보다가 정신이 번쩍 들었다. 남자애가 꽁알이 아니라 내 눈치를 본다는 느낌을 받은 것이다.

"아, 이천 원이 뭐냐. 이천 원이. 다른 애한테 가보자."

"너 걔 아는 애야?"

"아니."

꽁알은 당연한 걸 왜 묻느냐는 듯 고개를 저었다.

"난 안 할래."

"왜? 너 없으면 애들이 나 무시한단 말이야."

역시 나를 이용하고 있었다. 아까 그 남자애도 귀여운 꽁알이 아니라 키가 큰 나에게서 위협을 느끼고 순순히 돈을 내준 것이다. 기분이 묘했다. 내가 삥을 뜯다니.

"난 이런 짓 하기 싫어."

"그래? 그럼 하지 마."

의외로 꽁알은 쉽게 나를 놓아주었다. 뒷걸음질로 한 발 물러선 꽁알이 눈웃음을 지었다. 처음에는 귀엽다고만 생각했는데 볼수록 기분 나쁜 웃음이다.

"그런데 말이야. 너랑 네 남자친구, 나비도 알아?"

이거구나. 아까 꽁알이 나비를 보러 교실에 왔던 게 이것 때문이었다. 사실은 나비가 아니라 나를 보러 온 것이다. 매점에서 우연히 율과 나를 보고 확인하러 쫓아왔다. 나비의 심복인 꽁알이 율을 아는 것은 당연하다면 당연하다.

"남자친구 아니야."

"그래. 그럼 그렇다고 치고, 우리 한 군데 더 가자."

이번에는 팔짱을 끼지 않았다. 꽁알은 억지로 나를 끌고 가지 않아도 된다는 걸 알았다. 자신은 앞장서 걷기만 해도 보이지 않는 끈에 묶인 내가 따라오리라고 여겼다. 그리고 그 말은 지독하게 맞았다. 나는 따라가고 있었다.

이번에는 겁이 많아 보이는 여자애가 걸려들었다. 나는 멀찌감치 떨어져 있었지만, 꽁알은 대놓고 나를 가리키며 뭐라고 말했다. 그러자 여자애가 울 것 같은 얼굴로 돈을 꺼내주었다. 분명히 나를 무서워하고 있다. 묘한 기분이 두려움인지 신기함인지 구분할 수 없었다. 누군가 나를 두려워하리라고는 생각해본 적도 없다.

이런 식으로 두 번 더 꽁알은 자리를 옮겨가며 돈을 빌렸다. 빌렸다는 표현을 쓰지만 사실은 그냥 빼앗은 것이다. 초등학생들이 다니는 학원 앞 골목까지 따라갔다. 꽁알이 어떤 애를 잡고 얘기를 하는 사이에 나는 아무 행동도 하지 않고 옆에 서 있었다. 서 있는 것만으로도 내 역할은 충분했다.

"돈 없어요!"

남자애는 키가 작고 왜소했지만, 똑똑하게 말했다. 꽁알은 자신을 무시하는 말투에 은근히 부아가 치미는 모양이었다.

"진짜 없어? 있잖아. 엄마가 비상금이라고 줬을 텐데?"

"없어요. 있어도 누나들 같은 사람 줄 돈 없어요."

'누나들'이라는 말에는 나도 포함되어 있었다. 남자애 눈에는 나도 나쁜 사람으로 보이는 것이다. 실제로도 나는 공범이었다.

"이 쪼그만 게!"

꽁알은 씩씩거리며 남자애 머리를 내려쳤다. 놀랍게도 나는 속 시원하다고 생각했다. 바락바락 대드는 남자애가 집에 있는 '그 애'를 떠올리게 했기 때문이다.

"누나들 신고할 거예요. 이런 짓 하는 거 부끄럽지도 않아요?"

말문이 턱 막힐 정도로 당돌한 애다. 꽁알이 흥분하며 남자애 머리채를 잡았다. 그때 이상한 기분에 고개를 돌려보니 길 건너에서 누군가 골목 안을 보고 있는 게 보였다. 뜻밖에도 소희였다. 소희가 다니는 학원도 이 근처라는 게 뒤늦게 떠올랐다.

소희는 우리를, 아니 나를 뚫어져라 바라봤다. 나무라는 것 같기도, 원망하는 것 같기도 했다. 한 번도 소희에게서 본 적이 없는 눈빛이다. 목구멍이 꽉 막히고 온몸이 간지럽기 시작했다. 몸속에 기어 들어갔던 벌레들이 요동치고 있었다. 손등을 긁었지만 시원하지 않았다. 살갗이 금세 빨갛게 올라왔다. 이게 다 소희 눈빛 때문인 것 같다. 눈빛을 신호로 잠자던 벌레들이 일제히 되살아났다. 도망치고 싶다. 소희 시선에서 자유롭고 싶다.

"……가자."

목소리가 기어들어갔다. 꽉 막힌 목구멍을 비집고 겨우 소리가 나왔다. 꽁알은 남자애와 기 싸움을 하느라 내 말을 못 들었는지 가만히 있었다.

"가자고!"

"아, 깜짝이야. 왜 소리를 지르고 지랄이야?"

꽁알이 남자애를 놓고 화풀이를 했다. 소희는 아직도 그 자리에 그대로 서 있었다. 오늘 하루 동안 몇 번씩이나 실망하며 나를 혐오할 것이다. 가장 친한 친구에서 가장 증오하는 사람으로 추락했다.

"제발…… 그냥 가자."

꽁알은 하는 수 없다는 듯 남자애를 노려보며 말했다.

"너 운 좋은 줄 알아. 나 여기 자주 오니까 신고 같은 거 하면 죽여버린다."

남자애는 재빨리 골목길을 빠져나가 뛰어가며 외쳤다.

"나도 이번에는 봐주지만, 다음에는 정말 신고할 거예요!"

저 아이도 사실은 무서웠던 것이다. 끝까지 씩씩한 척하긴 했지만, 순식간에 달려가버렸다.

"진짜 너도 짜증난다. 겁을 주지는 못할망정 징징대기나 하고."

다시 길 건너를 봤다. 소희는 사라지고 없었다.

꽁알이 뭐라고 더 말했지만 내 귀에는 들어오지 않았다. 나는 소희가 말하던 명백한 범죄를 함께 저지르고 있었다. 기분 나쁜 소희 눈빛이 자꾸 떠올랐다. 몸에서 꿈틀대던 벌레의 기운은 진작 사라졌지만, 더럽고 찝찝한 기분은 남아 있었다. 꽁알을 보고 진저리를 치던 소희다. 하필 꽁알과 있는 걸 보고 어떤 생각을 했을까.

이제는 정말 소희와 돌이킬 수 없을 것이다. 우리의 거리는 너무 멀어져버렸다. 그동안은 멀리 있어도 서로가 보일 정도였는데, 이제 모퉁이를 돌아도 몇 번이나 돌았다. 뒤돌아봐도 보이지 않았다.

사건과 사고, 내가 바라던 것

“그 편의점 24시간이 아니야. 개인이 하는 거라 밤 열 시면 닫아. 새벽에는 진짜 아무도 없는 거지.”

“경보 장치가 울리거나 망보는 애들 중 누가 신호 주면 바로 튀는 거야.”

경보 장치? 꽁알을 비롯하여 습격팀을 맡은 애들이 무슨 일을 할지는 공개적으로 논의되지 않았다. 자기들끼리는 이미 얘기가 된 모양이었다. 나에게는 아무도 가르쳐주지 않았다.

“홍알, 넌 그냥 길목 지키고 있다가 누가 오면 휴대폰 벨소리로 신호만 주면 돼. 쉬워 보이지만, 중요한 일이니까 잘해.”

꽁알은 당연하다는 듯이 이 일에 나를 끌어들였다. 불려나오긴 했지만, 이런 일에 가담할 생각은 추호도 없었다.

"난 안 해."

"또 그 소리야? 넌 무조건 발부터 빼더라? 나 진짜 나쁜 사람 되고 싶지 않아서 너에게 친구가 될 기회를 주는 거야."

친구? 꽁알이 말하는 친구가 뭘 말하는지 모르겠다. 함께 위험한 일을 하는 사람? 아니면 자기 마음대로 부리는 사람?

"이게 무슨 친구야? 너 나 협박하는 거잖아."

"아, 진짜 짜증나게 만드네. 너 나비네 오빠랑 사귀는 거 아니랬지? 그런데 무슨 협박이야? 뭔 상관인데? 진짜 나비네 오빠가 아니면 나비 좋아해서 스토커 짓한 거야?"

아무 말도 할 수 없었다.

"어쭈, 맞나 보네. 하긴 나비 쪽이 더 너랑 어울리긴 한다. 그런데 말이야. 나 진짜 네가 이반이든 아니든 신경 안 쓰거든. 그냥 조용히 나 좀 도와달라고. 네가 적임자니까."

이제 꽁알은 내 앞에서 웃음 짓지 않았다. 적임자라는 말이 걸렸지만 꽁알은 영리했다. 그건 나를 아예 뭉개버릴 수도 있다는 뜻이었다.

대충 내가 알고 있는 내용은 이랬다. 편의점에서 아르바이트하던 나비의 친구가 사장에게 아르바이트비를 떼이고 쫓겨났다. 나비는 분노하였다. 그런데 편의점 사장에게 복수를 하는 건 꽁알 몫이었다. 나비는 한 발 물러섰다. 꽁알은 똑똑했지만, 힘이 없었다. 그래서 힘이 있는 나비를 놓을 수는 없었다. 이 일이 내키지 않았다 하더라도 맡을 수밖에 없는 것이다.

내게 주어진 일은 단순히 망을 보는 것이었다. 편의점으로 가는 길목은 딱 두 군데였는데, 그중 한 곳을 맡았다. 편의점에 직접적으로 다가가는 일이 아니어서 위험할 것도 없다. 누가 나타나면 휴대폰을 눌러서 벨소리를 켜고 전화가 온 척하면서 신호만 주면 된다.

"야!"

큰 소리가 났다. 모두 다급하게 움직였다. 무슨 일인지 어둠 속에서 상황을 파악하기 어려웠다.

"튀어!"

타다닥. 발소리가 들렸다. 우리 애들 중 하나가 낸 소리 같다. 그러나 확신할 수는 없다. 전봇대에 붙어 있던 가로등은 사전 준비팀이 깨뜨려두었기에 골목길은 어두웠다. 나는 잠시 서서 어떻게 해야 하는지 망설였다. 편의점까지 갈 수 있는 길목은 단 두 곳. 이쪽 길목으로 누군가 왔다면 내가 가장 먼저 알아차렸을 것이다. 벨소리가 들리지 않은 걸로 봐서는 다른 쪽 길목으로도 누가 온 것 같지 않았다. 다만 다급하게 말하던 목소리와 발소리뿐. 목소리의 주인공이 누구인지 가늠해보려 했지만 도통 알 수가 없었다. 급한 상황에서 내지른 목소리는 평소 목소리와 다를 테지만, 남자도 여자도 아닌 것같이 괴이하게 쥐어짜는 듯한 목소리였다. 그래도 뒤늦게 나는 뛰기 시작했다. 계획은 계획일 뿐 언제라도 어그러질 수 있다던 꽁알의 말이 떠올랐기 때문이다.

"야, 너 뭐야!"

뒤통수로 신경질적인 남자 목소리가 날아들었다. 단지 목소리뿐이었지만, 머리를 얻어맞은 듯 얼얼했다. 갑자기 어디서 튀어나온 남자인지 알 수 없었다.

"거기 서! 안 서면 죽여버린다!"

따라오는 소리가 났다. 정말 당장이라도 죽임을 당할 것처럼 무서웠다. 멈출 수 없다. 멈추면 안 된다. 상황 파악이 되지 않았지만, 내 뇌와 심장은 지금 멈추면 끝이라는 위험 신호를 강력하게 보내왔다. 쉴 새 없이 뛰는 수밖에. 숨이 넘어갈 듯했다. 나는 달리기를 잘하는 편이 아니다. 끈기 있게 오래 달리는 것도 자신 없다.

그러나 조금이라도 지체해서 붙잡히고 싶지 않다. 저 남자가 누구인지 모르지만 나에게 호의적이지 않을 것은 명확한 사실이다.

생각할 겨를도 없이 아파트 정문 쪽으로 뛰었다. 우리 아파트 단지로 들어가야 안전해질 것 같다. 내 방, 내 침대, 내 이불 속으로 피신하고 싶다.

어떻게 집에 들어왔는지 모르겠다.

옷을 입은 그대로 이불 안으로 들어가 숨을 헐떡였다. 뒤늦게 시계를 보니, 새벽 한 시가 조금 넘은 시각. 집을 빠져나온 시각이 자정이 넘은 시각이었으니 한 시간 동안 모든 일이 일어났다. 처음에는 근처에서 만나 아이들과 최종 점검을 했고, 본격적으로 일이 벌어진 건 한 시가 다 되어가는 시각이었다. 그리고 단 몇 분 만에 소란이 벌어졌다.

방범 경보 소리가 들린 것도 아니었고, 휴대폰 벨소리가 울린 것도 아니었다. 그저 누군가 소리를 질렀다. 습격 팀에게 무슨 일이 있었는지 알 길이 없었다. 무서워서 꽁알에게 연락을 해볼 수도 없었다. 우리는 일을 치른 뒤에 한동안 서로 연락하지 않기로 정했다. 누구 하나가 걸려들면 줄줄이 걸려들게 된다는 누군가의 말 때문이다.

아직도 달리고 있는 것처럼 숨이 차고 심장이 미친 듯이 뛰어서 도저히 잠을 잘 수 없었다. 아까 그 남자가 나를 봤을까? 어두웠고 뒷모습만 봤으니, 나를 알아보지는 못하겠지? 뒤통수에서부터 꾸물꾸물 간지러운 기운이 퍼져나갔다. 남자 목소리가 신호가 되어 뭔가가 자라나고 있다. 머리를 긁고 또 긁어도 도저히 시원해지지 않는다. 숨이 가빠왔다.

봤으면 어쩌지?

편의점 바로 주변은 가로등을 깨뜨려두었지만, 다른 곳은 달랐다. 집까지 뛰어오는 중에 가로등이 몇 개나 길을 밝히고 있었다. 남자가 계속 따라왔다면 분명히 나를 봤을 것이다. 차라리 지나가는 학생인 척할 걸 그랬나? 나는 너무도 수상쩍게 뒤 한 번 안 돌아보고 미친 듯이 달렸던 것이다. 새벽 한 시는 조깅을 했다고 우기기에는 지나치게 이른 시각이다.

봤을지도 몰라.

적어도 내 옷차림은 알아볼 것이다. 나는 서둘러 옷을 갈아입었다. 옷을 장롱 안 깊은 곳에 쑤셔 넣었다. 당분간, 아니 앞으로 안 입을 것이다.

걸려도 내가 아니라고 하면 돼.

난 아무 짓도 안 했어. 그냥 서 있던 것뿐이잖아.

지금 생각하니까 바보 같다. 집으로 바로 올 게 아니라 골목길을 빙빙 돌아 남자를 따돌리는 편이 나았다. 급박한 상황에 어쩔 수 없었지만, 좀 더 좋은 생각을 떠올리지 못한 게 후회가 됐다.

나는 밤새 얼굴 없는 남자에게 시달리는 꿈을 꾸다가 잠을 설쳤다. 이윽고 아침이 왔지만, 하나도 반갑지 않았다. 아무렇지도 않게 평소처럼 행동해야 한다는 건 머릿속으로만 알았다. 그게 만만한 일은 아니었다.

식탁 앞에 앉아 고개를 푹 숙이고 꾸역꾸역 밥을 밀어 넣었다. 먹고 싶지 않았지만, 안 먹는다고 하면 수상하게 보일 것이다. 할머니는 잠깐 내 앞에 앉았다가 일어서 거실로 갔다.

"오늘 비 온다고 그러더냐?"

"몰라."

"넌 아는 게 뭐냐?"

"내가 기상청이야? 그걸 어떻게 알아?"

"알았다. 내가 말을 말아야지."

할머니가 텔레비전을 틀고 뉴스로 채널을 돌렸다. 순간 온몸이 경직되었다. 새벽 일이 나올지도 모른다.

"나오란 날씨는 안 나오고 웬 교통사고만 잔뜩 나오냐."

"조용히 좀 해봐, 할머니."

할머니 목소리에 가려 뉴스 소리가 잘 들리지 않았다. 할머니는 뭐라고 하려다가 내 얼굴을 보더니 아무 말도 안 하고 화장실로 갔다.

날씨가 나오고 뉴스가 한 바퀴를 돌아 다시 아까 나왔던 소식을 반복할 때까지 편의점 습격사건과 관련된 내용은 나오지 않았다.

쿵.

문득 그 애가 보였다. 그 애는 홀로 있었고, 자기 존재감을 드러내고 싶은 듯 머리를 소파 테이블에 찧고 있었다. 장난을 쳐도 유별나구나 싶었다. 자해하는 게 재미있냐?

"너 때문이야."

모든 게 틀어진 건 이 녀석 때문이다. 저번에 녀석을 사라지게 만들지 못한 건 의지가 약해서가 아니었다. 가진 걸 잃을까 봐 두려웠기 때문이다. 나는 궁지에 몰려 있었다. 어차피 꽁알 일에 가담한 건으로 학교에서 낙인찍히면 돌아갈 곳이 없다. 게다가 꽁알이 나비에게 말이라도 한다면 새 친구고 뭐고 다 끝장이다. 나는 아무것도 가진 게 없다. 가족도 친구도 이미 모두 떠나갔다.

쿠션으로 힘들 것 같아서 베개를 가지고 나왔다. 그 애가 장난치다가 사고가 난 것 같다고 둘러대면 그만이다. 빨리 끝내버리고 싶다. 저번과는 다르다. 저번에는 흥분해서 우발적으로 손을 치켜들었다면 이번에는 확실히 침착하다. 나는 서서히 베개를 그 애 얼굴에 가져다댔다.

짧은 시간 그동안 있던 많은 일들이 스쳐지나갔다. 아빠가 이 아이를 집으로 끌어들여 할머니가 왔고 엄마는 사라졌다. 소희와 틀어졌으며 율을 만나면서 완전히 절교해버렸다. 그리고 나비. 친해지기를 갈구했던 그 애. 꽁알에게 휘말리면서도 나는 은근히 나비와 만날 기회가 생기길 기대했다.

이제는 다 소용없다. 이로써 끝이다.

"뭐하냐? 베개 들고."

할머니가 화장실에서 나온 걸 미처 몰랐다. 그런데 할머니도 몰랐다. 내 뒷모습만 보고는 베개로 무엇을 하는 건지 알 수 없었다.

"다움이 졸리대? 그러면 안방으로 데려가지 않고."

나는 아무 말도 없이 가방을 짊어지고 나왔다. 저번처럼 심장이 두근대지 않았다. 실패가 분한 것도 아니다. 그저 아무렇지도 않다. 아까 날씨 예보에서 비가 온다고 했는지 안 온다고 했는지 기억이 안 난다. 너무 범죄 소식에만 귀를 기울인 탓이다. 날씨가 잔뜩 흐렸다. 꼭 그날 같다. 내동댕이쳐져 뒹굴던 소희의 분홍색 우산.

아파트 정문을 나서는데 갑자기 누가 뒤에서 내 책가방을 붙잡았다.

"엄마야!"

다리에 힘이 풀려 주저앉았다. 앞이 하나도 안 보였다. 남자가 밤새 아파트 앞에서 진을 치고 있었구나 싶어서 오금이 저렸다. 끝이다. 다 끝장이다.

"왜, 왜 그래? 나야. 나라고."

남자 목소리에 몸이 오들오들 떨렸다. 그 남자가 온 것이다.

"알음아, 정신 차려. 나야, 신율."

살짝 고개를 들어보니 율이 놀란 얼굴로 나를 보고 있었다. 남자 목소리라는 데 놀라서 율이라는 걸 알지 못했다. 다행이다. 다행인데, 이상하게 눈물이 차올랐다.

"미안해. 그냥 장난 친 건데……."

나는 앉은 채로 주위를 확인했다. 지나가는 사람들이 교복 치마 차림으로 바닥에 주저앉아 있는 나를 이상한 눈으로 바라봤다. 혹시 율이 나를 괴롭히고 있는 건 아닌가 싶어 가까운 곳에 서서 유심히 보는 아주머니도 있었다. 대부분 사람들은 출근 시간에 쫓겨 바삐 갈 길을 갔다. 어제 그 남자로 추정되는 사람은 다행히 없었다.

"울지 마. 정말 정말 미안해. 자, 나 잡고 일어서 봐."

율 때문이 아닌데 말할 수가 없었다. 내가 어제 무슨 짓을 했는지 알면 크게 실망할 것이다. 그리고 학원 앞 골목에서의 소희처럼 혐오스러운 눈빛으로 나를 볼 것이다. 맞다. 소희 눈빛이 딱 그랬다. 징그러운 벌레를 보는 듯한 눈빛.

소희가 그렇게 싫다고 하던 부류가 된 나.

"어떡해. 병원 가야겠다. 무릎에서 피 나."

양쪽 무릎과 정강이가 딱딱한 바닥에 긁혀 피가 났다. 율은 허둥대며 나를 부축하려 했다가 등에 업으려고 했다.

"……병원은 무슨. 약국 가서 연고랑 밴드 사서 붙이면 돼."

"그래도 찢어진 것 같은데 소독하고 꿰매야지. 큰일 나면 어떻게 해."

평소라면 호들갑을 떠는 율이 고마웠겠지만, 오늘은 조용히 학교에 가고 싶었다. 빨리 학교에 가서 꽁알에게 어제 일을 물어보기라도 해야 답답한 마음이 풀릴 것 같다.

"아직 병원 문 안 열었을 테니까 응급실 가자."

"제발 그냥 학교 가자."

"응급실 가면……."

"됐다고!"

나를 부축해서 걷던 율이 멈춰 섰다. 세상에서 버림이라도 받은 것 같은 비참한 얼굴을 하고.

객관적으로 볼 때 지금 이 순간 가장 나락으로 떨어져 있는 건

나다. 율 손을 잡고 같이 떨어질 이유는 하나도 없다. 그것도 형 때문에 가끔씩 다른 곳으로 가버리곤 하던 율과 말이다.

"미안해. 나 오늘 학교 빨리 가야 할 일이 있어서 그래. 나중에 말해줄게. 괜찮지?"

나는 애써 웃으며 말했다.

"그런 거였어? 에휴, 내가 괜히 와가지고. 어제 너랑 너무 연락이 안 돼서 걱정이 돼서 온 건데, 오히려 다치게 만들어버렸네."

율은 마음이 놓이는지 약국에 가서 소독약과 연고 밴드를 사왔다. 빨간 소독약은 어릴 때 발라보고 오랜만에 발라보는 것이다. 그때는 무척이나 따끔거리고 무서운 약이었는데, 이제는 별로 따갑지 않았다. 참을 만했다. 내가 이제 어린애가 아니라는 게 실감났다.

"난 아파도 싸."

"응?"

구구절절 설명하고 싶은 마음 반, 숨기고 싶은 마음 반. 동갑인 율은 형을 잃고도 씩씩하게 삶으로 돌아왔는데, 나는 마땅한 변명거리도 찾을 수 없었다. 내 마음에 깃든 공포와 불안은 새벽의 그 남자로 드러났을 뿐이지 원래부터 가지고 있던 것이다. 길을 잘못 들어섰다는 걸 알고 있으면서도 끝없이 앞으로 나아가기만 하고 되돌아가지 못하는 나 때문에 일이 이렇게 되어버렸다.

학교에 다다를 때까지 율은 잠시 내가 다른 세상에 가 있게 내

버려두었다. 말을 시키지 않고 계속 나를 지켜보기만 했다. 한 걸음 걸을 때마다 조금씩 마음이 차분해져갔다. 아직 나에게도 기다려주는 사람이 있다는 것만으로도 아주 최악은 아니었다.

꽁알은 여느 때처럼 행동하고 있었다. 교실 뒤에서 나비를 비롯한 친한 무리와 수다를 떨었다. 나비는 어제 일을 아직도 전혀 모르는 것처럼 보였다. 당연하다. 어제 거기 나비는 없었다. 나비는 지시를 내리고 결과만 챙겼다. 대장이기 때문이다. 나는 내내 가까이 다가가지는 못하고 꽁알에게 눈길만 주었다. 내가 보는 걸 아는지 모르는지 좀처럼 꽁알과 눈을 마주칠 수 없었다.

언제까지나 지켜보고만 있을 수가 없었다. 나는 꽁알이 나비에게서 멀어진 틈을 타서 재빨리 다가갔다.

"어제는……."

"어제? 뭐?"

꽁알이 시치미를 뗐다. 얼굴색 하나 변하지 않았지만, 흔들리는 눈동자에서 불안감이 다 드러났다. 꽁알이 잠시 주위를 살피더니 나를 끌고 애들이 잘 안 오는 구석으로 갔다.

"나한테 말 시키면 어떡해? 애들이 이상하게 생각할 거 아냐. 특히 나비 알면 다 죽는다."

한껏 죽인 목소리가 초등학생을 위협하던 그날 같았다.

"어제 무슨 일 있었는지 궁금해서 그래."

"몰라. 짜증나. 누군가 가게에서 잘 줄 알았겠냐? 유리창 깨고 난장판만 해두고 도망 가려고 했는데, 도둑 누명 썼어."

"그럼 걸린 거야? 그 남자가 누구 잡았어?"

쫓아오던 남자 목소리를 떠올리니 아직도 간담이 서늘하다. 지금이라도 학교로 따라와 덜미를 잡을 것만 같다.

"너 남자인 줄 어떻게 알았어? 혹시 너도 봤어?"

"사실은, 어떤 남자가 소리 지르면서 날 따라왔어."

"네 얼굴도 봤어?"

남자 목소리가 꽤 가깝게 들렸던 건 기억난다.

"아마 못 봤을 거야. 뒷모습만 봤을걸. 뒤도 안 돌아보고 도망 갔거든."

"가로등 있는 대로는 안 갔지?"

"그게 잘 모르겠어……."

"젠장. 너 때문에 다 망했어! 뒷모습만 봤어도 여자앤 줄은 알았을 거 아냐. 얼마 전에 자기가 자른 알바생 의심부터 할 거야. 너만 아니었으면 술 먹은 사람이 그런 건 줄 알았을 텐데. 우린 아무도 안 들켰단 말이야. 너 병신이냐? 어두운 데로 무조건 숨었어야지."

쉬지 않고 질책하는 꽁알 말에 서운했지만 반박할 수 없었다. 튀라고 외치는 소리가 그 누구 목소리로도 들리지 않은 이유를 뒤늦게 알았다. 일부러 나이나 성별을 숨기려고 목소리를 쥐어짜며 낸 거였다.

"몰라. 걸리면 네가 다 책임져."

"난 망만 봤는데, 내가 왜?"

"처음부터 네 담당이 그거니까. 들키면 네가 뒤집어써야지. 우리 중에 가장 타격이 적은 게 너밖에 더 있겠니?"

내가 실수한 부분이 있기는 하지만, 억울했다. 창문을 깬 것도 내가 아니었고, 일을 계획한 것도 내가 아니었다. 단지 나는 꽁알에게 협박당해 참여한 것뿐이다. 꽁알은 무섭게 노려보더니 내게서 획 떨어져 멀어져 갔다. 그리고 곧장 나비에게 갔다. 나는 그렇게 마주하고 싶어도 말 한마디 못 나누는 나비에게로. 꽁알은 보란 듯이 나비와 잡담을 나누며 웃었다. 웃을 기분이 아닐 텐데도 일부러 더 과장되게 웃었다. 다시 무릎 상처가 아파 와서 주저앉아버리고 싶었다.

꽁알이 학주에게 불려간 것은 점심시간이었다. 급식을 채 다 먹기도 전에 꽁알은 잔뜩 긴장한 얼굴로 식당을 나서야 했다. 당장 튀어오지 않으면 큰일 날 줄 알라는 엄포가 있었던 모양이었다.

평소라면 학교가 어떻게 돌아가든 말든 엎드려 잤을 나비가 주위를 두리번거리며 교실 뒤를 서성였다. 심기가 불편한 나비에게 어제 일을 고자질할 애들은 얼마든지 있었다. 그런데 왜 하필 학주는 나비가 아니라 꽁알을 부른 걸까. 편의점 아르바이트하던 애는 나비의 친구였고 1차적으로 나비가 걸려드는 게 당연하다.

꽁알이 아무리 나비의 심복이라고 해도 2차로 불러야 하는 것 아닌가.

어찌 되었든 꽁알은 나에게 뒤집어씌우기 위해 무슨 말이든 할 것이다. 어떻게 대응해야 하는 건지 감이 잡히지 않았다. 이런 일이 나에게 일어날 거라곤 한 번도 상상해본 적이 없다.

꽁알은 수업이 모두 끝나자마자 우리 교실에 나타났다. 그리고 나비가 아니라 가방을 싸고 있는 나에게 왔다. 나비는 당연히 자신에게 보고하러 올 꽁알이 오지 않은 것을 의아해하며 우리 쪽을 보고 있었다.

"왜?"

궁금증을 다 담아 묻는 내게 꽁알은 모든 게 내 탓이라는 책망의 눈빛을 보여주었다. 그리고 딱 한마디만 했다.

"미친년."

무릎 상처가 간질거리기 시작했다.

"정말 그 남자가 날 봤대?"

"시치미 떼지 마. 어디서 모르는 척이야?"

"무슨 소리야?"

꽁알은 다른 애들이 보고 있는데도 웃음을 싹 거두고 욕설을 내뱉기 시작했다. 내용만 간추려 들어보니 학교 앞에서 애들에게 돈을 빼앗은 일을 말하고 있었다. 내가 모든 걸 고자질했고, 그래서 학주에게 불려갔다는 것이다. 어젯밤 일은 전혀 상관없었다.

들키지 않았다. 다만 꽁알을 마음에 안 들어 하던 학주는 금품 갈취를 빌미로 일부러 일을 부풀려 크게 만들었다. 꽁알은 꼼짝없이 징계를 기다리게 되었다.

나는 고자질하지 않았다고 변명하지 않았다. 누가 말했는지 알 것 같았다.

가방을 마저 싸다가 고흐 화집을 발견했다. 언제 넣어 가지고 나왔는지 기억이 나지 않는다. 정신없이 집을 나서며 이걸 챙긴 기억이 없다. 누군가 넣어둔 것인지 저절로 기어들어온 것인지도 모른다. 어쨌든 나는 〈별이 빛나는 밤〉을 펼쳤다. 하도 펼쳐봐서 한 번에 펼쳐졌다. 언제 봐도 좋은 그림 위로 죽죽 그어진 낙서. 그 애가 그린 낙서.

그런데 그림이 일렁이기 시작했다. 아니 일렁이는 게 아니라 꿈틀댔다. 별을 표현하여 그린 불빛들이 이리로 저리로 몸을 뒤척였다.

내 머리가 이상해진 걸까. 눈을 비비다가 고흐가 이 그림을 정신병원에서 그렸다는 게 떠올랐다. 나도 그렇게 되어가는 걸까. 그래서 이 그림을 그토록 좋아해온 걸까?

혼자가 되어야 원하는 걸 얻는다

정말 그만두고 싶어요.

이미 늦었다.

난 이제 혼자라고요.

계약자가 잠시 침묵했다. 그리고 모습을 바꾸었다. 여자아이였다. 짧은 단발머리 한쪽을 묶은 여자아이. 영락없는 꽁알의 모습. 꽁알. 그랬구나. 꽁알을 나에게 붙인 게 계약자였어.

왜? 왜 그랬어요?

넌 혼자가 되어야 하니까.

이번에는 내가 침묵했다. 혼자가 되어야 한다고? 왜? 나를 도와주는 거 아니었나?

이건 내가 원하는 게 아니에요.

그렇지 않다. 넌 혼자가 되어야 원하는 걸 얻을 수 있다.

혼자가 되어야 얻을 수 있다? 그러고 보니 나는 혼자라고 느꼈을 때가 되어서야 그 애를 해할 마음을 먹었다. 그전에 우발적으로 그랬을 때는 내가 가진 걸 잃지 않기 위해 주저했다. 그러나 이번에도 나는 실패했다. 결과적으로 혼자가 되고도 이루지 못했다.

아뇨. 틀렸어요.

아니. 네가 틀렸다. 넌 혼자가 되는 데 실패했을 뿐이다.

소희가 돌아와 주어서일까. 소희가 나서지 않았다면 나는 계속 꽁알에게 끌려다녔을 것이다. 적당한 때 적당히 일을 저질러 준 것이다. 만약 그냥 넘어갔다면 나는 모든 것을 폭로당할 용기가 없었을 테고 점점 더 빠져나오기 힘들었을 테니까. 꽁알에게서 벗어나지 못해 철저하게 혼자가 되어갔을 것이다.

아까 소희에게 메시지를 보냈다. 학주에게 말한 게 너냐고 고맙다고 보냈다. 닭살 돋는 내용이었지만, 그렇게밖에 할 말이 없었다. 답장은 없었다. 내 메시지를 읽었다는 표시가 떴지만, 소희는 답을 하지 않았다. 읽었다는 것만으로도 다행이었다.

맞아요. 난 혼자가 아니네요.

계약자는 씩 웃었다. 다시 거미 모습으로 돌아온 계약자는 온통 어둠을 내포하고 있는 모양새였지만 웃고 있었다. 이번에는 실패했지만, 나를 혼자로 만드는 것은 아주 쉽다는 듯이. 왜 그렇게 나를 혼자로 만들고 싶어 할까? 엄마를 사라지게 한 것도 계약자일까.

계약자는 대답 없이 가버렸다.

나는 이젤을 꺼내고 그림을 그리기 시작했다. 계약자가 웃는 모습을 남겨두고 싶었다. 뇌리 속에서 사라지기 전에, 느낌이 날아가기 전에 남겨야 했다. 붓은 내 머리보다 먼저 움직이며 백지를 채워갔다.

먼동이 터올 때쯤 나는 전보다 덜 추상적인 계약자를 만났다. 괴물이나 어둠이 아니라 누군지 모를 인간의 모습을 한 계약자를.

새벽부터 소희네 집 앞에 서서 기다렸다. 비가 내리던 날 소희가 우산을 던졌던 그곳에 섰다. 집을 나서던 소희가 나를 보고 멈칫했다. 얼굴에 잠깐 반가움이 스쳤으나 이내 차가운 얼굴로 바뀌었다.

"소희야."

소희는 나를 뿌리치고 지나가려 했다. 나는 팔을 잡았다. 작은 팔뚝이 손에 들어왔다. 전보다 말랐다. 소희는 얼굴만 핼쑥한 게 아니라 말라가고 있었다.

"고마워!"

급하게 결론만 내뱉었다. 소희가 멈춰 섰다. 천천히 아주 천천히 돌아보았다.

"뭐가?"

"학주한테 말해준 거 말이야."

"그거 너 좋으라고 말한 거 아니야."

뜻밖에도 소희는 힘없이 웃었다.

"꽁알 걔 말이야. 아주 나쁜 애야. 남의 약점을 이용해서 자기 마음대로 흔들거든."

소희가 어떻게 알았을까? 마치 나에게 일어난 일을 다 아는 것처럼 말했다.

"너 걔 잘 알아?"

"잘 알지. 옛날에 나한테도 그랬으니까."

파스타 집에서 꽁알을 보았을 때 하얗게 질리던 소희 얼굴이 떠올랐다. 질색이라는 부류. 꽁알과 나비를 벌레 보듯 혐오하던 소희. 소희도 당했던 것이다. 나처럼 똑같이. 그런데 언제일까? 유치원 때부터 줄곧 우린 가장 친한 친구였는데.

"그 일 너한테 말 못한 건 미안해. 말하기 싫었어."

아무리 기억을 더듬어봐도 소희가 괴로워하던 시절은 없었다. 내가 아는 소희는 언제나 행복했고 언제나 철이 없었으며 언제나 히히 웃었다. 그래서 나는 처음으로 불행이라는 걸 만났을 때 소희가 미치도록 부러웠다. 걱정이라곤 좋아하는 남자애와 어떻게 하면 사귈 수 있을지, 언니 옷을 물려 입지 않고 어떻게 하면 새 옷을 살지가 전부인 소희에게 샘이 났다.

나에게 말 못할 정도로 심각했던 것이다. 소희가 얼마나 괴로웠을지 상상이 안 갔다. 괴로워하는 소희 자체가 내 상상 속에 없었다.

"몰랐어. 미안해."

그 말밖에 할 말이 없었다. 그리고 나 자신이 싫어졌다. 소희도 불행한 적이 있다는 걸 알게 되자마자 마음이 편해진 이기적인 나 자신을. 남도 나와 같다는 걸 알아야 비로소 안정되는 어른들 같다.

"그런데 어떻게 빠져나왔어? 꽁알에게서."

"아직 안 빠져나왔어."

"뭐라고?"

"너도 그럴 거야. 꽁알은 아무에게도 네 치부를 말 안 할 테니까. 그 애는 영리해. 폭로하는 순간의 기쁨은 잠깐이지만, 대신 영영 자기 노예를 풀어줘야 한다는 걸 잘 알거든."

노예라는 말이 딱 맞았다. 소희는 그래서 알았던 것이다. 꽁알보다 훨씬 덩치가 크면서도 벌벌 떨고 있는 노예를 한 번에 알아봤다. 자신도 노예였으므로.

"난 복수한 것뿐이야. 그러니까 고마워할 것 없어."

소희는 차갑지 않았지만, 그렇다고 해서 살갑지도 않았다. 소희를 처음 만났던 오랜 옛날로 돌아간 것 같다. 새침하고 겁이 많은 여자애였다. 나는 여린 소희를 돌봐주고 싶었던 것 같다. 외동인 나는 한참 형제자매가 있는 애들을 부러워하던 터라 소희 같은 동생이 있으면 참 좋겠다고 생각했다.

소희는 학교로 말없이 걸었다. 나도 그 옆을 말없이 따랐다. 오랫동안 쌓아온 우정이 한순간에 무너졌지만 마이너스는 아니었던 것이다.

학교에서도 우리는 별말을 안 했다. 나 대신 혜진과 미연이 소희 곁에 있었고, 나는 곁으로 가지 않았다. 그래도 가끔 소희 시선이 나를 따라오는 걸 느꼈다. 꽁알이 또 우리 반에 나타났을 때 나는 혼자가 아니라는 것을 재확인했다. 나는 계약자의 의도처럼 철저히 혼자가 되지 못했다. 걱정하는 시선이 따라붙었다.

꽁알은 나를 보며 입가에 웃음을 흘렸다. 나비를 한 번 보고 나를 한 번 보며 도발했다. 나를 무너뜨릴 셈이다. 일부러 추악한 소문을 퍼뜨릴지도 모른다. 그러나 소희 말대로 꽁알은 자신이 쥐고 있는 카드를 쉽게 내보일 사람이 아니다.

혼자가 되어야 원하는 걸 얻는다.

나는 계약자의 조언을 다르게 해석하기로 했다. 원한다면 정말 혼자가 되어줄 것이다. 다만 당당하게.

곧장 꽁알에게 걸어갔다. 우리 사이가 가까워질수록 꽁알 얼굴에 당황하는 빛이 퍼져갔다. 불안한 눈빛으로 나비를 보았다. 나비는 의아해했다. 전혀 상관없어 보이는 내가, 팬시점에서 한 번 마주친 적이 있는 범생이가 꽁알과 할 이야기가 매일 있다니.

그래. 봐. 모두 봐버려. 귀를 기울여서 내가 하는 이야기를 들어.

"왜? 뭔데?"

"사람이 사람을 좋아하는 게 이상해?"

"얘가 뭔 소리야?"

예상외의 일격을 당한 꽁알은 의미 없는 웃음만 지었다. 나비 눈치를 봤다. 나비도 꽁알이 자기 눈치 보는 걸 알았을 것이다.

"난 하나도 안 이상해. 그러니까 그런 걸로 협박할 생각 마."

"협박……이라니? 협박은 무슨 협박?"

혼자면 원하는 걸 얻는다고 했지? 봐. 나는 잃을 게 없어서 모든 걸 까발리고 처음부터 다시 시작하려는 거야.

소희도 놀란 눈치였다. 내가 모두가 듣는 앞에서 협박이라는 표현을 쓴 이상 꽁알은 더는 날 협박할 수 없다. 앞으로 꽁알과 내가 그 어떤 일로 엮이더라도 아이들은 협박이라는 단어를 떠올릴 것이다. 특히 꽁알이 충성해 잘 보이고 싶어 하는 나비가 들어버렸다. 나는 꽁알의 노예가 아니라 도리어 옭아매는 줄이 될 것이다. 꽁알이 무슨 말을 해도 변명이 될 것이다.

"얘가 무슨 소리를 하는지 모르겠네."

꽁알은 도망치듯 우리 반 교실을 빠져나갔다. 다소 충동적이었지만 실패하지는 않았다.

집에 돌아오니 소파 테이블 위에 서류봉투가 놓여 있었다. 할머니는 봉투 겉면을 뚫어져라 보고 있었다. 그게 뭔지 짐작은 되었지만, 나는 아무것도 묻지 않고 방으로 들어왔다. 그림을 한 장 더 그려야 한다. 교복을 벗을 새도 없이 나는 그림을 그렸다. 학교에서 떠오른 계약자의 모습. 아니 딱히 모습이 떠오른 것은 아니지만, 좀 더 자세히 그릴 수 있다는 확신이 들었다. 그래서 이미지를 놓치기 전에 그려야 했던 것이다.

"으아아아앙."

사이렌. 그 애가 울기 시작했다. 내 귓속에서만 울리는 소리가 아니었다. 진짜 현실의 소리였다. 조금 시간을 보냈지만 울음이 계속됐다. 달려나가 보니 그 애는 혼자였고 얼굴이 시뻘겋다. 내가 본 누구보다 빨갛다. 인간 같지가 않았다.

"야, 왜 그래?"

말이 끝나기 무섭게 그 애가 저번처럼 머리를 바닥에 찧어댔다. 소리를 질렀지만, 그 애는 멈추지 않았다. 눈동자가 공허했다. 어린아이가 할 수 있는 눈빛이 아니었다. 덜컥 겁이 났다. 이 애는 무엇인가. 계약자를 만났을 때도 느끼지 못했던 공포가 문득 솟아났다. 내 안에서. 내가 죽이려던 이 애가 진짜 죽을 것만 같다.

쿵.

쿵.

"그만, 그만해!"

나 때문이다. 내가 죽이려고 한 걸 이 애는 알고 있다. 가버려. 사라져버려. 죽어버려. 나는 끊임없이 이 애에게 속삭였다. 눈빛으로 말했고 목소리로 말했고 울음을 들을 때마다 귀를 막아 항의했다. 여태까지 나를 침범하고 불행하게 만든 것은 이 애였다. 그러나 어쩌면 이 애도 나에 대해 똑같이 생각했는지 모른다. 그래서 진짜 소원대로 죽으려 한다. 어린애가 죽어 없어지려고 한다.

"알음아, 무슨 일이야?"

갑자기 아빠와 할머니가 동시에 나타났다.

"내가 그런 거 아냐."

아빠는 내가 뭐라고 하는지 듣지 못한 채 그 애를 안고 달려나갔다.

그래, 죽어.

내가 알 바 아니었다. 그러나 궁금했다. 도대체 왜 스스로 저랬는지. 어린아이도 자살을 생각할 수 있는 것인지.

방으로 돌아와 그리던 그림을 보았다. 아직 미완성이었지만 여자아이 모습이었다. 꽁알이 분명하다. 악마 같은 꽁알, 네가 계약자였어.

계약은 돌이킬 수 없다

아빠는 작은 가방 안에 그 애 물건을 담았다. 그 애 물건은 얼마 없었다. 엄마와 할머니가 사다놓은 것이 꽤 많은 줄 알았는데, 원체 몸집이 작은 아기여서 그런지 다 챙겨도 부피가 크지 않았다. 한 사람 몫이라고 하기에는 초라한 짐이다.

그 애는 수술을 했다. 심장이 안 좋았고 실제로 죽을 뻔했지만 죽지는 않았다. 다만 다른 병 때문에 그 애는 오랜 기간 입원하여 치료를 받아야 한다. 아빠 말로는 소아우울증이라고 했다. 나는 소아우울증이라는 말을 처음 들어보았다.

"아무래도 갑자기 엄마가 사라지고 낯선 곳으로 와서 충격을 받았겠지. 적응을 못할까 봐 바로 시설로 안 보내고 우리 집에서 돌봐주려고 한 건데, 잘못 생각했던 것 같다."

아빠는 자신의 잘못을 이런 식으로 시인했다. 나에게만 몹쓸 짓을 한 게 아니라 그 애에게도 그렇다는 걸 알고 나니 허탈한 듯했다. 결과적으로 아무에게도 이롭지 않았다. 잘못된 판단과 오만이었다. 아빠는 자신이 남을 위해 무엇이든 할 수 있다고 생각했고 자기 가족의 희생이 동반되어야 숭고함을 더한다고 자신했다. 사실 선의를 받는 당사자인 그 애는 그걸 전혀 원하지 않았는데도.

딴 세상에 가 있던 공허한 그 애 눈빛이 떠올랐다. 도저히 어린아이 눈빛이라고 볼 수 없을 정도로 쓸쓸했다. 무슨 생각을 하면서 이 집에서 지냈을까. 엄마도 없고 자신을 미워하는 내가 있는 이 집을. 머리를 쿵쿵 박던 건 무슨 이유였을까. 가끔 자지러지듯 우는 정도로 아픔을 표현했지만, 아무도 몰랐다. 그 애가 우울하다는 것은. 나는 더는 그 애를 증오하지 않았다. 아니 증오하는 대상은 처음부터 그 애가 아니라 이 상황이었다.

방에 들어와 고흐 화집을 펼쳤다.

〈별이 빛나는 밤〉 위로 죽죽 그어진 검은 크레파스가 새삼 다르게 보였다. 정신병원에서 그림을 그렸던 고흐. 다들 미쳤다고 했지만, 고흐의 눈에 비친 밤은 이런 아름다운 모습이었다. 거기에 보태진 검은 줄이 그 애 눈에 보이는 세상 같아서 그림과 제법 어우러져 보였다. 그림에 마구잡이로 그어진 낙서를 볼 때마다 마음속에 일렁이던 분노가 이미 아주 오래된 이야기처럼 되어버렸다. 대수롭지 않은 일처럼 여겨진다. 이게 진짜 고흐가 그린 원화도 아니고 내가 그린 걸작도 아닌데 왜 이렇게 집착했을까.
대신 미친 듯이 내 그림이 그리고 싶어졌다.

그려서는 안 된다.

이젤 앞에 앉자, 계약자가 나타났다. 계약자는 다급해 보였다. 정체를 드러내고 싶지 않겠지. 하지만 이제 조금만 더 그리면 돼. 넌 까발려질 거야.

난 네 소원을 들어주려고 했다. 그리고 거의 이루어주었다.

알아. 그런데 이제 됐어. 난 처음부터 우리 집에서 그 애를 사라지게 해달라고 했지. 그러니까 이걸로 된 거야.

아니. 아직 아니다.

그 애를 죽여야 후련해? 나도 처음에는 그렇게라도 하고 싶었어. 그런데 그건 결국 그 애가 아니라 나를 죽이는 거였지. 넌 실패했어. 나를 혼자로 만들어서 악마로 만들고 싶었다? 그런데 이 계약은 파기야.

계약은 돌이킬 수 없다.

나는 계약자의 말을 무시하고 붓을 놀렸다. 오늘 밤 안으로 완성할 수 있을 성싶다. 계약자가 사라졌는지 그대로 남아 나를 보는지 신경 쓰지 않았다. 그림을 완성하면 계약은 끝날 것이다. 그래서 그림을 그리지 말라고 하는 것이 분명하다.

그림은 차차 형상을 갖추며 얼굴을 찾아갔다. 여자아이. 키가 크고 단단해 보이는 여자아이였다. 꽁알과는 다르다. 물론 소희도 아니다. 도대체 누구기에. 조금씩 그림을 손볼 때마다 다른 여자아이가 되었다. 그런데 무척이나 익숙한, 낯설지 않은 얼굴이 되어갔다.

"아!"

짧은 비명이 내 입에서 터져 나왔다. 계약자가 어디선가 웃었다. 웃음은 자기 말을 안 듣고 고집을 피운 나를 비웃는 웃음이었다. 그림의 주인공은 나였다. 내 속에 있는 계약자의 형상을 좇아오니 결국 나였다. 거미였다가 베어브릭이었다가 소희와 율, 엄마, 꽁알을 거쳐 도달했다. 그림 속에 내가 서 있었다. 아무것도 없는 황량한 사막 한가운데 아무것도 입지 않고 서 있었다. 두려움에 떨면서 그러나 분노하며, 그리고 슬퍼하고 있었다. 길을 잃어 혼란스럽고, 버려져서 외로우며, 돌아가고 싶으나 망설이고 있었다.

장난이지? 왜 네가 나야?

넌 나다. 나는 너다.

웃기지 마. 넌 빈집에서 만난 괴물이잖아. 귀신인가?

난 거기 있었지. 그러나 거기 원래 있었던 건 아니다. 네가 불러왔다.

아니. 소희가 불러왔지. 주문을 외운 건 소희였거든.

아니. 네가 불러왔지.

네가? 아니 내가. 내가 불러왔지. 걷잡을 수 없었어. 욕망이 커서 미칠 것 같았어.

아니 이건 계약자의 말이 아니었다. 내 목소리였다. 나는 혼자 계약자가 됐다가 내가 되었다가 했다. 그리고 이제 내 목소리만 남았다. 나는 왜? 의식과 주문은 무엇을 불러낸 거지? 빈집에서 불러낸 게 아니라 내 속에서 불러낸 것일까.

나는 눈앞에 있는 그림을 찢어버리려 했다. 꽁알이 잡은 약점은 내 치부가 아니었다. 이 그림이야말로 내 치부를 드러내는 증거였다. 그림을 찢어서 없애면 모든 것이 되돌아갈 것이다. 없었던 일이 된다. 아무도 내가 계약자에게 조언을 들었다는 걸 모른다. 괴물인지 귀신인지에 홀렸던 사실을 모른다. 그림만 없다면 증거는 없다. 모든 일은 되돌아갈 준비를 끝마쳤는데 단 하나 스스로 그린 그림이 남아 있다.

그러나 나는 찢을 수 없다.

왜냐하면 이건 내가 처음으로 그린 '작품'이기 때문이다. 드디어 내가 그려냈다. 기술로 잘 그리는 건 누구나 할 수 있다는 미술 선생님의 말이 이제야 이해가 됐다. 여태까지 내가 한 건 모사였을 뿐이다. 지금 이 '작품'은 나조차도 다시 그릴 수 없는 하나뿐인 그림이다.

"휴."

그림을 조심스럽게 들어 책상 위에 올려두었다.

책상 위에 피겨가 눈에 들어왔다. 그 옆에 어디로 갔는지 도통 생각나지 않던 나비의 머리핀이 곱게 놓여 있었다. 생일맞이 전리품. 정말 알 수 없는 내 마음. 내일 당장 가야 할 곳이 떠올랐다.

"난 네가 화가 난 줄 알았어. 내 연락을 계속 안 받았잖아."

율은 자기 집 앞으로 찾아온 나를 반기면서도 두려워했다. 내가 정식으로 절교 선언이라도 하려고 찾아온 사람처럼 보인 모양이다. 어쩌면 이게 진짜 마지막이 될지도 모르지만, 나는 웃는 척했다.

"아니야. 내가 왜?"

"진짜? 그런데 무슨 일로 왔어?"

"네 집에 누구 있어?"

"아니. 다들 자기 방식대로 산다고 했잖아. 한밤중이 아닌 이상늘 나만 있다고."

"알아. 네가 저번에도 그렇게 말했지. 나 갑자기 다시 구경하고 싶어졌어."

그래서 왔구나. 율은 한결 마음이 놓인 듯 말하며 편하게 웃었다. 처음 만난 날 피겨에 대한 자부심이 대단한 얼굴로 자랑스럽게 떠들던 율처럼 보였다.

피겨 [figure]

요약 : 영화·만화·게임 등에 나오는 캐릭터들을 축소해 거의 완벽한 형태로 재현한 인형.

나는 이제야 피겨에 대한 정확한 뜻을 검색해보았다. 거의 완벽한 형태. 거의. 아주 완벽한 형태는 아니란 소리다. 계약자는 나지만, 사실은 내가 아닌 것처럼. 나는 피겨를 모으는 걸 관두기로 했다.

집 안에 들어서자마자 거실에 자랑스럽게 걸린 가족사진이 보였다. 환하게 웃고 있는 엄마, 아빠, 가운데는 지금은 이 세상에 없는 형, 형의 오른쪽에는 율, 왼쪽에는 나비. 왜 그날은 보지 못했을까. 저렇게 환하게 웃고 있는 나비를. 몇 년쯤 어려 보이고 지금과는 사뭇 다른 표정이지만 못 알아볼 수 없었다. 끝내 친해지지 못했다. 그날 알아보았더라면 어쩌면 다른 결말이 만들어졌을지도 모르는데.

"너 왜 명함에 그냥 '신율'이라고만 적은 거야? 성은 어디로 가고?"

"아, 그냥. 아이돌 같고 좋잖아."

별뜻 없다는 걸 알고 나자 허탈하다. 사소한 것들이 모여 커다란 것을 만든다. 율의 정확한 이름을 알았더라면, 내가 가족사진을 보았더라면, 소희를 질투하지 않았더라면, 모든 게 달라졌을 것이다.

나는 천천히 피겨를 구경했다. 신율은 언제나처럼 내 곁에서 설명을 하느라 바빴다. 율은 형의 피겨를 팔아버리려 한다지만 아마도 영원히 갖고 있을 듯하다.

"아, 맞다. 너 저번에 쿠키 맛있다고 했지? 기다려. 가져올게."

율이 거실로 올라갔다. 부엌에 들어가 달그락거리며 쟁반을 꺼내는 사이에 나는 밖으로 빠져나왔다. 용무는 끝났다. 율에게서 받고 내가 구입하기도 한 모든 피겨를 율의 책장 한쪽에 놓아두었다. 그리고 나비의 머리핀은 거실 탁자에 놔뒀다.

휴대폰 단축키를 눌렀다. 신호가 길게 가고 나서야 상대는 전화를 받았다.

"나, 그림 그렸어. 엄마가 한번 봐줘."

엄마는 알았다고 했다. 내 그림을 보여줄 생각에 가슴이 두방망이질 쳤다. 내 그림이 보는 이에게 많은 걸 알려준다면, 그 첫 대상은 엄마가 되는 게 좋겠다고 생각했다. 그동안 내가 의식적으로든 무의식적으로든 지워버렸던 엄마가 돌아오는 게 좋겠다고 생각했다. 그래서 전화를 걸었고, 정말 엄마가 전화를 받았다. 여태까지 내가 전화를 걸어오길 기다린 것 같다. 내가 나아지길 기다린 것 같다.

내 첫 '작품'의 제목은 '계약자'로 정했다. 계약자라. 어쩐지 이상하고 생소한 제목이다.

나의 계약자

어두운 밤, 사물이 낮 동안 머금은 빛을 다 잃어 깜깜한 밤이었다. 문득 잠에서 깨어났다가 덩어리를 본 적이 있다. 그것은 무언가의 그림자 같았지만, 그림자보다는 덩어리에 가까웠다. 입체적이었다고 해야 하나. 딱히 움직이고 있지는 않았지만, 어쩐지 일렁거리는 느낌이 들었다. 까만 어둠 속에는 조금씩 명암을 달리하는 다른 어둠이 있었다.

"넌 뭐냐?"

나도 모르게 묻고 말았다. 궁금증을 못 이겨 묻고 나니 민망했다. 분명 별 것 아닌 어둠이 자아낸 요상한 그림자일 뿐이었다. 대답이 돌아올 리도 없고 그러길 바라지도 않았다. 그런데도 마치 대답을 바라는 양 묻다니 어이없는 일이었다.

그때 무슨 말인가 돌아왔는지도 모른다. 그러나 나는 듣지 않왔다. 내 안에 꽁꽁 숨겨두었던 말은 아직 꺼내고 싶지 않은 말이었다. 알면서도, 알고 싶지 않은 말이 많이 있었다.

얼마 뒤, 덩어리는 다시 찾아왔다. 그리고 그때부터 나는 다시 뭔가 쓰기 시작했다. 이제는 받아들일 수 있었다. 나에게 찾아와 준 게 고마울 때도 많았다.

2011년부터 계간 〈어린이책이야기〉에 연재한 소설이다. 사실은 같은 소설이라고 할 수가 없을 정도로 크게 달라졌다. 제목부터 결말까지. 수정을 하면서 원래 하려던 이야기를 제대로 종알거리고 싶어졌다. 원고를 송고 할 때 걸러서 빼놓은 부분도 다시 넣었다. 온전히 하나가 되어 책으로 나올 때에만 넣고 싶은 부분도 있었다.

즐거워서 쓰고 쓸 수밖에 없어서 쓰지만, 언제나 부족한 것만 같다. 출간된 책도 다시 쓰고 싶은 생각이 불쑥 들 때가 있으니.

그래도 나는 오늘도 나만의 계약을 지켜나가고 있다. 나의 계약자는 밤마다 자꾸 나타나 무엇인가를 쓰라고 한다. 졸린데 잠을 못 자게 머리를 어지럽힌다. 지독한 계약자다.

2013년 7월

선자은

계약자

초판 1쇄 인쇄일 | 2013년 8월 13일
초판 2쇄 발행일 | 2021년 5월 6일

지은이 | 선자은
펴낸이 | 정은영

펴낸곳 | (주)자음과모음
출판등록 | 2001년 11월 28일 제2001-000259호
주　소 | 04047 서울시 마포구 양화로6길 49
전　화 | 편집부 (02)324-2347, 경영지원부 (02)325-6047
팩　스 | 편집부 (02)324-2348, 경영지원부 (02)2648-1311
이메일 | jamoteen@jamobook.com
블로그 | blog.naver.com/jamogenius

ISBN 978-89-544-3009-8 (43810)

나의
스파링
파트너

나의 스파링 파트너

박하령 소설

(주)자음과모음

나의 두려움을 보고 내게 다가선 거다.

난 이제 더 이상 두려워하지 않고 주먹을 내지를 것이다.

놈은 나를 단련시킬 스파링 파트너다.

차 례

굴러라, 공!

홍모는 나쁜 짓을 했으므로 그 대가를 치러야 한다. 숙제를 안 해 오면 벌을 받거나, 규칙을 어겼을 때 벌점을 받듯이. 잘못에는 그것만큼의 대가가 있어야 한다고 생각한다. 주홍모가 우리 반 여자애들 미모 순위를 조사하는 설문지를 만들어서 남자애들 단체 카톡방에 올린 건 명백한 잘못이라고 생각한다. 아무리 '심심풀이 땅콩'이었다고 우긴다 한들 그로 인해 여자애들이 받을 피해는 엄청나다.

참고로 난 2등을 했다. 우리 반 여학생 열다섯 명 중에 2등이면 상위권이므로 내가 홍모에게 개인적으로 화가 나서 이런 말을 하는 건 아니다. 그렇다고 1등을 바라고 심통을 부리는 건 더더욱 아니다. 솔직히 이런 말이 아니꼽게 들릴지 모르겠지만, 난 외모에 그다지 큰 가치를 두지 않는다. 1등을 한 손지희 같은 경우는 연예인 지망생이므로 예뻐야 하는 건 그 애의 기본적인 의무에 속한다고 본다. 의대를 지망하는 애들이 공부를 잘해야 하는 것과 같은 이치다. 하지만 난 외모로 평가받고 싶은 생각이 추호도 없다. 고로 홍모가 잘못의 대가를 치러야 한다는 나의 주장은 순전히 정의 구현 차원에서 비롯된 것이다.

외모 순위가 알려지면서 다른 반 남자애들까지 다 알게 되었고 심지어 옆 학교 몇몇 애들이 '1등 구경을 오네 마네' 하는 얘기가 학교 안팎으로 떠돌았다. 그 바람에 15등을 한 신미수는 점심시간에 울었다. 옆 반 서진오가 식당에서 밥을 먹고 있는 미수에게 '편식 금지'라며 놀렸는데 식성 좋은 미수가 놀라서 무슨 소리냐고 묻자, 진오는 의미심장한 뒷말을 덧댔다. 공일외꼴. 이 말을 풀면 공부는 일등인데 외모는 꼴등이니 골고루 신경 쓰라는 의미로 편식 금지라는 말을 한 거다.

"선생님한테 일러서 홍모 그 자식 혼내 줘야 해."

격분하며 소리치는 내 말에 펄펄 뛰며 반대한 건 어이없게도 신미수와 외모 순위 13등을 한 이희정이다.

"됐어. 놔두라고!"

희정이는 나를 째려보기까지 하며 말했다.

"야! 네가 뭔 상관?"

개들은 펄펄 뛰기만 한 게 아니라 방과 후 운동장에 모여서 내 뒷담화를 했다. 내용인즉 내가 2등이기 때문에 은근 그 사실을 즐기기 위해서 선생님에게까지 알리려고 든다는 것이다.

"하윤이 네가 잘난 척하고 싶어서 일부러 문제를 만들려고 한다는 거지."

"문제를 만들다니?"

"그 결과를 널리널리 알리고 싶어서……."

"일부러 내가 문제를 키운다고?"

"그런 게 아니라면…… 대체 네가 왜 그러겠냐는 거야."

중간에서 말을 전해 준 시연이 역시 나의 순수한 의도를 약간 의심하는 눈치였다. 한쪽으로만 실룩거리는 시연의 입술이 그렇게 말하고 있었다. '이럴 수가!' 나의 올곧은 생각이 이런 식으로 여자애들에게 받아들여질 거라고는 상상조차 못 했다. 어이없다. 가만히 있자니 잘못하다가는 오해가 진실로 자리 잡게 될 것 같았다. 그래서 비교적 조용한 자습시간에 아이들이 다 들을 수 있도록 공공연하게 홍모에게 따졌다.

"야, 주홍모! 너 다신 그딴 짓 하지 마!"

짜증을 듬뿍 실어서 나름 단호하게 따졌건만 남자애들은 나의 다그침을 장난으로 받아들였는지 여기저기서 야유에 가까운 환호를 지르기 시작했다.

"정하윤 2짱! 워~ 워~."

남자애들의 갑작스러운 환호에 당황한 나는 어떻게 응대해야 할지 몰라서 홍모를 향해 얼굴을 붉히며 째려봤다. 그러자 홍모가 천천히 내 자리로 와서는 뜻밖의 말을 했다.

"너 2등 먹었으니까 나한테 한턱내야 하는 거 아님?"

"헐!"

"뭔 헐? 좋음시롱?"

여전히 이죽거리는 홍모. 난 장난하자는 게 아니었는데 홍모는 여전히 내 말을 애교 섞인 앙탈로 받아들였다. 내 표정을 읽었을 텐데도 분위기를 자기 유리한 쪽으로 몰아가려는 게 분명했다. 홍모 옆에 있던 누군가가 속없이 거들었다.

"왜? 하윤, 1등 먹고 싶냐?"

의도치 않은 급물살에 휩쓸려 이상한 방향으로 밀려가는 기분이었다. 이게 아닌데……. 숨이 꼴딱꼴딱 넘어갈 지경이 되어 둘러보니 여자애들의 표정이 다들 밝지 않았다. 하긴 얼핏 보면 홍모랑 내가 장난이라도 치는 것처럼 보일 테니까. 난 어떻게든 이 상황을 급반전시켜야 하기에 뭔가 자극적인 표현으로 방향을 돌렸다.

"미친놈!"

난 평소에 절대 욕을 하지 않는다. 고등학생이 되면서부터 왠지 우아해져야 할 것 같았다. 중학생과는 조금 차별화되고 싶었다고 나 할까? 그래서 욕은 물론 은어나 속어, 비어까지도 가급적 안 쓰려고 애써 왔다. 그런 노력이 주변에 알려졌는지 '모범생 캐릭터'란 말도 종종 들었다. 그랬기에 지금 이 시점에서 욕을 하면 나의 진정 어린 분노가 잘 받아들여지리라 생각했다. '재, 진짜 화났나 봐.' 이렇게 말이다. 하지만 추측은 빗나가고 그마저도 홍모는 놀이로 받아들였다.

"역시 아는군. 내가 원래 미, 아름다움과 친한 놈이야."

그러고는 유유히 교실 밖으로 나가 버렸다. 홍모가 자기와 친한 몇몇 애들을 대동한 채 나가자, 교실에는 썰렁한 정적만 감돌았다. 고요하여 괴괴하다는 뜻의 정적이 내게 귓속말을 했다.

'이봐! 조심해. 이건 그냥 정적이 아니야!'

아닌 게 아니라 모두 입을 다문 채 고개를 숙이고 무언가에 열중하는 듯 보이지만, 속으로는 나를 향해 바글바글 욕을 쏘아 대는 것만 같았다.

난 홍모에게 정상적인 의사전달이 불가능하다는 사실을 깨닫고 더 이상 말을 안 섞고 관심도 끊기로 결심했다. 하지만 계속해서 나를 자극하는 홍모 때문에 그게 쉽지 않았다. 안 그래도 홍모 덕분에 나를 대하는 우리 반 여자아이들의 태도가 싸늘해져서 불편하기 짝이 없건만 홍모는 나와 눈이 마주칠 때마다 윙크를 날렸다. 내 쪽에서 못 본 척하고 무시하는 걸로 끝낼 수 없을 정도로 심하게 느끼하고 여파가 오래 남는 윙크였다. 그렇다고 선불리 대응하면 또 봉변을 당할 것 같아 입도 뻥끗 못 했다.

난 분한 마음에 홍모에게 침이라도 뱉고 싶다는 욕구가 불쑥불쑥 솟구쳐 행동에 옮겼다. 나름 용의주도하게. 홍모 짝꿍의 책상에 앉아서 노닥이다가 바닥에 떨어뜨린 실내화를 줍는 척하면서 홍모가 앉는 의자 위에 침을 뱉었다. 그 애 교복 바지에 묻은 희멀건 얼룩을 보면서 속으로 '아싸!'를 외치곤 했다.

하지만 그렇게 한두 번 하고 나니까 오히려 내 자신이 더 바보 같다는 생각이 들었다. 왜냐하면 홍모 본인이 느끼고 불편해야 얼룩의 진정한 의미가 있는 것이지, 그 애의 뒷모습을 보고 나 혼자 키득거리는 감상용 얼룩은 별 의미가 없기 때문이다. 게다가 흙바닥 위에 털썩 주저앉아서 아무렇지 않게 놀고 있는 모습을 보니, 오히려 내 침이 아깝다는 생각까지 들어서 침 뱉기도 관뒀다.

그러던 어느 날, 중간고사를 앞두고 다들 긴장된 분위기로 야자를 하고 있을 즈음 내가 홍모의 움직임을 끊임없이 예의주시하고 있다는 사실을 깨닫고 깜짝 놀랐다. 홍모가 교실 문을 들고 날 때마다 내 머릿속은 쓸데없이 분주하게 움직였다. 마치 짝사랑하는 남친을 향해 본능적으로 촉수가 움직이듯이 나도 모르게 그 애를 감지하고 있다는 사실에 너무 놀라서 스스로에게 단호하게 명령했다. 신경 꺼!

하지만 그럴 수 없었다. 홍모는 그 뒤로도 계속 반에서 문제를 일으켰다. 단순한 호기심이나 장난기에 벌이는 우발적인 사고라면 그냥 넘어가겠는데 그게 아니었다. 내겐 늘 그 속내가 읽혀졌다. 그 애가 벌이는 대부분의 일들은 자신이 주목받기 위해 의도적이고도 계획적으로 벌이는 사고인데, 문제는 항상 피해자가 생긴다는 거다.

얼마 전에 있었던 외모 순위뿐만 아니라 전학 온 아이를 상대로 한 몰래카메라 놀이, 사전 조작된 사다리 타기 등이 그랬고 이번에 벌인 아바타 놀이까지. 홍모가 반 분위기를 띄우는 일에 앞장서다 보니 다수의 생각 없는 아이들은 홍모를 분위기 메이커라며 추켜세웠다. 하지만 조금만 사려 깊게 일의 앞뒤를 따질 줄 아는 애들이거나 홍모가 벌인 일에 피해를 당한 당사자들은 절대 그게 아니란 걸 안다. 그렇다 하더라도 후자는 늘 소수이므로 홍모가 벌이는 일은 책임 소재가 불분명하게 묻혀 버렸다. 소수이거나 약자인 아이들은 문제를 공론화할 힘이 없으니까. 어쩌면 홍모는 그 사실까지 다 알고 일을 벌이는 건지도 모르겠다. 일을 크게 문제 삼을 만한 아이를 상대로 장난을 친 적은 거의 없었다.

그렇다면 이건 장난이 아니라 폭력이다. 피해자는 분명 존재하는데 가해자는 드러나지 않는, 교묘하게 은폐된 폭력. 가만히 두고만 볼 수 없다는 결론이 섰다. 그렇다고 바로 행동으로 옮길 수 있는 건 아니라서 어영부영 시간을 보냈다.

그러다 내가 진짜로 뭔가를 해야겠다고 구체적으로 결심한 데는 계기가 있었다. 우연히 책에서 북미 인디언에 관한 글을 읽은 적이 있다. 그들에게는 원래 폭력이 의례의 형태로만 존재했단다. 그래서 초기 정복자들과 맞서 싸울 때에도 창으로 어깨를 때리는 방식으로만 대응했다. 그럼으로써 자기들이 창으로 찌를 수도 있지만 그러지 않는다는 사실을 입증했다고 한다. 하지만 정복자들은 그들에게 총을 쏘는 것으로 대응했다.

그러므로 비폭력은 한쪽만 실천한다고 되는 일이 아닌 것이다.

책의 말미에는 이렇게 쓰여 있었다.

무덤덤하게 읽고 책을 덮었는데 갑자기 총 앞에서 창을 들고 천진난만한 표정을 짓고 있었을 그들의 얼굴이 떠올랐다. 독수리 깃털로 꾸민 관을 쓰고 얼굴에는 문신을 한 채 머리 위에 물음표를 찍어 놓고 의아한 표정을 짓고 있는 인디언. 하지만 총을 쏘는 정복자들 때문에 황당했을 그들에게 연민을 느끼거나 폭력에는 폭력이 답이라고 말하고 싶은 게 아니다. 나는 그들 안에 비로소 새롭게 싹트기 시작했을 폭력에 집중했다. 존재하지 않았던 폭력이 탄생하는 과정이랄까? 폭력은 일종의 작용, 반작용의 법칙에 의해서 태어나며 애초에는 없었으나 무언가의 작용에 의해 비로소 생겨난 것이다. 박스 안에 든 썩은 귤 하나가 옆에 있는 것까지 썩게 만들듯이 말이다.

그때 느닷없이 머릿속에 팝업창처럼 홍모의 얼굴이 떠올랐다. 장난을 빙자한 홍모의 폭력이 계속되어 피해자가 늘면 그들 마음속에 울분이 쌓이고 그 울분은 결국 또 다른 폭력이라는 결과를 탄생시킬지도 모른다는 생각이 들었다. 없던 게 생기는 것, 그것이 선순환하는 것이 아니라면 더 이상 탄생하지 못하도록 싹을 자르는 일이 필요하다. 그러므로 홍모의 폭력을 막아야 한다는 명분이 분명하게 섰다. 하지만 홍모와는 말이 통하지 않으니 다른 방법을 찾아야 한다. 그래서 골똘히 궁리한 끝에 생각해 낸 게 '공굴리기'다.

언젠가 체육 시간에 홍모는 날아온 테니스공에 맞아 운동장 한가운데서 뒤로 자빠진 적이 있었다. 퍽 하고 상쾌하게 명중하는 소리와 동시에 "악!" 하는 홍모의 비명 소리가 어찌나 크던지 반 아이들이 일제히 홍모를 쳐다봤다. 난 그때 반 아이들 중 몇몇의 얼굴에 쌤통이라는 표정이 잽싸게 떠올랐다 사라지는 걸 분명히 봤다. 아마 내 얼굴에도 그 표정이 들어왔다 내뺐으리라.

홍모는 "누구야!"라고 소리치며 미친 듯이 주변을 둘러봤지만,

던진 사람은 물론이고 어느 방향에서 날아온 공인지조차 전혀 확인할 길이 없었다. 워낙 순식간에 벌어진 일이었으니까. 이런저런 추측 끝에 옆 초등학교에서 날아온 거라며 아이들은 서둘러 결론짓고 마무리했다. 그 말은 곧 홍모를 의도적으로 조준한 공이 아니라는 이야기다. 그래야 상황이 빨리 정리될 테니까. 하지만 난 속으로 뇌까렸다.

'아닐걸?'

왜냐하면 그 공에 파란 볼펜으로 '조심'이라고 꾹꾹 눌러쓴 글씨가 있었기 때문이다. 몇몇 애들은 성은 조 씨이고 이름이 심인 초딩을 찾아보자며 장난삼아 떠들기도 했지만, 난 거의 확신했다. 그 공은 언젠가 내가 뱉은 침과 같은 성격의 것이라고. 그러면서 잠시 통쾌해했던 기억이 있는데 '공굴리기'는 그때를 떠올리면서 착안했다.

난 그날 날아온 것과 같은 익명의 공을 굴리는 사람이 되기로 결심했다. 홍모의 폭력을 막기 위한 명분이기도 했고, 내 자신이 비겁해지는 게 싫어서였다. 어느 책에서 읽은 구절—누군가는 알고 있음에도 불구하고 침묵하면서 일이 계속 커졌다—처럼 여기서의 '누군가'를 내가 맡는 게 정말 싫었으니까.

공의 효과는 분명히 있으리라고 믿었다. 실제로 홍모는 그날 공을 맞은 뒤 잠깐 신중하게 행동했다. 말로는 재수 없어서 초딩들이 던진 공에 맞았다며 아무것도 아닌 일로 치부하려고 애썼지만, 속으로는 누군가 자신을 향해 적개심을 날렸을지도 모른다는 생각을 홍모 역시 했던 게 분명했다. 그 증거로 홍모가 공을 계속 쥐고 다니면서 걸리기만 해 보라며 혼잣말처럼 조용히 읊조리는 걸 내가 여러 번 봤으니까.

난 홍모에게 누군가 널 지켜보고 있다는 주의를 주고 싶었다. 다시 말해 '공은 언제든지 어디서든 또 날아올 수 있다. 조심!' 하는 교훈을 주겠다는 의도다. 다만 목표물을 향해 내가 직접 공을 던지는 건 너무 위험하니까 도미노의 원리로 목표물이 쓰러지듯이 발화점에 불만 붙인다는 의미로 '공굴리기'를 생각해 냈다. 그로부터 일주일 뒤, 홍모가 애지중지하는 자전거의 걸쇠를 풀었다. 단지 풀어만 놨을 뿐이다.

학교 체육관 뒤쪽에는 제법 큰 자전거 보관소가 있다. 친환경이 동수단이라며 학교에서 적극 권장한 탓에 자전거로 등교하는 학생이 많아지더니 어느 순간 자전거 타기가 유행이 되었다. 하지만 유행은 타는 것으로 그치지 않았다. 자전거 타기는 자전거 자랑질로 발전하면서 아이들을 들쑤시기 시작했고 급기야 몹쓸 유행이 전염병처럼 번졌다.

전에는 주로 롱 패딩이나 운동화, 핸드폰 등으로 애들끼리 경쟁

했는데 자전거가 그 대열에 오르기 시작해 '등골 브레이커'의 새 아이템으로 자리 잡았다. 아닌 게 아니라 자전거는 가격이 만만찮기 때문에 부모님 등골을 부러뜨리기에 딱 맞는 아이템이었다. 그냥 자전거이기만 해서는 절대 안 된다는 듯이 남자애들은 모이기만 하면 몇 인치, 몇 단, 소재는 뭐고 하이브리드인지 아닌지에서 시작해서 국적 불명의 브랜드를 들먹이다가 라이트, 안장, 페달, 휠세트(wheelset), 타이어 등 자전거용품에 관련된 이야기까지 거품을 물고 떠들어 댔다. 급기야 우리 학교에도 유명 브랜드 자전거를 타고 오는 애들이 하나둘 생기기 시작했고 학교는 보관소를 새로 만들어 줬다. 그래 봤자 굵은 쇠파이프에 칸칸이 걸쇠를 걸 수 있는 고리만 만들어 놓고 지붕에 파란색 비가림 휘장만 얹은 게 끝이지만, 그래도 맞은편 체육관 건물에 CCTV가 달려 있어 보관소의 구색을 충분히 갖추고 있었다.

나 역시 자전거로 등교하기 때문에 보관소를 매일 아침저녁으로 들리곤 했다. 그러다 보니 그곳에서 남자애들이 모여 홍모의 자전거를 놓고 입씨름하는 장면을 종종 보았다. 그럴 수밖에 없는 것이 홍모의 자전거는 선망의 대상이 되는 제품이었기 때문이다.

"야! 이거 개비싼 거래."

"그럼, 이게 그 피나렐로야?"

"미친놈! 그건 몇천이다. 이게 엔진이 좋아서 평속 35키로로 달릴 수 있다고 홍모 놈이 떠벌리던데?"

"와! 이 휠세트 봐라. 후덜덜한 게 장난 아닌데?"

"대박! 후미등도 브레이크 라이트 기능이 있는 건가 봐."

"개부럽다."

내 눈에는 다른 자전거와 크게 다를 바 없었지만, 남자애들은 감탄사를 연발하곤 했다. 덕분에 홍모의 자전거는 나에게 확실하게 각인되었고 이로써 목표물을 정확하게 조준할 수 있었다.

관찰해 본 바, 홍모는 수요일이면 학교 앞으로 오는 수학학원 셔틀버스를 타기 때문에 그날은 자전거를 학교에서 재운다. 그래서 난 수요일 오후 일부러 교실에 늦게까지 남아 문제집을 풀다가 하교하면서 자연스럽게 홍모 자전거의 걸쇠를 풀 수 있었다. 비밀번호만 알면 버튼식 걸쇠를 여는 건 크게 어려운 일이 아니다. 다만 남의 자전거 걸쇠에 손대는 것 자체가 자연스러운 행동이 아니라서 눈에 뜨일 수 있으므로 나름 미리 장치를 해 놨다. 사실 요즘은 남의 눈보다 CCTV가 더 무서우니 그걸 의식한 장치라고 보면 되겠다.

수요일 아침 일찍 등교해서 왼쪽 두 번째 칸에 내 것을 세워 두었다. 홍모가 항상 맨 왼쪽 첫 번째에 자전거를 세워 놓는다는 걸 미리 알고 있었기 때문이다. 그리고 또 하나, 홍모의 걸쇠와 똑같은 제품을 사서 쓰고 있다는 점인데 이날 나는 걸쇠를 걸쳐만 두고 잠그지는 않았다. 그러고는 저녁에 집에 가기 위해 자전거를 뺄 때 잽싸게 자전거에 몸을 붙여 내 걸쇠를 가방에 넣고는 뒤이어 몸을 틀어 홍모 자전거 걸쇠의 번호 키를 천천히 맞춰 빼냈다. 내 자전거와 거의 붙어 있어서 누군가 바로 옆에서 들여다보지 않는 한, 내가 홍모 자전거에 손을 댔다고는 아무도 의심할 수 없으리라. 난 홍모의 걸쇠를 빼서는 일부러 보란 듯이 손에 쥐고 내 자전거를 밀고 나와 CCTV가 잘 보이는 곳에 일단 멈춰 섰다. 그러고는 자전거에 올라타기 직전에 내 자전거 앞에 달린 바구니에 보란 듯이 걸쇠를 넣는 장면을 CCTV 앞에서 연출했다.

나는 준비한 시나리오대로 착착 움직였다. 뭐든 준비된 자세로 예정된 행동을 하는 건 크게 어려운 일이 아니다. CCTV를 공범자로 활용할 수 있을 정도의 준비라면 더더욱 쉽다.

난 자전거를 타고 집으로 가면서 나를 향한 갈채 같은 바람을 느끼며 미소를 지었다. 아마도 내일 홍모는 자기 자전거의 걸쇠가 없어진 것을 아는 것만으로도 간담이 서늘해질 것이다. CCTV가 있으니 자전거를 훔쳐 가는 간 큰 행동을 하는 애는 없을 테지만 그래도 걸쇠가 없어진다는 건 그 가능성을 예고하는 것이니 아마 조심히 행동하게 될 것이다. 언젠가 테니스공으로 맞고 난 뒤처럼 말이다. 그리고 또 그동안 자전거로 유세하면서 반 남자아이들을 쥐락펴락하던 일도 줄어들 테니 볼썽사나운 일도 더불어 없어지리라. '조심'이라고 쓰인 포스트잇이라도 하나 써서 붙여 놓으면 금상첨화겠지만, 이내 곧 과유불급이라는 사자성어를 떠올리고 서둘러 집으로 갔다.

다음 날 아침, 은근한 떨림을 가슴에 담고 등교를 했다. 아니, 사실은 밤새 꿈에서 홍모에게 멱살 잡히는 꿈을 꾸었다. 내가 괜한 일을 했나 하는 후회로 하루 정도는 결석하고 싶다는 유혹까지 느꼈지만 북미 인디언의 얼굴을 다시 떠올리고는 마음을 다잡았다. 욕실 거울 앞에 서서 양손을 허리에 올리고 "난 해야 할 일을 한 거야!" 이렇게 주문을 넣고 나니 마음이 한결 가벼워졌다. 그래서 기대감에 가까운 떨림을 안고 등교할 수 있었다.

교실 문을 여는 순간부터 이상한 기운이 감지되었다. 폭풍 전야 같은 고요함이랄까? 대개의 경우 수업 시작 전 교실은 늘 아수라장인데 이상하리만치 조용했다. 괜히 위축되어 조용히 자리로 가서 앉아 있는데 어디선가 규칙적인 소음이 들려왔다. 둘러보니 인섭의 의자를 뒤에 앉은 홍모가 발로 차고 있었다.

툭. 툭툭. 툭툭툭. 툭툭툭툭.

일정한 규칙을 띤 의도적인 발차기를 하고 있음에도 인섭은 모른 척하고 책만 봤다. 물론 보는 척만 하는 것이겠지만 말이다. 다들 홍모의 행동에 아무 말도 없는 걸 보니 내가 오기 전에 이미 벌어진 어떤 스토리가 있었으리라. 자전거 걸쇠 때문에 저러나 싶어서 난 주눅이 들어 고개를 숙이고 있었다. 그러기를 한참, 신경 거슬리는 소음이 점점 커지기 시작해 나라도 그만하라고 소리치고 싶어질 즈음에 인섭이 소리를 질렀다.

"아 씨, 나 아니거든!"

"아니란 증거 대 봐!"

"씨바, 내가 맞다는 증거 대 봐!"

"니가 전에 내 자전거 타 보고 싶다고 해서 비번 알려 줬잖아."

"너 비번 한 주에 한 번씩 바꾼다며?"

"그니까 새끼야. 넌 내가 바꾼다는 사실까지 알잖아."

맞다. 홍모는 비번을 일주일에 한 번씩, 그것도 나름 독특한 방식으로 만든다. 다른 사람들은 비번으로 익숙한 번호를 쓰거나 자기의 생일, 전화번호 등을 조합하기 때문에 여러 번 시도해 보면 털리기 쉬워서 자기는 누군가가 불러 주는 번호에서 힌트를 얻는다며 홍모가 자랑하는 걸 들은 적이 있다. 아마 핸드폰 비번을 푸는 일 때문에 애들끼리 떠들다가 그 이야기가 나왔던 것 같다. 상상도 못 할 자신만의 기발함이라며 홍모가 어찌나 잘난 척을 하던지 난 나름 추측을 해 봤다. 그리고 그 기발함은 바로 나의 촉수에 걸렸다. 대개의 상상은 현실에 발을 딛고 있기 때문이다. 매주 금요일, 수학 샘은 그 주의 수학 응용문제를 만들어 올 사람을 정할 때 번호를 불러서 정한다. 그때마다 아이들은 자기 번호가 불릴까 봐 아우성을 치고는 하는데 그 순간 홍모가 샘이 부르는 번호를 노트 여백에 적는 걸 봤다.

나의 촉수는 그때 감지했다. 적을 이유가 없는 걸 적는 예사롭지 않은 행동은 누군가 불러 주는 번호를 뜻하는 것이라고 추측했고 그걸 조합해서 홍모의 걸쇠를 맞춰 보니 바로 풀렸다. 말하자면 이런 식이다. 샘이 3, 7, 18 이렇게 번호를 부르면 비번은 여섯 자리이므로 3718에 그 수를 더한 숫자 28을 붙여 371828이 되는 거다. 그 방식으로 두 주에 걸쳐서 시도해 봤는데 늘 적중했던 터라 난 홍모의 걸쇠를 풀 수 있었던 거다.

"내가 비번을 어떻게 알고 뽀리냐고!"

인섭이의 분노 게이지가 상승해 목소리가 커지다가 급기야 갈라지기까지 했다. 처음에는 자전거 걸쇠가 없어졌다고 저 난리를 치는 건가 싶었는데 그게 아니었다. 난 가슴이 콩닥거리기 시작했다. 홍모의 자전거가 없어졌다니! 전혀 예상치 못한 일이 벌어진 터라 걸쇠를 푼 나로서는 황당하기 짝이 없었다. 반장이 참다못해 거들었다.

"야, 주홍모, 그러지 말고 샘한테 가서 씨씨 까자 해."

그러자 기다렸다는 듯이 여기저기서 말들이 쏟아졌다.

"간뎅이가 붓지 않고서야 누가 대놓고 자전거를 뽀리겠냐?"

"씨씨가 있는데 뭔 걱정? 다 찍혔을 텐데."

그러자 이번에는 인섭이가 욕까지 하며 악다구니를 썼다.

"그래, 새꺄, 가서 봐. 보면 나올 거 아냐! 왜 나한테 지랄이야!"

평소에 홍모 앞에서 늘 주눅이 들어 있던 태도와는 사뭇 달랐다. 사실 반에서 홍모의 자전거를 얻어 타 본 애들은 많다. 그럼에도 불구하고 굳이 인섭을 다그치는 건 누울 자리를 보고 다리를 뻗을 줄 아는 홍모이기에 비교적 순한 인섭을 희생양으로 삼은 것이리라.

인섭을 족치는 일에 실패한 홍모는 급기야 교탁으로 나가 서더니 아이들을 찬찬히 둘러보기 시작했다. 마치 눈빛을 쏘아서 도둑을 잡아내는 초능력이라도 있다는 듯이 말이다. 난 눈을 어디에다 둬야 할지 몰라 고개를 숙이고 있었다.

"난 그저 내 자전거를 찾고 싶다. 일을 크게 만들 생각 없어."

"어떻게?"

"니들 말대로 씨씨만 보면 누군지 바로 뽀록나겠지만, 난 그냥 자전거만 찾고 싶다는 거지."

"오~ 휴머니스트?"

"야, 근데 딴 반 짓일 수도 있잖아."

"물론 그럴 수도 있겠지만, 일단은……."

"그래서 어쩌겠다고? 뭐야, 손이라도 들라는 거야? 야, 가져간

놈 손 들어 봐."

"짱구냐? 너 같으면 들겠냐?"

"그러게. 바로 손 들 거 왜 가져가겠냐?"

홍모의 말에 여기저기서 아이들이 아무 말이나 닥치는 대로 대꾸하느라 시끄러웠다. 홍모가 탁자를 손바닥으로 치면서 힘주어 다그쳤다.

"야, 야! 시끄럽고! 어제 야자 끝까지 한 애 누구야?"

"난 아냐."

"너지?"

"아니거든. 나 갈 때 교실에 두 명 남았는데……. 아, 하윤! 너 아니냐?"

온몸이 사시나무 떨듯 했다. 마치 홍모가 모든 사실을 알고 내 멱살을 잡기 위해 일부러 숨통을 조여 오는 것 같다는 생각이 들었다. 하지만 난 CCTV라는 엄정한 증거가 있다는 생각에 침을 꿀꺽 삼키고 답했다. 떨려서 정신이 혼미해질 지경이었으나 내가 절대 훔치지는 않았으니까 당당해져야 한다고 스스로에게 주문을 걸고 최대한 쿨하게 답했다.

"맞아. 왜?"

"너도 자전거 타고 다니지?"

"응."

"니 꺼 뺄 때 내 꺼도 있었냐?"

"내가 니 꺼를 어케 알아?"

"왜 몰라? 내 건 눈에 확 튀는데."

이 와중에도 잘난 척을 하다니 아니꼬웠다.

"니 눈에 확 튀는 거랑 내 눈에 확 튀는 거랑 같겠냐? 눈이 다른데?"

"눈이 달라도 좋은 건 마찬가지거든? 그러니까 언 놈이 내 걸 쎕쳐 간 거 아니겠냐?"

"잘났어. 괜히 이런 식으로 무식하게 아무나 잡지 말고 씨씨 보고 찾기나 해."

그러자 홍모의 다그침에 짜증이 난 몇 애들이 내 말에 지지를 하고 나섰다. 주로 아침 자습에 열중하는 학구파들이다.

"야, 니 꺼 찾는데 왜 우리 시간까지 뺏고 난리야?"

"닥치고 가서 씨씨나 봐"

"그러게. 뭐 하러 간단한 일을 복잡하게 하냐?"

하지만 홍모는 여전히 요지부동이었다.

"누군지 모르지만, 씨씨 까서 망신당하지 말고 갖다 놔라."

그때 갑자기 이상한 생각이 들었다. 분명 이건 내가 아는 홍모의 방식이 아니기 때문이다. 홍모는 누군가가 망신당하는 걸 걱정하는 캐릭터가 전혀 아니다. 홍모에게는 잃어버린 자전거를 찾는 게 전부일 리가 없다. 물론 자전거도 찾아야겠지만 감히 자기 것에 손을 댄 그 누군가를 잡아내서 욕이라도 쏟아부어야 직성이 풀릴 아이다. 내가 보아 온 바로는 그렇다. 홍모가 하룻밤 새 변한 게 아니라면 말이다. 그런데 시종일관 자전거만 찾으면 된다는 말을 무한 반복하는 홍모가 이상했다. 그런 의아함은 나만의 생각이 아니란 것을 다음 날 생생하게 목격할 수 있었다.

등교를 하는데 중앙 현관 게시판에 학교장 직인이 빨갛게 찍힌 공고물이 붙어 있었다. 내용인즉, 유감스럽게도 학교 안에서 도난 사건이 벌어졌으나 CCTV를 확인하기 전에 학생을 계도하는 차원에서 자진 반납의 기회를 주겠다는 내용이었다. 그러면서 신성한 학내에서 일어난 사고는 처벌이 궁극의 목표가 아니므로, 학생들에게 자정할 기회를 주는 것이 교육적으로 더 바람직하다는 결론을 내렸다는 변명까지 굳이 덧붙였다. 그동안 결과 통보만 간략하게 적은 공지물만 늘상 보아 온 터라 아이들은 모두 의아해하며 읽고 있었다. 사실 '자정'이란 말조차 생소하기 짝이 없었으니까. 게시판 앞에서 서로를 이해시키느라 왁자지껄했다.

"야, 자정이 뭐냐?"

"밤 아냐?"

"병딱! 자정, 스스로 깨끗해지는 거, 즉 만회할 기회를 준다는 거야."

"아! 그거 자정작용? 자연이 한다는 거?"

"긍까, 한마디로 도로 갖다 놓으면 봐준다는 거네."

"와! 대박!"

하지만 이건 앞뒤가 안 맞다. 이 사건은 말 그대로 도둑질인데, 왜 이미 벌어진 일에 굳이 공공연하게 기회를 주겠다고 공표까지 하면서 자정하기를 종용하고 있는 건지 도무지 이해가 안 갔다. 그런데 아니나 다를까, 게시판을 보고 있던 3학년 선배들이 한마디씩 하기 시작했다.

"오호라, 보관소 앞에 있었던 게 장님이구만. 그게 못 잡았으니까 이렇게 쓰지. 뭐 하러 이렇게 돌려치기를 하겠어? 안 그냐? 학교가 그런 데야?"

"그러게. 우리를 짱구로 아나?"

"잘못했으면 벌을 받아야지. 봐준다니 말이 돼?

"눈 가리고 아웅 하면서, 훔친 놈한테 '자전거 돌리도' 하고 구걸하는 거지."

"맞아, 자정은 뭔 자정? 사정하는 글이네."

"근데 아마, 자전거 갖다 놓으면 그때 잡아서 족칠걸? 안 그래?"

이제야 홍모의 행동이 전부 이해됐다. 선배들 말대로 CCTV에 찍힌 게 아무것도 없기 때문이었다. 찍히지 않았거나 먹통이었거나 둘 중 하나였으리라. 귀신이 훔쳐간 게 아니라면 후자일 확률이 높았다. 학교에서 붙인 공지물은 자정의 기회는커녕 오히려 역효과를 냈다. 공지물을 보고 너도나도 장님 CCTV에 대해 떠들어 댔으니 결국 자전거 도둑에게 잡힐 염려가 없으니 안심하라고 알려 준 셈이었다.

그 바람에 홍모만 얼굴이 팥죽색이 되었다. 그 비싼 자전거를 영원히 찾을 수 없을지도 모른다는 상상만으로도 죽을 맛인지 홍모는 시종일관 우거지상을 하고 있었다. 그런 홍모의 뒤통수에 대고 조용히 키득거리는 아이들을 보고 있자니 마음이 무거워졌다. 예전 같았으면 나 역시 쌤통이라며 이 사건을 관찰자의 입장에서 편하게 볼 수 있었겠지만, 지금은 그럴 수가 없다. 걸쇠를 푼 사람은 바로 나니까. 내가 도둑질을 한 건 아니지만, 누군가의 도둑질을 도운 셈이 됐다. 물론 본의는 아니지만 말이다. 아니, 조금 더 확대해석을 해 보면 어쩌면 내가 걸쇠를 풀어 놨기 때문에 누군가 도둑질을 하게 된 걸지도 모른다. 견물생심이라던데 눈앞에 무방비로 풀려 있는 자전거를 보고 누군가가 갑자기 유혹을 느꼈을지도 모른다. 그렇다면 난 도둑질을 장려한 사람이 된다.

이런 생각을 하고 있자니 죄책감에 마음이 젖은 솜처럼 한없이 아래로 가라앉았다. 물론 이런 생각만 한 건 아니다. 나 역시 합리화를 할 줄 알기에 한편으로는 잘된 일이라고도 생각했다. 어쩌면 이 일을 계기로 홍모가 정신을 차리게 될지도 모른다며. 어차피 난 홍모에게 '공굴리기'를 하고 싶었으니까, 어쩌면 내가 굴린 공을 누군가가 이어 받아 정확하게 조준해 응징을 완성한 걸지도 모른다는 그럴싸한 합리화도 해 봤다. 하지만 아무리 좋게 생각하려 해도 그 일의 끝이 도둑질이라니……. 마음이 편치 않았다. 도둑질은 도둑질이다.

예상대로 학교에서 자정할 기회를 충분히 주었어도 자전거를 가져다 놓은 사람은 없었다. 그러니 공고대로라면 절차에 따라 이제는 학교에서 CCTV를 확인해서 범인을 잡아야 했다. 하지만 그럴 수 없다는 공공연한 비밀을 알고 있는 아이들은 빈정대듯이 일부러 샘들에게 물어보곤 했다.

"자정 기회 끝났는데 범인 왜 안 잡아요?"

그뿐이 아니라 홍모에게도 물었다.

"뭐냐? 씨씨 안 깐대?"

"너 자전거 안 찾아도 되는 거야?"

학교와 공범 역할을 한 홍모가 대답할 리 없었다. 아무런 말없이 얼굴만 붉히자 아이들은 홍모가 없을 때면 짓궂은 대화를 마구 날리기도 했다.

"범인이 누군데 안 밝히는 거야?"

"혹시…… 알고 보니 교장 선생님?"

"홍모 동생 아냐?"

"무슨 말이야?"

"가족 자작극이었던 거지. 동생이 '나도 좀 타 보자' 이러면서. 그니까 홍모가 가만히 있는 거지, 걔가 가만히 있을 놈이냐?"

"맞다. 안 그러면 지 자전거 찾겠다고 가정방문까지 할 놈인데."

"쌤통이야. 그동안 엄청 빼기드만."

그러고는 깔깔댔다. 그런가 하면 이야기는 다른 쪽으로 퍼져 나가기도 했다.

"야, 그니까 학교 씨씨들이 다 먹통이었던 거네?"

"진작에 자전거를 뽀렸어야 하는 건데…… 아, 아까비!"

"우리 기말시험 문제 빼낼까?"

"가짜인 줄 진작에 알았더라면."

허수아비에 속은 참새가 된 기분이 들었기 때문일까? 아이들은 마치 자신이 사실은 잠재적 범죄자였다는 양 말하기 시작했다. 물론 장난삼아 하는 이야기겠지만 주로 억울하다며 '영구 없~다' 하는 억양으로 '씨씨 없~다'를 말하는 게 유행이 되었다. 분명 평상시에 CCTV를 전혀 의식하지 않던 아이들인데 갑자기 자신의 일거수일투족이 CCTV에 따라 달라야 하는 것처럼 말하고 행동하기 시작했다. 일명 '씨씨 없~다 놀이'는 이어졌다.

예를 들면 이렇다. 얼마 전에 축구하다 다쳐서 다리 깁스를 한

윤철이의 가방을 어떤 애가 들어 주다가 누군가가 "씨씨 없~다"라고 말하면, 갑자기 가방을 책상 위에 패대기치면서 다 같이 웃는 놀이를 하는 것이다. 심지어 수업 시간에 쪽지시험을 보다가 선생님이 잠깐 교실 밖으로 나가면 누군가가 "씨씨 없~다" 하고 외치고 아이들은 실제로 커닝을 하거나 아니면 그런 시늉이라도 하면서 낄낄거리는 식이다.

아이들이 그 놀이를 하면서 다 같이 키득대도 나만은 웃을 수가 없었다. 왠지 놀이의 시작에 내가 있다는 죄책감이 들어서다. 세상의 모든 일은 흔적을 남긴다. 그렇기 때문에 놀이는 놀이로 끝나지만은 않을 것이다. 인디언의 마음속에 폭력이 싹텄듯이 내가 푼 걸쇠로 인해 아이들의 마음속에 그릇된 신호가 하나 생기게 된 건 아닌지 걱정되었다. 그리고 홍모의 자전거를 훔친 누군가가 완전범죄를 저지른 쾌거를 즐거워하며 또 다른 도둑질을 계획하는 건 아닐까 하는 근심도 함께. 내 행동이 엄청난 파장을 불러일으켰다고 생각하니 무서워졌다.

요새는 자다가 몇 번씩 악몽 때문에 깨곤 한다. 꿈에 자전거 도둑이 나와 내 손을 잡고 우리는 공범이라며 손을 흔들거나, 자전거를 훔친 건 나라며 내게 삿대질을 하기도 한다.

내가 굴린 공의 방향이 이상하게 틀어졌지만 그럼에도 불구하고 누군가는 정의의 공을 굴려야 한다는 생각에는 변함이 없다. 하지만 한편으로는 폭력의 탄생을 막겠다고 도둑의 탄생을 방조한 셈이 되었으니, 어쩌면 나의 사적인 분노를 해소하려고 벌인 파괴적인 행동을 합리화하는 건 아닐는지……. 잘 모르겠다. 이걸 누구한테 물어봐야 하는지도 모르겠다.

여름을 깨물다

지금도 그해 여름을 생각하면 얼굴이 화끈거려. 생인손을 앓는 손가락처럼 얼굴이 벌겋게 달아오르고 가슴은 떨림의 통증으로 바닥에 주저앉고 싶을 지경이야. 그 여름의 기억을 꼭꼭 접어 불투명한 지퍼 백에 넣고 밀폐한 다음 기억의 서랍장 중에서도 제일 후미지고 으슥한 곳에 가둬서 봉쇄할 수 있으면 참, 좋겠는데……. 뭐, 그런 게 가능하겠어? 그러니 그냥 견딜밖에.

다들 시간이 약이라는데 정말 시간이 지나면 기억이 묽어질까? 시간이 지나면서 새로이 쌓이는 기억에 순차적으로 밀려서 옛 기억이 흐려지게 될 거라고? 아니, 그건 별로 믿을 만한 이야기는 아니야. 어떤 종류의 기억은 시간과 무관하게 따로 자리를 잡거든. 특별 부록처럼 시간과 무관하게 따로 존재해서 뒤로 밀리지도 않고 심지어 시간이 지날수록 더 선명해지기도 하지.

물론 그 기억이 담기는 그릇이 커져서, 즉 내가 정신적으로든 육체적으로든 성장해서 그것들의 비중이 작아진다는 이야기라면 그건 약간 설득력이 있다고 봐. 난 여전히 자라는 중이니까. 지난 가을부터 생리를 시작하긴 했지만 그래도 키는 크고 있어. 살도 좀 붙고 가슴도 볼록해졌어. 그래서 요새는 말라깽이라는 소리를 덜 듣는다고. 그렇다면 이렇게 키도 크고 몸집도 커지면서 상대적으로 '기억의 크기'가 작아질지도 모른다는 낙관적인 생각을 하기도 해. 시간이 흐르면서 달라지는 것들을 여러 번 경험했거든. 예전에는 죽을 때까지 절대 못 잊을 것 같던 일들, 그래서 나를 짓누르던 것들이 이제는 많이 가벼워졌어.

예를 들면 초등학교 4학년 때 내가 대문을 열어 놓는 바람에 잃어버린 강아지 하몽이에 대한 죄책감이나 중학교 축제 때 무대에서 넘어지면서 치마가 훌러덩 뒤집혔던 일, 내 짝 은선이의 아픈 배신 등등……. 예전엔 떠올리기조차 힘들었던 그 기억들을 이젠 손바닥에 올려놓고 들여다보다가 후~ 하고 날려 버릴 수 있을 정도가 되었으니까.

하지만 사랑에 관한 기억은 어른이 될수록 더 유효한 일이니까 '기억의 크기'는 상대적으로 줄어든다 해도 그 '기억의 가치'는 더 커질지도 모르겠다는 생각이 들기도 해. 나이에 따라 유난히 더 중요해지는 감정이 있는 거잖아? 그러니 그 기억은 예외가 될지도 몰라. 솔직히 고백하자면 난 요즘 좀 그래. 정상이 아니라고. 전에 없던 감정들이 나를 괴롭히고 있거든. 특히 해 질 무렵, 어둠이 작정하고 밀려드는 시간이면 알 수 없는 그리움이 스멀스멀 피어오르는 거야.

동이 틀 때의 설렘처럼, 봄날의 순진한 아지랑이처럼 혹은 음탕한 안개처럼. 그리움은 여러 얼굴을 하고 달려드는데 묵묵히 진군하는 병사가 되어 그것들이 내게 달려들 때면 내 심장은 자체 진동을 해. 멀리서 아련하게 들리는 북소리처럼 두둥두둥. 그러니 학원에 앉아 공부해야 한다는 게 얼마나 큰 고통이겠어? 눈도 귀도 심장의 두근거림에 항복하고 납작 엎드려서 그 감정이 지나가기를 기다리는 거지. 휴.

뭐? 누구에 대한 그리움이냐고? 내가 좀 전에 말했잖아. 알 수 없는 그리움이라고. 그런 게 어딨냐고? 그렇게 묻는 걸 보니 역시 넌 전혀 모르는구나. 그리움의 대상이 분명하면 좀 쉽겠지. 한데 그 그리움은 속이 비치지 않는 종이로 겹겹이 포장되어 있어서 전혀 알 수가 없어. 그건 마치 아픈데 왜, 뭣 때문에 아픈 건지 몰라서 더 아프고, 또 이런저런 상상을 불러일으키게 되어서 불안하기까지 한 거랑 같다고 보면 돼. 고약하겠다고? 글쎄, 그걸 그냥 딱 잘라 고약하다고 표현하는 건 좀 아니지 않을까? 그래도 명색이 그리움인데…….

아무튼 그래서 아는 언니한테 이 그리움의 증세에 대해 물어봤거든? 그랬더니 그 언니가 아주 재미있는 표현을 하더라. 그건 내가 '사랑의 그릇'을 받는 타이밍이라서 그렇다는 거야. 우리가 급식실에 가서 식판을 들고 서 있잖아? 그래야 밥을 받을 테니까. 그런 것처럼, 앞으로 올 사랑을 받기 위해 그 그릇을 마련하느라 알 수 없는 그리움의 감정으로 훈련받는다는 거지.

사춘기를 말하는 거냐고? 아니! 그건 아니고. 그것보다는 조금 더 업그레이드된 상태야. 호르몬이 무질서하게 변화하면서 신체에 화학반응을 일으키는 본능적인 성장의 한 단계가 사춘기라면, 이건 뇌와 마음까지 가세한 성장의 변화 중 하나라고 이해할 수 있대. 다시 말해 호르몬의 작용에 우리의 '의지'까지 포함되었다는 거지. 그럼 아무런 증세가 없는 너는 뭐냐고? 그거야 넌 아직 급식실에 도착하기 전이라고 보면 되겠지. 모두가 같은 시간에 일제히 밥을 먹지는 않잖아?

그러니까 다시 본론으로 돌아가서 이야기하자면, 난 이제 사랑을 담는 그릇까지 쥐고 있는 형편이니, 그 여름의 기억은 사라지기보다 어쩌면 점점 더 커질 수도 있다고 생각해. 살짝 두려워지네. 사실 초등학교 때는 해 질 녘이면 늘 미처 마치지 못한 숙제 아니면 챙기지 못한 준비물 정도만 떠올랐는데…… 그게 전부라 아주 단순했는데 이즈음엔 마음 켜켜이 그리움이 스며드니 얼마나 복잡한지……. 물론 내가 그 언니 말을 백 퍼센트 믿는 건 아니야. 하지만 어차피 그리움과 사랑은 같은 소속이니까 그 말이 아주 틀린 건 아니겠지.

서론이 길었지? 그해 여름 이야기를 할게. 그해 여름은 내가 지난 17년 동안 만나 온 계절 중에 가장 개성 있었어. 그래서 이름까지 붙였어. 그런 시 있잖아. "내가 너의 이름을 불러 주었을 때, 너는 비로소 꽃이 되었다." 그런 것처럼 이름을 붙여서 비로소 그 여름을 하나의 '무엇'으로 존재하게 만든 거지. 익명의 여름에서 이름이 있는 색다른 여름으로 탄생했어.

잊고 싶다면서 왜 그딴 짓을 했냐고? 그걸 몰라? 잊고 싶은 건 잊히지 않는 법이니까. 어쩌면 잊고 싶지 않아서, 잊고 싶어 하는 게 아닐까? 말장난하냐고? 아니야, 장난하는 거. 이건 엄밀한 사실이야. 정말로 이런 사실이 있다고. 이렇게 복잡 무쌍하고 앞뒤가 안 맞는 표리부동한 감정이 뒤섞일 수 있다는 거, 너도 알잖아? 이를테면 '너~무 좋아서 싫은 거' 그런 거야. 수사법 중 하나인 역설법의 예로 배웠던 '찬란한 슬픔의 봄' 그것과 같은 거지. 맞아! 딱 그거야. 찬란한 슬픔의 여름.

그 여름의 이름은 '파름'이야. '파아란 여름'의 줄임말. 파란 잉

크를 풀어 놓은 물에 담갔다가 꺼낸 것 같은 여름. 신선함이 뚝뚝 떨어져서이기도 하고. 그렇잖아? 낯선 첫사랑이었으니 신선하달 밖에. 그리고 한편으론 그 여름 마지막 장면의 배경이 파란색이었기 때문이기도 해. 그날 새벽, 내가 도망치듯 터미널로 가면서 뒤돌아본 그 기억의 마지막 장면은 한 장의 사진처럼 뇌리에 박혀서 잊히지가 않아.

동이 트기 직전, 시골 마을은 아직 잠에서 덜 깬 채라 고요하기 짝이 없었지. 하얀 신작로를 가운데 두고 양쪽으로 펼쳐진 논 위에는 아침 안개가 낮게 깔려 있어서 세상은 어항 속같이 뿌옇더라. 읍내 정류장까지 가기 위해 터덜거리며 그 길을 걷는데, 나 혼자 가야 하는 그 길이 얼마나 아프던지. 멍이 든 기분이었어. 퍼런 멍이 든 가슴을 안고 걷고 또 걷다가 뒤돌아본 세상에는 푸른 기운이 퍼져 있었어. 아! 그리고 '감히'란 이름의 시퍼런 편견의 강이 세차게 흘러서 앞으로만 도망쳐야 했던 기억까지.

그래, 알았어. 이제 본론으로 들어가야 할 순간이지? 그 여름의 정체, 서사를 말해야 하겠지. 이수 이야기를 할게. 진이수. 나와 동갑이야. 선선한 눈망울과 오똑한 코에 비교적 도톰한 입술을 가졌지. 입술선이 선명해서일까? 늘 입을 꾹 다물고 있는 모습이 유난히 도드라지는 그런 타입이야. 마른 체형인 데다 머리마저 귀 옆으로 동그랗게 곡선을 그리듯이 짧게 잘라서 유난히 목이 길어 보였고 더불어 전체적으로 단정해 보이는 분위기를 풍기는 애야. 장맛비에 정갈하게 씻긴 나뭇잎 같다고나 할까? 그 애 할아버지가 한때 이발소를 한 적이 있어서 본의 아니게 번번이 머리를 그렇게 잘라야 했다고 들었어. 할아버지가 살아 계신 동안은 아마 내내 그 스타일을 고수해야 할 거라고 그러더라. 난 가끔 머리가 긴 그 애의 모습을 상상해 봤는데, 이미 내 안에 그 애의 이미지가 선명하게 들어와 있어서 머리 길이 같은 건 아무런 의미가 없더라고.

이수를 생각할 때 제일 먼저 떠오르는 건 미소야. 그 애는 웃을 때 눈을 한 번 질끈 감았다 뜨는 버릇이 있는데 그게 얼마나 매력적인지. 마치 흐드러지게 웃어 대기 전에 눈을 감고 시동을 거는 것 같다고나 할까? 그리고 더러 무안할 때는 다섯 손가락을 활짝 펴서 자기 얼굴 전체를 가리기도 해. 긴 손가락 사이로 보이는 그 애의 수줍어하는 표정도 일품이야.

알아. 이 모든 건 극히 주관적인 표현이라는 거. 하지만 그 애만의 상징적인 표정과 행동은 내 안에 하나의 가공품으로 존재해서 도저히 말하지 않을 수가 없어. 참치 캔처럼 단단한 통 안에 넣어져 쉽게 부서지거나 상해 버리지 않을 나만의 가공 완제품으로 말이야. 그러니 누구도 변질시킬 수 없는 거지. 그만큼 나한테 절대적인 의미라 꼭 이야기를 하고 싶었어.

여름방학이 시작되기 열흘 전, 난 그 애가 살고 있는 도시로 가게 됐어. 어이없는 계기로 느닷없는 좌표 이동을 당한 거야. 사실은 우리 아빠가 불명예스러운 일에 연루되는 바람에 우리 집의 큰 축이 반으로 쫙 갈라지고, 그 바람에 난 잠시 이모가 사는 곳으로 보내졌어. 짐짝처럼 딸랑 들려서 그곳에 떨궈진 거지. 서해안 바닷가 마을로 말야.

일이 터진 다음 날, 엄마나 아빠 그 누구도 내게 이렇다 할 설명 한 줄 없이 그냥 이모 차에 나를 실어 보냈어. 말했듯이 두 분 사이가 한순간에 갈라질 만한 큰일이었던 터라 둘 사이의 확실한 교집합인 내 존재가 정말 처치 곤란이겠구나 하는 생각이 들었어. 그래서 나 역시 순순히 옮겨짐을 당한 거지. 처음에는 엄마의 이기적인 결정이라고만 생각했는데 나중에 생각해 보니 나를 안전한 누에고치 속에 숨겨 두려는 배려였다는 걸 알겠더라. 아빠 일은 인터넷에 오르내렸고 그곳에 부는 바람은 잔인했으니까. 바람이 잠잠해질 때까지는 피하는 게 상책이라는 생각이었던 거지.

이모는 인터넷을 쓸 수 없는 구형 폴더폰을 건네주면서 내게 합리화하라고 종용했어.

“어차피 네 일은 아니니까 잊고 지내는 게 답이야. 다만 넌 조금 이른 방학 여행을 온 거라고 생각하자. 알았지?”

그래서 나 역시 아주 쿨하게 대답했어.

“오키! 여행.”

손바닥을 딱 하고 마주 치는 기분으로 말이야.

뭐, 나라고 돌파구를 찾고 싶은 마음이 없었겠어? 나 역시 제일 쉽고 빠른 길로 냅다 달린 거지. 그곳에서 난 새로 만나는 누구에게든 말했어. 고1만 가능한 방학 여행을 온 거라고. 사실 고2지만.

아! 그곳 갈매못은 앞바다가 육지와 섬으로 둘러싸여 마치 연못처럼 보인다고 해서 지어진 이름이래. 목마른 말에게 물을 먹이는 연못이라고. 왠지 이름만으로도 나한테 딱 어울리는 곳 같지 않아?

이모 집은 내가 와 있기에 그다지 나쁜 환경은 아니었어. 왜냐하면 이모는 인근 소도시에서 내 또래 애들을 상대로 과외를 하고 있었으니까. 명문대 출신인 이모부와 이모가 귀농한다고 시골로 왔지만 정작 농사로는 생계가 안 되니까 결국 이모가 그 뒷수습으로 과외를 하는 거지. 엄마 말에 따르면 이모부는 유유히 떠 있는 오리처럼 수면 위에서 농사일을 하는 척하고, 결국 이모가 혼자 오리발이 되어 물 아래서 부지런히 발놀림을 하는 거라고 했는데 와서 보니 정말 그런 것 같더라. 이모는 초중고생 가리지 않고 닥치는 대로 과외하려고 급기야 주중에는 인근 소도시에 방을 얻어서 살았으니까. 그리고 주말에는 이모부를 도와서 농사일도 했어. 말 그대로 이모는 투잡을 뛰고 있었어.

난 오천 갈매못 바닷가 마을에서 질리도록 바다를 바라보면서 시간을 보내다가 평일 중 이틀은 대천 시내로 가서 이모가 하는 과외에 동참했어. 마냥 놀 수만은 없기도 했고 간간이 도시가 그리웠거든. 거기서 만난 희영이란 애랑 같이 시내를 쏘다니던 날 이수를 처음 만났어.

시내에 있는 팬시점에서 액세서리랑 머리핀, 문구류 등을 신나게 구경하다가 나왔는데 비가 주룩주룩 오는 거야. 이미 둘 다 군것질로 주머니를 턴 상태라 우산 살 형편이 아니어서 건물 처마 밑에 마냥 서 있었거든. 시간 따위는 차고 넘쳤으니까. 그때 누군가 희영이를 불렀고 고개를 들어 보니 해수욕장 파라솔 같은 커다란 우산을 쓴 애가 우리 앞에 서 있더라. 응, 맞아. 걔가 이수야. 우릴 바라보고 건넨 그 애의 첫마디는 짧고 간결했어. "들어와."

물론 그건 희영이를 향한 말이었다는 거 알아. 하지만 그 짧은 찰나 같은 순간이었는데도 불구하고 갑자기 이상한 기분이 내 안에서 마구 끓어오르기 시작한 거야. 양은 냄비 속에 들어 있는 소량의 물이 순식간에 바글바글 끓듯이 말이야. 그때 누구든 나한테 "너 아냐!"라고 했다면 난 악다구니를 쓰면서 그건 나에게 한 말이라고 막 우겼을 거야. 뭐, 욕해도 좋아. 그냥 그랬다고. 그냥 그 애를 보는 순간 감전되듯이. 맞아! 손을 뻗어서 손가락 끝이라도 맞닿고 싶은 마음이 들었어. '우리 만난 지 1분' 이렇게 속으로 혼자 기념이라도 하고 싶을 지경이었다니까.

잘생겼냐고? 외모 때문이 아냐. 그 애의 얼굴은 하나도 눈에 들어오지 않은 채, 정말 신기하게도 내 앞에 실루엣으로만 선 그 애가 "들어와"라고 한 그 말이 마음에 와서 콱 박혔어. 그림으로 치면 윤곽이 먼저고 그 뒤에 눈코입을 그리는 순서라고 말할 수 있겠네. 이상하지? 농밀한 표정을 곁들인 것도 아니고 목소리가 인상 깊었던 것도 아니고 그냥 평범하게 말했어. 그래 봤자 기껏 우산 속으로 들어오라는 것뿐인데도, 마치 거대한 성에 초대받은 기분이 들더라고. 오해는 마. 여기서의 '거대'는 부티 나는 그런 성을 말하는 게 아니라, 그냥 내가 안전하게 숨어들 수 있는 안락한 성을 의미하는 거야. 너도 알다시피 내가 공주 취향은 아니잖아?

그런데 보자마자 그렇게 마음 끌리는 게 진짜 가능하냐고? 응. 너도 기억해. 살면서 그럴 때가 있어. 말도 안 되는 감정에 머리채가 확 당겨지는 것 같은 순간. 내게는 바로 그 순간이 그랬어. 그래서 자연스럽게 그 애의 우산 속으로 들어갔어. 상식적이라면 내가 희영이 옆에 서야 맞는 그림이었지만, 말했듯이 내겐 특수상황이었기 때문에 먼저 이수 옆에 붙어 섰어. 순간 약간 어색한 분위기가 펼쳐졌지만 이수가 잽싸게 상황 정리를 하더라.

"내가 가운데 있어야 둘 다 비를 안 맞겠구나."

맞아! 비는 안 맞았어. 그 애 옆에 최대한 바싹 붙어서 걸었거든. 대신 내 마음속에 끊임없이 비가 내렸어. 걸을 때마다 살짝살짝 그 애와 팔꿈치가 닿을 땐 내 얼굴 가장자리로 잔소름이 돋기도 했어. 이수를 향한 내 마음의 9할이 그 순간에 다 생긴 거 같아. 이수를 보는 순간 튼 싹이 내 마음에 내린 비를 맞고 무럭무럭 자라나 급기야는 속성으로 꽃을 피운 거지.

버스 정류장 앞에서 이수와 헤어지자마자 희영이에게 물었어. “누구야?” 그러자 ‘간썸친’이라더라. “아, 썸타는 친구?” 하며 되묻자 희영이가 약간 수줍어하며 고개를 젓더니 대답했어. “아니, 아직 진도는 못 나갔고 희망 사항.” 그러니까 결국 앞으로 썸을 타고 싶은 친구란 소리인 거지. 간썸친의 ‘간’이 뭘 뜻하는지 일부러 묻지 않았어. 모르는 걸로 남겨 두고 싶었으니까. 아니, 설사 내가 알고 있는 걸로 한다 한들 달라질 건 없어. 내 앞의 이수와 희영이 앞의 이수는 같은 사람이 아닐 테니까.

아무리 순식간에 핀 꽃이라 해도 다를 건 없어. 꽃은 꽃이야. 그 존재감은 분명했고 주위를 밝힐 만큼 화려했고 정신을 혼미하게 할 만큼 향기로웠어. 그리고 순결했고. 그러니 난 이제 어제와는 다른 나인 게 분명하잖아? 내가 달라졌다는 건 온 세상이, 아니 우주가 달라졌다는 것과 같은 말이기도 해. 오천 바닷가의 공기는 어제와 달랐고 파도 역시 하릴없이 밀려오기만 하는 물 주름이 아니라 먼바다의 소식을 알리는 전령이 되었어. 새삼스럽게 내 주변의 모든 것들이 다 내게 말을 걸더군. 밤하늘의 달도 담벼락 위를 넘어 들어온 담쟁이 넝쿨도 아침에 지저귀는 새들도 예사롭지 않게 속살댔고 바람마저도 나를 툭 치고 가면서 야릇한 수작을 걸더라.

갈매못에서 주말을 간신히 넘긴 다음 날 버스를 타고 이수를 찾아갔어. 그날 이수가 자기가 다니는 학원이라며 손가락으로 가리킨 건물을 분명히 기억하고 있었거든. 학원 입구에서 나를 발견한 이수는 말했어. "어, 서울친구?" 좋은 예감이 들었지. 이수를 만나면 서두를 어떻게 꺼낼까 하고 내내 궁리 중이었는데 이수는 내게 좋은 빌미를 주더라. 난 가방 속에 들어 있던 보령시 관광안내 지도를 꺼내 이수에게 펼쳐 보이고는 신비의 바닷길이 열린다는 무창포해수욕장을 손으로 짚었어. 애석하게도 바닷길은 8월 중순이 지나야 열린다더라. 대신 대천해수욕장의 석양을 보겠다고 했지. 사실 여기 와서 물리도록 본 서해의 낙조이건만 설렘을 담은 눈빛으로 이수에게 같이 가 달라고 부탁했어. 난 서울친구니까.

텅 빈 시내버스에 단둘이 앉아 아우성치며 달려드는 바닷바람을 고스란히 나눠 맞고 또 인적이 드문 해변가를 거닐면서 서향 빛에 익어 가는 서로의 얼굴을 바라보는 건, 그 객관적인 상황만으로도 두 사람을 낭만적으로 변신시키기에 충분했을 거야. 일종의 흔들다리 효과, 그런 거 아니겠어? 하물며 이미 난 그 애를 좋아하고 있었으니 더 말할 것도 없고. 가슴이 터질 것만 같았거든. 그래서 바닷가에 나란히 앉았을 때 내 마음을 털어놨어. 구석기시대 사람들이 자연스럽게 자신을 표현하기 위해 벽화를 그렸듯이, 흥에 겨울 때 자기도 모르게 몸을 흔들고 아름다운 장면 앞에 섰을 때 저절로 탄식이 터져 나오듯이 나도 그 애로 인해 벌어진 내 마음의 변화를 사실 그대로 담백하게 나열한 거야.

그 모든 변화는 나쁜 일이 아니니까 부끄러울 것도 없는 거잖아? 꽃이 피어서 꽃이 피었다고 말하는 것뿐이니까. 대화할 때 일부러 먼바다에만 시선을 두고 그 애의 얼굴은 절대 바라보지 않았어. 혹여 마음이 흔들려서 브레이크가 걸릴까 봐. 태어나서 처음 생긴 내 안의 그 보송보송한 마음. 순백의 깃발 같은 그 마음을 고스란히 떠서 그대로 전하고 싶었으니까.

이수 역시 먼바다만 바라보면서 내 말을 조용히 듣고 있더니만 나직이 뇌까리더라. "이상해." 내가 다시 물었지. "뭐가?" 그러자 또 자분자분 읊조리는 거야. 마치 미간 사이에 어른거리는 날파리라도 잡으려는 듯이 초점을 흐리며 말했어. "네 이야기를 듣고 있자니 기분이 이상해졌어. 말로 표현은 못 하겠는데 암튼 기분이 묘해." 멍해 보이는 이수를 향해 고개를 돌리려는데 이수가 갑자기 벌떡 일어나며 소리쳤어. "이거…… 전염되는 거야?" 이수가 말하기를 내가 마치 붓을 들고 자기 몸에 내 것과 같은 색으로 마구잡이로 칠한 것 같다는 거야. "속이 부글거려." "물 속에 던져진 발포

비타민처럼?" "맞아, 이대로 터져 버리는 건 아니겠지?" "정지 버튼이 필요해."

그래서 우린 잠시만 일시정지 하자는 차원에서 각자 반대 방향으로 걸어갔다가 다시 돌아와 중간에서 만나기로 했어. 해변의 모랫길은 정말 길었어. 아무 저항 없이 내 무게를 다 받아들이는 모래사장이 심술궂게 느껴지더라. 등 뒤로 멀어지는 이수를 의식하면서 발걸음을 떼자니 마치 무거운 모래주머니를 발목에 묶고 걸어가는 벌을 받는 기분이 들더라고. 한참 가다 무언가에 이끌리듯 뒤를 돌아봤어. 이수 역시 나와 같은 생각이었을까? 나를 보면서 뒷걸음으로 걸어가고 있는 거야! 이미 우린 충분히 멀어져 있던 터라 이수의 얼굴은 자세히 안 보였지만 몸짓만으로 그 애가 내게 말하는 것 같았어. '이리 와!' 난 조금 전 이야기는 다 무시하고 이수를 향해서 냅다 달리기 시작했어. 내가 제대로 읽은 걸까? 그런 회의가 잠시 들었지만 내 알 바 아니고. '아님 말고' 그런 마음으로 이수를 향해 달리기 시작했지. 진짜 절실할 때는 다른 건 아랑곳 않게 되거든. 맞아. 나만 달린 게 아니야. 우리는 서로를 향해 달렸어.

아이러니하지 않아? 고약한 태풍을 피해 갈매못으로 숨어들었는데 난 이곳에서 너무나 꿈 같은 시간을 보낸 거야. 안팎이 전혀 느껴지지 않고 나와 네가 전혀 다르게 느껴지지 않는 시간. 하늘과 땅도 멀지 않고 낮밤도 그다지 다르지 않은 일관된 한 가지 마음으로만 지낼 수 있는 시간. 잘 익은 수박을 한 입 깊게 베어 물 때의 충만함. 우거진 녹음 사이로 쏟아져 내리는 유리 가루 같은 햇살의 화사함, 그리고 냉장 보관된 보름달의 허리를 볼이 넓은 수저로 움푹 떠내는 듯한 기분이 드는 싱그러움까지…… 가득 찬 시간이었어. 분명 꿈은 아니지만 꿈이어야만 설명이 될 법한 그런 시간. 우린 틈나는 대로 바닷가로, 근처 산으로, 갈매못성지의 성당 뒤편 대나무 숲으로 포개져서 쏘다녔어. 머리를 텅 비우고 마음으로만 지낼 수 있는 최고의 호사를 누린 거지. 깔깔깔깔. 청량한 내 웃음소리가 허공으로 날아가는 걸 태어나서 처음 느꼈어.

그날도 오전 나절에 이수와 후미진 바닷가에 몰래 숨어들어 한바탕 헤엄을 치고 왔어. 물놀이하고 나면 늘 그렇잖아? 모든 게 아낌없이 소진된 느낌 말이야. 나 역시 물속에서 건진 미역처럼 축 쳐진 채 평상 위에 누워 있었어. 저녁으로 시뻘겋게 무친 새콤한 강개미회에 국수까지 비벼서 먹은 뒤라 더 이상 바랄 게 없는 포만감으로 하늘을 바라봤지. 손톱달이 떠 있더라. 계속 쳐다보면 어디라도 찔릴 것처럼 뾰족하기만 한 손톱달이 오만하게 떠 있더군.

그때 평상 끝에 걸터앉아 있던 이모가 파리채로 바닥을 내리치며 말했어. "하나야, 그건 아닌 거 같애. 그만해." 대나무로 엮은 평상이라 소리가 정말 찰졌어. 찰싹! 어찌나 야무지던지 내가 뺨이라도 맞은 기분이 들 정도였거든. "이모, 파리채 소리 장난 아니다." "하나야. 내 말도 장난 아니야." 이모가 무슨 이야기를 하고 있는지 듣지 않아도 너무나 잘 알겠는 거야. 그러니까 난 안 들은 걸로 하고 싶었어. 무서웠거든. 내가 새라면 이 대목에서 푸드득 하고 날아가 버리면 좋을 텐데. 날 수가 없어서 난 돌아누웠어.

저 멀리 보이는 바다, 시커먼 바닷속에서 내가 보고 싶지 않은 무언가가 쑥 머리를 디밀고 올라올 것 같아서 무서웠거든. 이모는 내 맘을 다 아는지 등을 토닥이기 시작했어. 같은 말을 반복하면서. "하나야, 그만해." 그 애잔함을 듬뿍 담은 토닥임이 잔인하게 느껴졌어. 차라리 멱살을 잡지. 그러면 난 그걸 핑계 삼아 튕겨져 나갈 수 있는데, 튕겨 나가 좌충우돌하면서 마음껏 삐뚤어질 수 있을 텐데…….

이모는 퇴로를 막고 서서 간신히 버티고 있는 나에게 그만하라고 달래는 거지. 난 그 토닥임을 피하려고 발딱 일어나 앉아 고개를 아래로 처박은 채 며칠 전에 모기에 물린 종아리의 상처 자국을 긁기 시작했어. 어찌나 세게 긁었는지 딱지가 떨어지고 피가 나더라. 손톱이 젖어 든다는 기분이 드는데도 난 계속 긁었어. "하나야, 그만!" 이모가 소리쳤지만 난 들은 척도 안 했어. "하나야! 그만, 그만해." 난 이모를 바라보며 악다구니를 썼어. "대체 뭘 그만하라는 거야!" "다리도 그만 긁고 그렇게 애먼 데다 마음 쏟는 일도 그만하라고." "애먼 데? 그게 뭐야?" "네 아빠가 저지른 일인데…… 시간이 지나면 괜찮아질 거니까. 괴로워할 것도 없고, 네 잘못도 아닌데 괜히 잊는답시고…… 그러고 다니지 말라고.” 이모는 선문답이라도 하듯이 이상한 말을 했지만 난 그게 무슨 말인지 다 알기 때문에 모른다고 대꾸했어. 똑바로 바라볼 수 없는 일이니까. “지금 뭔 얘길 하는 거야! 난 이모가 무슨 소리 하는 건지 몰라. 그리고 이수 만나는 게 뭐가 어때서? 뭐가 어쨌다고!” 미친 듯이 악을 쓰는 나를 보더니 이모는 전의를 잃은 듯 고개를 숙였어. 이모야말로 파리채로 애먼 바닥만 때리더라. 난 방으로 들어가면서 이모한테 말했어. “하지 마!” 이렇게만 말하고 속으로 뇌까렸지. ‘내 잘못 아니니까 순결한 나만의 영역에 아무것도 섞지 마.’ 이모가 한 선문답을 내가 이해했듯이 이모도 내 속마음까지 읽었으리라고 믿어.

다음 날 이수와 난 대천 여객선터미널에서 배를 타고 원산도로 갔어. 오래전부터 계획했던 건 아니고 우발적인 출발이긴 했어. 전날 있었던 이모의 다그침 때문만은 아니야. 전부터 서해안의 섬에 한번 가 보고 싶었거든. 물론 마음 저 깊은 데서는 반항하고 싶은 마음이 없었던 건 아니야. 왜 나를 밀어? 이렇게 따지고 싶은 마음이 있었으니까. 이수는 자전거를 빌려서 특수 수하물표만 끊고 배에 싣고 가자고 했어. 세 시간 코스로 주변 해수욕장을 둘러보고 올 수 있다기에 선뜻 나섰는데 출발이 좀 늦었던 데다가 느닷없이 몰아닥친 해무 때문에 배가 들어오지 않아서 우린 섬에 갇히게 되었어. 한 치 앞도 보이지 않는 해무 때문이지, 의도했던 건 절대 아닌데. 아무튼 그 일로 동네가 발칵 뒤집힌 거야. 선착장으로 들어오는 길에 마주친 이수의 초등 동창이 떠들어 대는 통에 더더욱 이야기는 커져 버렸더라. 자전거를 끌고 배를 타고 섬으로 들어가 해무 속에 갇힌 아이들. 해무가 우리를 가둔 건데 내가 해무 속에 이수를 가둔 거라고 다들 떠들어 댔대. 희영이와 더불어 이수를 알고 있는 모든 아이들 말야.

덕분에 그동안은 그냥 '애먼 데'였던 이수와의 만남이 이제는 '위험한 애먼 데'가 되었고, 이모는 나에게 서울로 돌아가라고 했어. 엄마하고도 얘기가 끝났다면서. 하지만 난 절대 돌아가고 싶지 않았어. 여기, 이 누에고치 안에서 나가고 싶지 않았다고. 방구석에 틀어박혀 문고리를 안으로 잠그고 어디로든 가고 싶지 않다는 나의 의지를 이모에게 보였지.

하루 정도 굶는 것쯤이야 일도 아닌 데다 어차피 이모는 수업하러 대천으로 갈 테니까. 다음 날 초저녁쯤 이모 차에 시동 걸리는 소리가 나더니 밖이 조용해지더라. 그래서 뭐라도 사 먹을 요량으로 이모부 슬리퍼를 신고 정류장 쪽으로 천천히 걸어갔어. 오천상회에 들어가 우유랑 빵을 사 들고 나와 먹으면서 걷는데 정류장 쪽에서 누군가 나를 불렀어. "최하나!" 돌아보니 희영이를 비롯해 그 시간쯤이면 이모랑 수업하고 있어야 할 아이들 무리가 서 있는 거야.

내게 성큼 다가온 희영이는 서론도 없이 대뜸 말했어. "이수는 순진하고 순수한 애야." 그 말이 비수가 되어 나를 찔렀어. 그 말은 많은 것을 의미하잖아. 순진보다는 순수란 말에 주눅이 들었어. 왜 내게 그딴 말을 하냐고 되물을 필요는 없었어. 모르는 척한다는 것 자체도 내겐 모욕이 될 것 같았으니까. 난 바로 몸을 틀어 집 쪽으로 걷기 시작했어. 내가 원치 않는 말을 더 꺼낼 수도 있다는 생각이 들었거든. 그러자 네 명이나 되는 아이들이 줄줄이 나를 뒤따라오더라. "야! 최하나, 서 봐. 할 말 있다고." 희영이가 소리치길래 난 걸으면서 말했어. "다 알아." "뭔데?" "뻔하잖아!" "그럼, 너는 널 잘 안다는 소리네?" "내가 어때서?" "어떤지 몰라? 말해 줘?" "됐어."

난 경보라도 하듯이 엉덩이를 실룩거리며 빠르게 걷기 시작했어. 아니, 거의 달리다시피 한 거지. 우유 팩이 열렸다는 사실도 까먹고 슬리퍼가 커서 발가락에 힘을 꽉 주어도 자꾸 벗겨진다는 사실도 잊어버리고 우스꽝스러운 모습으로 달렸어. 딸기 우유가 바닥에 점이 되어 떨어지는 게 보이더라. 그나마 다행인 건 비둘기 떼처럼 뒤따라오던 애들은 얼마든지 나를 잡아 세울 수도 있을 만큼 가까운 거리였건만 그러지는 않더라.

난 집에 도착해 허겁지겁 빗장을 질렀어. 안심이 됐어. 집 안이 훤히 다 들여다보일 정도로 낮은 담장에 대문마저도 거저 달린 듯 허공에 떠 있었지만, 그래도 엄연한 상징이니까. 아이들은 담장 위로, 문 위로 삐죽삐죽 얼굴을 내밀고는 한마디씩 떠들기 시작했어. "야! 너네 집으로 가. 여기 오염시키지 말고." "재수 없어."

마당 한가운데 우뚝 서서 아이들이 하는 말을 그대로 듣고 있는 내가 불쌍했어. 왜 나는 아무 말도 못 하는 거지? 대체 왜 나는 반박조차 못 하는 거지? 내가 뭘 잘못했다고? 마당에 있는 고무호스로 물이라도 뿌리면서 가 버리라고 소리쳐야 정상 아닌가? 이런 생각을 뒤적이고만 있는데 그때 희영이가 분한 듯이 말하더라. "이수같이 순수한 애를 왜 건드리냐고!"

아까도 말했듯이 순수란 말이 또 마음에 와서 콱 박히는 거야. 비명이라도 지르고 싶을 정도로 아팠어. 혹시 너 알아? '순진'은 아직 뭘 모르는 상태를 말하는 거잖아? 그러니까 그건 살아가면서 이런저런 세상을 겪어 가면서 차곡차곡 채워지는 것이라고 할 수 있는 것에 반해 '순수'는 그건 말 그대로 순백의 결정체 같은 거라 한번 잃으면 그걸로 끝인 거야. 그런데 희영이는 자꾸만 내가 이수의 순수를 더럽힌 애처럼 말하고 있잖아. 내가 왜 그런 소리를 들어야 해? 그래서 난 정색을 하고 대답했지. "나도야!" 나도 순수하단 이야기를 하려던 건데 갑자기 아이들이 자기들끼리 눈을 맞추고 잠시 호흡을 고르더니 풋 하고 웃었어. 그러더니만 키 큰 애가 담장 안으로 몸을 들이밀고 여유작작한 표정을 지어 보이며 말했어. "나도야, 그러지 말고 미투라고 해 봐." 그러고는 자기들끼리 깔깔대며 웃었어. "너희 아빠는 미투를 잘 아실 텐데 넌 몰라?" "우린 다 알고 있으면서 그동안 봐줬더니만…… 감히……." 사실은 희영이에게만 내가 이곳에 오게 된 이유를 솔직히 고백했는데, 아이들은 이미 다 알고 있었나 봐.

난 아이들의 자지러지는 웃음을 간신히 받아넘기고 차분하게, 정말 진심을 다해서 말했어. 다들 늘 그러잖아. 진심을 다하면 알아듣는다고…… 그걸 믿은 거지. 처음부터 내게 적의를 가졌던 건 아니었으니까. "있잖아, 난 정말 순수하게 이수를 좋아한 거야. 그러니까 더 이상 나쁘게 말하지 마." 천천히 또박또박 진심을 전했어. 어느새 눈물이 고여서 아래로 떨어지더라. 진심이 닿지 않더라도 눈물이 아이들의 악의 섞인 마음을 잠시나마 느슨하게 하지 않을까? 그런 생각이 잠깐 스쳤어. 내 눈물을 봐서일까? 희영이도 약간 울먹이면서 말하더라. "너, 전에 내가 이수는 '간썸친'이라고 했던 거 기억하지? 그거 간절하게 썸 타고 싶은 애란 소리였어. 네가 간절한 게 뭔지나 알아?" "알아, 내 맘도 간절했고 그 누구보다 순수하게……." 그때 희영이가 내 말의 허리를 자르고 야멸차게 말했어. "됐어! 넌 그런 말할 자격 없어." 아이들은 하나둘씩 집 앞을 떠나기 시작했어. 누군가 혀를 차며 "감히, 어디…… 더러운 핏줄을 가진 게"라며 마지막 말을 뱉었어. 비수가 되어 등 뒤에 꽂히는 느낌은 지금도 잊히지 않아.

그날 밤, 아이들과 나 사이에 그리고 이수와 나 사이에 '감히'라는 시퍼런 강물이 흐르는 꿈을 꿨어. 물살이 어찌나 세고 강한지 감히 근접할 수 없는 강, 누가 나를 이 강 건너로 보낸 걸까? 이른 새벽 선잠에서 깨어 일어나 앉아서 울었어. 어깨를 들썩이며 소리 죽여 한참을 흐느꼈어. 왜 내가 강 건너에 있어야 하는 거지? 왜? 시간이 얼마간 흐르고 결론을 내렸지. 이제 이곳은 아늑한 누에고치가 아니다. 그러니까 가야겠다고. 그 새벽에 일어나 서울로 향했어.

지금도 그 여름, 파름을 생각하면 얼굴이 화끈거려. 두 개의 기억이 교묘하게 엮여서 어느 게 앞이고 어느 게 뒤인지 모르게. 난 정말로 순수한 사랑을 했는데, 아니 순수함을 지키기 위해 사랑을 한 건지도 모르겠지만, 어쩌면 연애의 강렬함으로 나의 수치심을 잊어버리고 싶었는지도 모르겠어. 아무튼 그 여름, 파름 덕에 한동안은 푸른색만 봐도 멀미가 나곤 했어. 횟집의 시퍼런 물, 그게 수족관 뒤에 붙인 파란 접착시트 때문이란 걸 알면서도 가까이 가는 게 무서웠으니까.

어떤 일은 시간이 지나야 선명하게 보이는 일이 있대. 그때는 소용돌이의 한가운데 있었던 나였으니까. 하지만 이제는 좀 다르겠지. '감히'라는 강은 이제 없을 거야. 나는 그 시간을 지나왔고 견뎌 냈고 그러면서 단단해졌거든. 고통의 속살을 똑바로 바라볼 수 있을 만큼 말야. 아빠로 인해 내가 달라지는 건 없어. 아빠는 아빠고, 나는 나니까. 산다는 건 부조리를 받아들이면서 일어서는 거래. 아파도 도망치지 않고 파름이란 여름을 깨물어 봐야지. 그 안에 뭐가 있는지. 난 도망치지 않고 여름을 깨물 거야.

수아가 집으로 가는 시간

수아를 만나기 전까지 난 별문제 없는 아이라고 생각했다. 학교와 집, 학원에서의 평범한 일상이 별 무리 없이 반복되며 잘 굴러가고 있었으니까. 난 주위 사람들이 주목할 만큼 말썽을 피우는 편이 아니다. 그렇다고 뭔가 말썽을 피우고는 싶은데 애써 참는 것도 아니다. 그냥 내 안에는 규범에서 벗어나고 싶은 욕구 자체가 없을 뿐이다. 늘 다수가 취하는 행동을 하는 게 본능적으로 편해서랄까? 사실, 기발한 발상으로 문제를 일으키는 아이들을 볼 때면 어쩌면 난 상상력이 부족해서 문제 행동을 못 하는 걸지도 모른다는 생각이 들 때가 있다. 물론 나에게는 행동으로 옮길 만한 용기도 없지만. 그래서 가끔은 걔들이 부러울 때도 있다.

아무튼 난 선생님이나 부모님에게 잔소리 들을 만한 일을 하지 않는 편이다. 숙제를 안 한다든가 지각을 한다든가 학원을 빠지는 것도 아니고 수업 시간에 딴생각을 하는 일도 별로 없어서 공부도 그럭저럭한다. 하지만 이 역시 학생의 본분을 지켜야 한다는 어떤 '당위성'이나 점수에 대한 욕구 때문에 나를 이겨 가며 투지를 불태운다기보다는 그냥 무심하게 해내는 일일 뿐이다. 성적이 떨어지면 시간 내서 벽돌쌓기 하듯 차곡차곡 문제를 해결하고, 줄넘기나 매달리기같이 태생적으로 소질이 없는 체육도 반복연습으로 일정 수준까지는 끌어올렸다. 어차피 해야 하니까. 언젠가 특활 시간에 바느질을 하는데 유난히 정확한 간격으로 바늘땀을 뜨는 나를 보고 아이들은 눈을 휘둥그레 뜨며 물었다.

"대~박! 넌 어쩜 그렇게 잘해?"

일정한 간격을 맞추는 일은 재미도 있고, 하다 보면 안정감도 생기고 묘한 성취감마저 느껴진다. 그건 내가 등하굣길에 보도블록의 금을 밟지 않고 걷는 일을 즐겨 하는 것과 일맥상통한 일이라 어쩌면 내게 특화된 기능이라고 할 수도 있을 것 같다. 아무튼 난 아이들 질문에 달리 할 말이 없었다.

"그냥 내 안엔 그렇게 하도록 세팅이 되어 있는 것 같아."

그 뒤로 아이들이 '로봇 나연'이라거나 '모범생 쌤플' 일명 '모쌤'으로 나를 부르곤 했다. 그런데 수아를 만나고 나서 내 존재에 균열이 가기 시작했다. 금이 가는 소리가 어디선가 들리는 듯해서 불안했고 여러모로 혼란스러워졌다. '모쌤'이란 별명에 내가 딱히 자부심을 느낀 적은 없지만, 아무튼 샘플이라고 불려도 될 만큼 결격사유가 없던 내 자신이 문제 많은 하자품이 되어 가는 기분이 들었다. 오로지 수아 때문에.

수아는 어느 주말 오후 우리 집에 등장했다. 수아란 이름은 한 번도 들어 본 적 없었건만 그 아이는 먼 친척이라고 소개하며 들어서서는 자신의 존재를 맘껏 흩뿌렸다. 아무리 친척이라지만 중학생이 낯선 곳에 느닷없이 와서 반나절 만에 모두에게 호감을 얻는 경우는 흔치 않은데, 수아는 이 흔치 않은 일을 어렵지 않게 하는 재주가 있었다. 보통 '안녕하세요?'라며 인사가 끝나기 마련인 내 또래와는 달리 수아는 뒷말을 자연스럽게 이을 줄 알았다. 그것도 상대가 좋아할 만한 이야기로.

"어머, 이모부! 저 긴 삼각형 모양의 초록 나무는 이름이 뭐예요? 햇살을 받아서 연녹색 조명이 켜진 것 같아요. 햇살을 머금은 초록 나무, 정말 멋져요. 태양열주택처럼 밤이면 저 햇살이 집 안에 온기를 퍼트릴 거예요. 초록 반딧불처럼."

아빠는 취미로 화초를 키웠지만, 평소에 엄마의 지지를 받지 못하던 터라 수아의 말에 아빠의 입은 만개한 꽃처럼 활짝 벌어졌다. 이어서 수아는 엄마의 탁월한 인테리어 감각에 끝없는 찬사를 보내 엄마 역시 기분이 업되었다. 그러니 수아가 '흩뿌렸다'는 나의 표현은 전혀 과장이 아니리라. 덕분에 실제로 난 아무것도 변한 것 없이 그대로인데 식구들의 평가가 새삼스럽게 달라지면서 내 위상은 곤두박질치기 시작했다. 예를 들면 이런 식이다. 식탁에 앉아 조잘대는 새처럼 떠들어 대는 수아와 함께 식사를 마치고 엄마는 뜬금없이 내게 말했다.

"넌 애가 왜 그렇게 리액션이 없니? 꼭 애늙은이 같아."

아빠도 혼잣말처럼 낮게 읊조렸다.

"수아 같은 애라면 딸 키우는 맛 나겠네."

그리고 늦둥이 동생 연준이는 레고 로봇을 조립해 주고 역할놀이까지 해 주는 수아에게 찬사를 보냈다.

"수아 누나가 우리 누나였으면 참 좋겠다!"

연준이는 내 존재를 전면적으로 부인했다. 레고 조립 정도는 나도 자주 해 주는 편인데도 말이다. 아! 그리고 심지어 잠깐 우리집에 들렀던 할머니까지도 이렇게 말씀하셨다.

"나연이 너도 수아, 재처럼 여자애가 살갑게 말도 착착 붙이고 야실랑거릴 줄도 알아야 이담에 남자한테 귀염도 받고 잘 살 텐데……."

마치 내가 애완동물이라도 된다는 듯이……. 물론 수아가 어깨를 주물러 드리고 대추사탕까지 까서 입 안에 넣어 드렸으니 할머니가 수아를 칭찬하는 건 어쩌면 당연한 일이다. 있었던 사실에 대한 반응이고 말 그대로 '기브 앤드 테이크'니까. 다만 마음에 걸리는 건 모두 입을 모아 수아의 장점을 칭찬하는 것으로 끝나지 않고 수아를 기준점으로 삼아 나를 씹어 대는 말을 일제히 한다는 사실이다. 그동안 집안에서 별다른 지적을 당해 본 적이 없던 터라 더 당황스러운지도 모르겠다.

'나, 정말 문제가 있는 거야?'

처음으로 이런 생각이 들었다.

엄마가 말한 리액션에 대해 곰곰이 생각해 봤다. 난 살아가는데 지장 없을 만큼 의사 표현을 했다고 생각했는데 대체 감정 표현의 비율이 어느 정도여야 적당하다는 말이지? 정말 내가 애늙은이라는 말을 들어야 할 만큼 수준 이하인 걸까? 그래서 난 의도적으로 내 안에서 느껴지는 것들에 감탄사를 넣어 입 밖으로 소리 내어 봤다. 하지만 그 결과, 리액션이라는 건 하품처럼 저절로 나와야 하지 억지로 해서는 절대 안 된다는 걸 깨달았다. 의도를 갖고 감탄사를 뱉는 순간, 감정은 바로 변질되고 온몸에 소름만 돋았다. 다시 말해 내 안에 감정이 고여서 그것들이 차고 넘치면서 저절로 입 밖으로 터져 나오는 것이어야 하지 의도를 가지고 터트리는 건 진짜가 아니라는 말이다. 그러므로 이건 엄마가 원한다고 내가 해낼 수 있는 것이 아니라는 결론에 이르렀다. 그건 마치 페북이나 인스타에 올리려고 일부러 연출 사진을 찍는 것과 마찬가지로 작위적이고도 소모적인 행동이므로.

사실 나의 부족함이란 것도 수아가 없었다면 드러나지 않았을 테니, 절대적인 부족함은 아니라는 결론이 섰다. 이건 일시적인 비교 우위일 뿐이다. 마치 이목구비가 큼직한 외국인 옆에 서 있으면 순식간에 내 얼굴이 평면이 되는 느낌이 들거나 겁나게 예쁜 아이 옆에 있으면 내 얼굴이 주꾸미로 보이는 듯한 착각이 드는 것처럼. 식구들도 유난히 살가운 수아를 보고 혼란을 겪는 것이리라. 그러니 수아만 사라지면 모든 게 원상태로 돌아오리라 믿었다.

하지만 밤늦도록 수아는 돌아갈 낌새도 보이지 않더니 급기야 "저는 언니 방에서 자는 거죠?"라고 알 수 없는 말을 뱉고는 나보다도 먼저 내 방으로 들어갔다. 어찌나 자연스럽게 방문을 열고 들어가던지 차마 뒤따라가기가 어려울 정도였다. 방학도 아닌데 우리 집에서 자고 간다고? 이런 표정을 짓는 내게 엄마는 눈만 찡긋하고 말았다. 수아가 느닷없이 우리 집으로 온 데는 분명 무슨 사정이 있으리라 생각하고 더 묻지 않았다. 그 정도 눈치는 있으니까. 그리고 '하루쯤이야, 뭐!' 이런 생각으로 뒤따라 들어갔다.

어릴 때부터 줄곧 혼자 방을 써 온 나로서는 혼자만의 호젓한 시간과 공간을 누군가와 공유한다는 게 정말 힘든 일이다. 게다가 상대는 내 공간을 침범한 물리적인 실례 외에도 '상대적 비교 우위'로 본의 아니게 내게 정신적인 피해를 준 아이다. 그러므로 난 결코 그 애에게 호의적이고 싶지는 않았지만, 앞서 말한 바대로 나는 규정에서 벗어난 행동을 하는 것에 익숙지 않기에 최대한 예의 바르고 공정하게 행동했다. 난 수아보다 언니고 또 그 애에게 무슨 사정이 있을 거라 생각해 잘해 주기로 결심을 했다.

씻으러 욕실에 간 수아를 위해 여분의 잠옷과 새로 산 속옷, 로션 샘플과 녹차팩 등을 내 침대 아래 깔아 놓은 이불 위에 나란히 구색 맞춰 챙겨 놓았다. 심심할까 봐 단행본으로 나온 웹툰에 소설책, 패션 잡지까지 서너 권 베개 옆에 놓으면서 나의 넘치는 배려심에 은근한 자부심을 느꼈던 것도 같다. 그랬는데, 내가 씻고 방으로 들어오니 다소 황당한 상황이 벌어져 있었다. 수아가 내 침대에 내 잠옷까지 입고 누워 있는 것이 아닌가?

"어?"

난 수아와 눈을 맞춘 채 아주 큰 소리를 내며 구체적으로 놀라는 모습을 충분히 오버하며 보였건만 수아는 무표정으로 나를 잠깐 보고는 바로 돌아누워 버렸다.

"이 아래가 네 자리인데?"

내가 큰 소리로 말했지만 수아는 완벽한 무반응을 고수했다. 자세히 보니 수아는 이어폰을 끼고 있었다. 못 들었을 테니 다시 말해야 하는 걸까? 아니면 그냥 넘어갈까? 두 가지 선택 앞에서 잠시 망설였다. 하지만 아무리 생각해도 그냥 넘어가는 건 내 자존심이 허락하지 않는 일이었다. 왜냐하면 이런 경우 상식적으로 손님이 여벌의 자리에 눕는 게 맞기 때문이다. 게다가 남의 새 잠옷까지 가로채 입다니!

난 수아의 팔을 가볍게 잡아당겼다. 거기까지만 하면 당연히 수아가 이어폰을 빼고 내 말에 집중하리라는 계산에서다. 하지만 수아는 이어폰을 낀 채로 고개만 살짝 돌려 오로지 얼굴 표정만으로 물음표를 지어 보였다. 난 할 수 없이 손짓으로 침대를 가리키며 내 자리라고 최선을 다해 표현했건만, 수아는 방긋 웃으며 자기의 양손을 흔들고 '잘 자'라는 인사를 몸짓으로 지어 보이고 말았다. '헐!' 소리가 저절로 입에 고였으나 차마 뱉지 못하고 난 또 한 번 '이 자리는 내 자리'라고 크게 손짓했다. 아마 나도 모르게 발을 굴렀으리라. 약간 화가 났으니까. 왜냐하면 내 행동이 우스꽝스러워 비굴한 기분까지 들었기 때문이다. 그래도 표정은 침착하게 지어 보이려고 간신히 애쓰고 있었는데 정작 수아는 놀라울 만큼 평온한 얼굴로 이어폰을, 그것도 딸랑 한쪽만 우아하게 빼더니 내게 말했다.

"언니가 위에서 자라고 했잖아."

이런! 내가 아까 '요에서 자'라고 한 말을 '위에서 자'로 들었나

보다. 순간, 내 실수란 생각에 미안한 마음도 들고 또 한편 수아가 무안할까 봐 얼른 말을 이었다.

“아, 그래. 그냥 자. 근데 그 잠옷은 내 거라…….”

“이미 입었는데?”

내가 허겁지겁 말을 뱉는 것과 달리 수아는 아주 천천히, 자기가 원하는 바를 콕 집어 말했다. 그리고 수아의 표정조차 말을 하고 있었다. ‘모든 상황은 끝났잖아.’

“어! 알았어. 그럼. 잘 자. 미안해.”

내 말이 끝나자마자 수아는 이어폰을 끼고는 거만하게 몸을 돌렸다. 정말로 내가 잘못을 했다는 듯한 품새였다. 솔직히 그건 아닌데…….

난 ‘잘 자’로 말을 끝냈어도 될 걸 ‘미안해’라고까지 말한 게 심히 후회가 되었다. 그리고 잠옷 정도는 내 요구를 들어줄 수도 있는 거 아닌가 하는 분한 마음이 들었지만, 그래도 수아가 사정이 있어서 남의 집에 왔다는 사실을 떠올리고 그 정도의 분함은 감수해야 한다며 억지로 나를 다독였다.

‘하룻밤쯤은 동생한테 양보해도 되잖아?’

하지만 그럼에도 불구하고 도통 잠이 안 왔다. 이곳은 분명 내 방인데도 충분히 낯설었다. 그건 내가 바닥에 누워 있기 때문만은 아니리라. 이상하게 수아가 이물감으로 와닿았다. 더러 친구들이 우리 집에 와서 자고 가기도 했고 캠프에 갔을 때 생전 처음 보는 애들하고 뒤섞여 잘 때도 이런 기분은 아니었는데, 뭔가 수아에게는 석연찮은 느낌이 들었다. 그리고 그게 뭔지는 딱히 집어낼 수 없다는 게 더 답답했다.

새벽녘에 간신히 잠이 드는 바람에 늦잠을 잤다. 시계를 보니 어느새 11시 30분을 훌쩍 지나고 있었다. 난 주말에도 늦잠을 자는 편이 아니라서 이렇게 늦게 일어나면 기분이 안 좋다. 그렇다고 시간이 아까워서는 아니고 그냥 늘 하던 패턴에서 벗어나는 게 상쾌하지 않을 뿐이다. 비척거리며 거실로 나갔는데 집이 텅 비어 있었다. 핸드폰을 보니 엄마가 보낸 간단명료한 톡이 있었다.

아빠 낚시, 엄마 성당 미사

여느 주말과 크게 다르지 않은 스케줄이다. 다만 다른 건 내가 늦잠을 자는 바람에 연준이가 집에 없다는 것뿐. 아마 엄마가 데리고 나갔으리라.

'그럼 수아는 자기 집에 갔나?'

두리번거리는 바로 그때 가족 단톡방에 사진이 거품 방울처럼 연이어 뜨기 시작했다. 낚시터 파라솔 아래 앉은 아빠와 수아 그리고 연준이가 환하게 웃고 있는 사진이었다.

'대체, 뭐가 이렇게까지 좋아?'

무슨 사연이 있나 궁금해질 정도로 밝게들 웃고 있었다. 사진이 오르기 무섭게 엄마가 보낸 토끼 이모티콘이 '굿!'이라며 깡총거린다. 그러고 보면 아주 해피한 조합이 이뤄진 날이다.

주말이면 아빠는 낚시터에 가고 싶어 했고, 엄마는 아빠가 연준이를 데리고 가 주기를 바랐지만 낚시터에서 아빠 혼자 연준이를 보는 건 역부족이라 두 분은 언제나 내가 동행하기를 원하셨다. 하지만 난 매번 완강하게 저항했다. 낚시터는 반나절만 쓸 수 있는 스케줄이 아니라서 공부를 핑계로 거절할 수 있었다. 결국 두 분은 주말이면 항상 그 문제로 신경전을 벌였는데, 이번 주에는 수아 덕분에 모두가 해피한 시간이 된 거다. 그렇게 치면 나 역시 자유롭게 되었으니 '굿!'이라며 답글을 보태야 하지만 전혀 그러고 싶지 않았다.

낚시터의 사진은 필요 이상으로 많이 올라왔다. 들여다보고 있자니 이상하게 기분이 안 좋았다. 사진 속 수아는 특유의 살가움이 그대로 묻어나는 포즈를 짓고 있었다. 수아 덕분인지 연준이도 아빠도 보기 드물게 장난기 섞인 표정과 낯설기까지 한 자세를 취하고 있었다. 수아의 연출이었을까? 어깨동무에, 발 모으기 샷에, 장풍을 날리는 모습에, 펄쩍 뛰는 깡총 샷까지. 일렬로 나란히 서서 차렷 자세를 취하던 그간의 모습과는 사뭇 달라서 너무너무 낯설었다. 그때 느닷없이 '딸 키우는 맛'을 운운하던 아빠의 말이 떠오르면서 이상한 기분에 휩싸였다. 그건 분명 수아를 향한 적개심이었다.

"참! 얜 뭐야?"

나도 모르게 이런 말을 내뱉었다. 내게 없다던 감탄사까지 나올 지경이니, 이건 결코 흔한 감정이 아니었다. 질투심이 분명했다.

"놀고들 있네."

생전 안 쓰던 표현도 입 밖으로 나왔다.

시리얼로 적당히 아점을 때우고 있는데 엄마가 들어왔다. 환하게 웃으면서 성당 바자회에서 산 주름치마라면서 투우사처럼 빨건 치마를 내 앞에서 흔들어 댔다. 그것마저도 짜증이 났다. 난 입도 뻥끗 안 했지만 엄마는 내 표정을 읽고는 말했다.

"왜 그래?"

"뭐?"

"안 좋아 보이는데?"

"아닌데? 근데, 수아는 언제 집에 가?"

"아~."

알 만하다는 표정으로 고개를 끄덕이는 엄마가 야속했다.

"뭐?"

"수아가 네 방에서 하룻밤 잔 게 그렇게 짜증이 나는 거야?"

"내가 언제 그랬댔어?"

"너도 참 야박하다. 애가 그렇게 이기적이어서 어따 쓰냐?"

진심으로, '엄마, 그게 아니라……' 하며 시작하는 긴말을 하고 싶었지만, 내 마음을 어떻게 표현할 수 있을지 몰라서 정말 복잡했다. 수학 문제보다도 더 복잡한 문제다. 질투심이라는 단어가 내 머릿속에 자리했지만, 그 말을 차마 밖으로 꺼낼 명분이 없었다.

'그깟 사진 좀 아빠랑 찍었다고? 그럼 너도 가지?'

이렇게 나올 게 뻔했다. 하지만 그게 전부가 아닌 걸 어떻게 시시콜콜 다 설명할 수 있단 말인가? 섣부른 오해를 남기느니 차라리 입을 열지 않는 게 낫다. 그래서 입을 다물고 시리얼을 죽으로 만들고 있었다. 이로써 나는 엄마에게 이기적인 아이로 남았다.

감정은 뼈다귀 사이사이에 숨어 있는 갈빗살 같은 거라, 잘 발라서 다 끄집어내어 일일이 말로 다 하기 전까지는 상대가 절대 이해할 수 없다는 걸 뼈저리게 느꼈다. 하지만 내가 그 사실을 깨달았다고 해서 바로 표현할 수 있는 건 아니다. 모든 일에는 워밍업하는 시간이 있어야 하니까. 세발자전거에서 두발자전거로 바꿔 타기까지의 시간이 필요하듯이 말이다. 오해를 받고 있는 게 억울해서 눈을 껌뻑거리고 앉아 있는 것뿐인데 엄마는 나의 이기심이 아직도 활활 타오르고 있다고 생각했는지 내 옆에서 괜히 행주질을 하면서 수아의 처지에 대해 말했다.

"너 그러는 거 아니야. 수아 걔, 오죽하면 낯선 우리 집에 왔겠니? 말이 친척이지 사실 촌수로 따지면 친척이랄 것도 없는데……. 전에 우리가 수아네 할머니한테 신세 진 적도 있고 해서……. 아무튼 걔네 아빠가 사업하다 잘못되어서 빚쟁이들이 집을 다 차지하는 바람에 수아 책가방도 제대로 못 챙겼단다. 엄마아빠가 도망 다니고 걔가 당장 있을 데가 없어서 온 거니까 툴툴대지 말고 잘해 줘."

엄마 이야기를 듣고 나니 억울한 감정도 갑자기 오갈 데가 없어졌다. 정말 세상의 모든 일은 다 상대적인 건가 보다. 가위바위보를 한 것도 아닌데 내가 졌다. 그러니까 수아로 인해 생긴 나의 모든 복잡한 마음은 다 접어서 어딘가에 치워 둬야 했다.

'이런! 젠장.'

입 속의 시리얼을 꿀꺽 삼키고 독후감 숙제나 해야겠다 싶어 도서관으로 갔다.

저녁 나절에 수아가 돌아왔을 때는 이미 모든 건 수아에게 양보하겠다고 작정했기 때문에 차라리 마음이 편했다. 침대며 잠옷을 뺏긴 것도, 수아가 내가 아끼는 책의 페이지를 떡하니 반으로 접어 놓은 것도—참고로 난 책에 접힌 자국이 남는 걸 정말 싫어한다—낚시터에 입고 간 내 하얀색 방수 점퍼 끝자락에 초록색 물을 들여 놓은 것도, 침대 옆 창에 붙여 놓은 형광 별 스티커를 손톱자국이 선명하도록 긁어 놓은 것도 마음에 두지 않았다. 물론 마음에 두지 않는다고 해서 그 사실이 연기처럼 사라지는 건 아니라서 마냥 편하지만은 않았지만 참아야 한다고 나를 다그쳤다.

아무리 그랬어도 책 좀 보고 자려는데 수아가 안 자냐고 묻는 말투에 이상하게 가시가 돋친 것 같아 할 수 없이 잠자리에 누웠을 때는 뭔가가 내 안에서 치밀어 올라서 미칠 것 같았다. 간신히, 정말 간신히 초인적인 힘을 발휘해서 '수아 먼저'라는 커다란 돌멩이로 나를 내리누르고 잠들 수 있었다.

수아가 집에 가는 시간을 기대하며.

다음 날 아침, 아빠는 수아네 학교가 멀다며 수아만 태워서 먼저 출발했다. 나 혼자 버스 정류장에서 마을버스를 기다리고 있는데 콩쥐라도 된 기분이 들어 눈물이 찔끔 나려고 했다. 그래도 그럭저럭 참고 학교에 갔는데 1교시 수학 시간에 쪽지 시험을 보려고 필통을 열었을 땐 나도 모르게 "수아, 아 씨!" 하고 소리 내며 폭발했다. 수학 문제를 풀 때 반드시 써야 하는 내 샤프가 하나도 없었기 때문이다. 난 샤프에 유난히 집착한다. 샤프가 없으면 문제를 못 풀 정도로 예민한데 필통에는 단 하나도 없었다.

엎친 데 덮친다더니 게다가 남자애들이 "와, 로봇이 화를 내네" 하고 키득거리며 놀려 대길래 화가 나서 발로 찬호 의자를 가볍게 찼는데 놈이 할리우드 액션을 하면서 바닥에 나동그라지는 바람에 결국 선생님이 내게 한 소리 하셨다.

"시험 중에 뭐 하는 짓이야? 뭔 성깔을 그렇게 부린다니? 정말 의외네."

태어나서 처음 듣는 꾸중인 것 같았다. 정말이지 내 자신이 너무 싫어지는 순간이라 가능만 하다면 연기처럼 사라지고 싶었다. 나의 일부가 무너져 내리는 것 같은 기분이 들어서 공부에 전념할 수 없었고 또 공부에 전념을 못 했다는 생각에 약이 올라 고약한 마음은 데굴데굴 구르며 눈덩이처럼 커져만 갔다.

급기야 야자를 빼먹고 집에 도착했을 때는 머리까지 지끈지끈 아파 왔는데 마침 수아를 태우고 집에 돌아온 아빠가 들어오는 길에 치킨을 사 왔다며 앉으라더니 수아와 연준이에게 먼저 닭다리를 하나씩 건네줄 때, 나의 참을성은 한계점에 다다랐다.

"나 안 먹어."

최대한 아무렇지 않은 표정으로 천천히 식탁 의자에서 일어서려는데 연준이가 소리쳤다.

"헤헤, 누나 삐졌다."

"야!"

소리치는 것과 동시에 내 주먹이 연준이의 머리통을 적중시켰다. 놀라서 눈이 똥그래지는 연준이와 눈이 마주쳤을 땐 나 역시 너무 놀라고 후회가 솟구쳤지만 그렇다고 사과할 수는 없었다. 무려 열두 살이나 차이 나는 동생이라 큰소리 한번 내 본 적이 없었는데, 대체 왜 그랬는지 나조차도 당황스러웠다.

모두 놀라 잠시 일시정지 화면처럼 멈칫하는 순간, 하필 수아가 잽싸게 연준이를 감싸 안으며 다독거렸고 기다렸다는 듯이 연준이가 "엥~" 하며 울기 시작했다. '엥' 하는 연준이의 사이렌 소리는 점점 커졌다. 연준이는 비극적으로 흐느끼다가 발버둥까지 쳐 대기 시작했다. 그러자 엄마가 한쪽 팔을 허리에 얹고 내게 삿대질하며 신경질적으로 소리쳤다.

"야! 서나연, 너 뭐야!"

엄마는 고성을 거침없이 뽑아냈다. 엄마의 그 앙칼진 목소리에 나는 자존심이 상했다. 이 모든 장면을 수아가 보고 있다는 것도. 그리고 지금 이 시점에 수아가 내 동생을 안고 있다는 것도 또 아빠까지 나를 후레자식 보듯 한다는 것도 다, 다, 다, 다 모두 다 참을 수 없었다.

"쪼그만 게 까불잖아."

"그렇다고 까마득히 어린 동생한테 폭력을 써?"

"그게 폭력이야?"

"그럼, 그게 폭력이 아니면 연장이라도 휘둘러야 폭력이니?"

"뭘 그렇게 말해!"

"너 그거 폭력이야. 그런 맘을 갖고 있다는 것만으로도 엄청난 폭력이라고!"

엄마에 이어 이번에는 연준이가 수아의 품에 안긴 채 나를 째려보며 소리쳤다.

"누나, 미워! 가! 가! 가 버려!"

'대체, 어디로 가라는 거지?'

난 약간 무서워졌다. 연준이가 진짜 나를 집 밖으로 쫓아낼 기세로 악을 쓰며 덤벼들었기 때문에 일단 후퇴하기 위해 내 방으로 달려갔다. 후퇴가 아닌 것처럼 보이기 위해 문은 일부러 쾅 소리 나게 닫았다.

방은 모두로부터 나를 완벽하게 숨겨 주었지만 머릿속에서는 모두의 모습이 영화처럼 재현되고 있었다. 무음으로 재현되는 공짜 영화, 네 사람이 머리를 맞대고 내 방을 향해 삿대질을 하면서 수군거리고 있다. 손에는 닭 뼈까지 쥔 채로 말이다.

'어쩌면 수아가 없는 말을 꾸며 대서 나를 모함하고 있을지도…….'

이런 유치한 억지 시나리오까지 써 보다가 머리채를 흔들며 생각을 멈췄다.

'어쩌다 이 지경이 된 걸까?'

이 일의 실마리는 내가 쥐고 있다는 걸 막연하게나마 알았지만, 난 그냥 도망치고 싶어졌다. 그때, 누군가 나의 귀에 대고 속삭였다.

'이 모든 게 수아 때문이야. 수아만 집에 가면 되는 일이라고!'

맞다! 수아만 아니면 내가 연준이를 때리는 일은 절대 없었을 것이다. 모든 게 수아 때문이다. 모든 게 다! 수아가 집에 가는 시간만 기다리면 된다. 그러니까 더 생각할 것도 없다.

한참을 그렇게 있자니 슬슬 배도 고프고 졸리기도 했다. 내 방인데도 침대에 눕지 못하고 이불 위에 앉아서 졸고 있는데 벌컥 방문이 열렸다. 난 재빠르게 무릎 사이에 얼굴을 묻었다. 누가 들어왔는지조차 모른 채 숨을 죽이고 있는데 갑자기 앉은 땅이 움직였다. 놀라서 눈을 떠 보니 내가 깔고 앉은 이불을 엄마가 잡아 빼고 있었다.

"야! 엉덩이 들어."

엉덩이 한쪽만 살짝 들려고 하는 순간 엄마가 이불을 확 낚아채는 바람에 넘어졌다. 짜증 작렬이다.

"뭐야!"

"뭐긴 뭐야? 수아 이제부터 연준이 방에서 잘 거야."

엄마는 한 번에 다 들고 나갈 요량인지 요와 이불을 작게 개키고 베개를 그 위에 얹은 뒤, 수아 짐까지 그 위에 차곡차곡 챙기면서 중얼거렸다.

"꼴랑, 며칠이나 지났다고……. 애가 이해심이라고는 눈곱만치도 없이, 이기적이기가 하늘을 찔러요. 어릴 때 혼자라고 너무 오냐오냐하면서 키웠더니……."

그때 갑자기 내 깊은 곳에서 울컥하는 마음이 쓰나미처럼 치고 올라왔다. 닫혀 있던 뚜껑이 열리고 맺혔던 말이 폭발했다. 나조차도 전혀 예기치 못했던 일이었다.

"뭘 오냐오냐해? 언제, 언제 나를 오냐오냐했어? 맨날 연준이만 애기라며 위해 주고. 뭐든 연준이가 우선이고, 연준이 연준이……."

폭발한 말답게 소리도 우렁차서 엄마가 움찔했다. 그러고는 놀라서 들고 있던 이불을 내려놓으며 나를 빤히 쳐다봤다. 나 역시 말을 하면서도 왜 지금 새삼스럽게 연준이 이야기를 하고 있는지 모르겠지만, 막을 수 없이 쏟아지는 폭포처럼 말은 계속되었다.

"나…… 12년 동안 외동이었는데, 어느 날 갑자기 내가 다 컸다면서 어른 취급하면서…… 맞아, 내가 왜 애늙은이가 된 건데. 엄마가 그랬잖아!"

거품처럼 부걱부걱 올라오는 묵은 이야기와 더불어 탱탱한 진주알처럼 굵은 눈물도 바닥으로 뚝뚝 떨어졌다. 열린 문 밖으로는 아빠와 수아, 연준이가 서서 이쪽을 바라보고 있는 게 보였지만 아무렇지도 않았다. 창피하지도 않고 자존심 따위도 알 바 아니었다. 어차피 구긴 스타일인데 뭐.

"집에서 인형 던지기만 해도 다 큰 애가 뭐 하는 짓이냐며 꾸중하고, 조금만 까불어도 징그럽게 다 큰 애가 뭐 하는 짓이냐고 그러고. 뭐든 애기가 먼저고 뭐든 동생이니까 잘해 줘야 한다고 하고. 조금만 장난치려고 하면 '넌 그 덩치로 그러고 싶니?' 하면서 핀잔 주고 맨날 '넌 모범이 되어야지' 그러고. 이젠 수아한테 다 잘해 줘야 한다고 하면서……. 넌 어쩌니 저쩌니 그러면서. 뭐! 나 양보했어. 침대도 내주고 옷도 내주고…… 오늘 샤프 없어서 수학 시험도 못 보고 그랬어도 참았는데……."

씩씩거리는 코뿔소처럼 이야기하다가 엄마를 바라봤다. 엄마는 당황하면 늘 손바닥으로 입을 가리는 습관이 있는데 지금은 고개를 푹 숙이고 한 손으로는 부족하다는 듯이 두 손으로 입을 틀어막고 있었다. 순간 '내가 말이 지나쳤나?' 하는 생각이 들어 말의 브레이크를 잡았다. 그런데 잠시 뒤 고개를 든 엄마의 얼굴을 보니 눈물이 그렁그렁했다.

"아고, 나연아! 어쩌니……. 엄마가 미처 몰랐구나."

엄마는 다가와 나를 꼭 안아 주었다. 내 등 뒤로 넘긴 엄마의 손이 일정하게 토닥이며 리듬 맞추듯 엄마는 말했다.

"그게, 정말, 오랜 시간 네가 힘이 들었겠구나. 열두 살이라도 애는 앤데……. 네가 어찌나 잘하던지. 정말, 정말 엄마가 미처 그 생각을 못 했어. 엄마가 정말 부족했어."

규칙적으로 토닥이는 손길에 마음이 순식간에 녹아 들었다.

"미안하다, 나연아. 아이고, 미안해……."

"……."

"엄마랑 아빠는 니가 그렇게 애쓰는 줄 몰랐어. 늘 동생을 아끼고 뭐든 잘하길래……. 넌 아무렇지 않은 줄 알았어……."

그러게. 나도 잘 몰랐던 것 같다. 아무렇지 않은지, 아무렇지 않은 게 아닌지. 마음은 뼈 사이에 숨은 갈빗살 같은 거라 놓치기 쉬워서 그랬으려나? 엄마랑 부둥켜안고 그렇게 한참 있었다. 마음 한쪽 구석이 따스해지다가 온몸에 온기가 가득 차는 걸 느낄 즈음, 어렴풋이 이 모든 건 수아 탓이 아닐지도 모른다는 생각이 스멀거리기 시작했다. 그러므로 수아 이불은 굳이 연준이 방으로 옮기지 않아도 될 것 같다는 생각을 했다.

"수아 이불, 가져가지 마요."

밤이 되어 수아와 나는 아무렇지 않게 나란히 잠자리에 누웠다. 어둠 속에서 수아가 물었다.

"언니, 자?"

"아니."

"나도…… 언니가 아무렇지 않은 줄 알았어."

"무슨 얘기야?"

"언니가 나한테 이것저것 해 주고, 나서서 빌려주고 아무 말도 안 해서…… 언니가 힘든지 몰랐다고."

"됐어. 뭐 그렇게까지 힘들었다고 말하기는 또 좀 그러네."

"샤프 없음 수학 문제 못 푸는지 몰랐는데…… 급해서 그냥 손에 잡히는 대로 들고 간 건데……. 어쩌다 보니 샤프만 잡히더라고. 그리고 책 접는 거 싫어하는지도 몰랐어. 난 워낙 책을 찢기도 잘해서……."

"야, 그만해."

"언니."

"왜?"

"그거 알아?"

"뭐?"

"나, 내일 가."

"정말?"

"왜? 좋아서?"

"아냐. 휴! 네가 오늘 연준이 방에서 잤으면 나 두고두고 쪽팔릴 뻔했네."

"후후."

"근데, 너…… 어른들한텐 무지 살랑살랑거리면서 나한텐 좀 못되게 군 거 알아?"

"그게…… 아마 언니가 알아서 기니까 그랬을 거야."

"뭐? 알아서 긴다고? 내가?"

"응. 이건 친구들끼리 하는 말인데, 까이니까 계속 까는 거라고 하거든. 나 솔직히 말하면…… 언니가 요에서 자라고 한 말 들었는데 그냥 한번 우겨 봤거든? 근데 언니가 얼른 말을 빼길래 좀 만만해 보이더라고. 그리고 나 사실 침대에서 처음 자 본 거라……."

"야, 그럼 그렇게 말하지."

"언니가 안 밀렸으면 얘기했을지도 몰라. '나 침대에서 자 봐도 돼요?' 이렇게 얘기했겠지. 근데 언니가 힘없이 밀리니까 그냥 내 맘대로 한 거지."

"웃긴다, 그 말. 까이니까 계속 깐다는 말."

"언니, 웃고 말 일이 아니야. 또 까이지 말라고. 나는 낼 돌아가지만 나 같은 애를 또 만날 수도 있거든."

"그러니까, 알아서 기지 말라고?"

"그렇지."

"그래야 하려나?"

"언니네 엄마 아빠도 언니가 아무렇지 않은 줄 알았다잖아. 아플 땐 악 소리 내야지."

"그러게."

어쩌면 난 정말 내 감정 표현에 너무 서투른 건지도 모르겠다. 넘치는 리액션까지는 아니더라도 앞으로 내 감정에 이름표 정도는 붙여 줘야겠다.

"언니, 자자. 낼 새벽에 엄마가 데리러 온대."

"그래, 잘 자."

수아는 뒤돌아 누었고, 어느새 숨소리가 고르게 들리기 시작했지만 나는 잠이 오지 않았다. 수아가 집에 가는 시간이 다가오지만 수아 말대로 또 다른 수아를 만나게 될지도 모르니…… 알아서 기지도 말고 까이지도 말고 똑바로 서야겠다.

나의 스파링 파트너

학교를 향해 가고 있는 내게 한 번도 본 적 없는 낯선 언덕길이 펼쳐진다. 동굴 속으로나 이어질 것 같은 좁고 안개 자욱한 길이다. 게다가 난 아무래도 직립보행을 하는 것 같지는 않다. '뒹굴면서 가는 건가? 혹시 내가 애벌레라도 된 걸까?' 꿈을 꾸면서도 이건 말도 안 된다는 생각을 한다. 그래도 꿈속의 나는 애쓰면서 앞으로 나아간다. 어차피 등굣길이니까.

학교는 본능적으로 가야 하는 곳으로 정해져 있다. 이미 오래전 태어났을 때부터 내 머리엔 그렇게 세팅되어 있었고 그 사실을 한 번도 거부해 본 적이 없다. '그런데 발을 움직이기가 왜 이리 힘든 거지?' 의아해하며 내려다보니 신발에 거대한 진흙이 달라붙어 있다. 조금 전까지 난 뒹굴던 무엇이었던 것 같은데 그게 아니라니!

꿈은 앞뒤가 맞지 않는 장면이 마구잡이로 뒤섞여 상영된다. '대체 이 꿈의 연출자가 누구지? 이런 엉터리 같으니라고!' 다시 꿈에 전념하는데 저 멀리 안개 속에서 누군가의 얼굴이 힐끗 보이다 만다. 얼굴이란 실체는 내 안에 잡히지만 이목구비는 안 보인다. 이번에는 공포영화인가? 다시 앞을 보는데 온몸이 오싹해진다. 온몸의 실핏줄이 순간 말라붙는 기분이다. 아무것도 보이지 않지만 난 안다. '놈이다!' 하고 의식하는 순간 어딘가로 떨어지고 정신 차리려 고개를 드는데 어둠 속에 빨간 불빛이 명멸한다. 점처럼 작지만 강렬한 불빛이 나를 쏘아본다. 난 놀라서 꿈에서 깬다.

요샌 반수면 상태로 꿈꾸는 날이 많다. 꿈속에서 영화 감상 하듯이 줄거리를 지켜보는데 의식의 반은 깨어서 '우 씨! 자야 하는데…… 이거 꿈이 뭐 이래?' 이렇게 툴툴대고 있다. 반은 자고 반은 깨어 있는 상태다. 자는 것도, 그렇다고 깨어 있는 것도 아닌 극히 비생산적인 상태라 정말 고약하다. 갑자기 짜장과 짬뽕이 반반씩 담긴 짬짜면이 생각난다. 수학학원 선생님이 자주 시켜 먹는 메뉴다. 강의실 문 앞에 내동댕이쳐져 있는, 배가 깊숙이 갈라져 있는 그릇을 자주 봤다. 그 그릇을 보면서 욕심 사납다는 생각을 막연하게 했다. '흥! 이것저것 다 먹고 싶은 거로군!' 그런데 지금 생각해 보니 무엇이든 이것도 저것도 아닌 반반인 상태는 처절한 것 같다. 반반은 고약하다. 이렇게 잠을 설친 지 꽤 오래되었다.

아침이 되면 밤새 침대 위에서 뒤척인 흔적 때문에 이불이 꼬깃꼬깃하다. 그리고 구겨진 건 이불만이 아니다. 내 몸도 얼굴도 누군가가 마구 구겨 놓은 기분이 든다. 거울 속 나는 청바지 주머니 깊숙이 박혀 있다 꺼내어 펼쳐진 천 원짜리 같다.

엘리베이터를 타자마자 벽에 기대서 눈을 감았다. 아빠와 둘이 작은 공간에 있으려니 어색해서 미치겠다. 이럴 때면 아빠와 떨어져 살았던 4년이란 시간이 부각된다. 4년이란 글자 위에 형광펜이 칠해진다. 초등학교 5학년 때 아빠가 가라고 종주먹을 대서 울면서 갔던 캐나다. 그곳 홈스테이 생활이 겨우 익숙해질 때쯤 아빠는 다시 들어오라고 했다. 내가 그곳에 더 있겠다고 우기니 엄마가 간략하게 말했다. 돈 없어. 나처럼 홈스테이를 하던 어떤 중국애가 그랬다. 돈이 없다는 건 '움직이면 쏜다'와 맞먹는 말이라고. 그래서 꼼짝없이 손들고 한국으로 와야 했다. 가기 싫은 걸 가라고 해서 갔는데, 이번엔 또 억지로 오라고 하다니 뭔가 억울한 기분이 들었다. 갈 때도 올 때도 내 의지는 하나도 없었으니까. 낯선 캐나다에서 적응하느라 힘들었던 것 못지않게 다시 와 보니 이곳에도 적응하기 힘든 다양한 일들이 기다리고 있었다.

그중 하나는 아빠와의 관계도 속했는데 그 비중이 꽤 컸다. 풀기 힘든 숙제같이 늘 껄끄러웠다. 그러고 보면 아빠와 같이 살지 않았던 시간 때문에 아빠와 어색한 게 아니라 그냥 아빠가 싫은 것 같다. 오늘도 학교에 혼자 가겠다고 했는데, 아빠는 어차피 지나가는 길이니 같이 차를 타는 게 경제적이라며 내 의견을 무시했다. 그래도 버스를 타겠다고 우기자 아빠는 소리를 질렀다.

"시간 쓰고 돈 쓰고, 거 뭐 하는 짓이야!"

그러고도 분한 맘이 남는지 말을 덧댔다.

"쓸데없이."

'쓸데없이'는 아빠의 18번 대사다. 그러다 보니 내 행동의 일거수일투족을 판단하는 잣대 끝에는 늘 '쓸데가 있나 없나'가 필터처럼 달려 있다. 나의 취향 이전에 '쓸데의 유무'가 항상 우선이다. 덕분에 나랑 내 동생 현지는 공부를 잘한다. 비교적 쓸데없는 데 시간을 안 쓰니까. 그리고 쓸데없는 사람이 아닌 걸 증명하기 위해 아빠 앞에서는 엄마까지도 열심히 집안일을 한다.

"안녕하세요?"

놈이다. 난 눈을 반짝 떴다. 3층에서 엘리베이터를 타면서 놈은 나와 눈을 맞추고 웃으며 아빠에게 인사한다.

"아~ 그래, 너도 같이 가면 되겠네."

놈과 같이 가게 되다니, 고약한 아침이다.

그리 튼실하지도 않은 철제 펜스를 사이에 두고 쌍둥이처럼 중고등학교가 나란히 있다. 심지어 교문조차도 샴쌍둥이처럼 딱 붙어 있어서 놈과 나는 아빠 차에서 내려 부득이하게 나란히 걸어야 했다. 같이 가기 싫어서 내가 보폭을 크게 하자 놈도 따라서 보폭을 넓혔다. 그러고는 아주 가볍게 잡은 듯 만 듯 하게 내 가방 끝을 손으로 잡고 뒤에서 따라왔다. 내가 놈과 거리를 두기 위해 더 빨리 걸으면 난 놈이 내 가방을 잡고 있다는 걸 강하게 느끼게 될 것이다. 그리고 만약 내가 뛰기라도 하면 놈은 아마 대차게 달려와서 헤드록을 걸지도 모른다. 그러니 난 지금과 같은 일정한 보폭으로 '놈이 분명히 나를 잡고 있으나 난 잡히지 않은 척'하면서 걷는다. 비굴하기 짝이 없는 걸음이다. 놈이 쳐 놓은 바운더리를 벗어나면 난 잡힌다. 그러니 그 바운더리 안에서 지내야 한다. 어쩌다가 내가 그곳으로 들어가게 된 건지 그날을 다시 떠올리면 안타깝기만 하다. 되돌릴 수 있다면 좋으련만.

그날 그 일의 시작을 어디로 잡아야 하나? 평소의 동선이 아닌 곳을 가게 되어서일까? 그렇다면 내가 준호의 사물함을 잘못 연게 화근일까? 한 열흘 전쯤, 아니 모의고사 직전이었으니 족히 보름은 넘은 것 같다. 그날 난 야자를 끝내고 집으로 가려다 학교에 두고 온 기출문제집을 찾으려 교실로 되돌아갔다. 그러다 실수로 준호의 사물함을 열게 되었다. 잘못 열었다는 걸 깨닫고 다시 닫으려는데 사물함 앞쪽 책 틈 사이에 있는 담배를 발견했다. '자식!

엄마한테 들킬까 봐 학교에 숨겨 놓았나 보네' 생각하고 피식 웃으며 사물함을 닫으려다가 나도 모르게 손을 뻗어 담배 한 개비를 꺼냈다. 어쩌겠다는 생각도 없이 그냥 무의식적으로 한 행동이었다. 그게 일의 시작이라고 할 수 있겠다. 담배를 몰래 슬쩍하지 않았다면 내가 그곳에 가지 않았을 테니까.

버스에서 내려 직진하면 바로 우리 아파트이건만 난 배회해야 했다. 필통 속에 넣어 둔 담배 때문에 머릿속이 엄청나게 복잡했다. 난 배회라는 걸 해 본 적이 별로 없던 터라 어디로 가야 할지 정말 막막했다. 그러는 중에도 '왜 내가 이렇게 헤매고 있어야 하는 거지?' 하는 회의가 들어서 담배를 버릴까도 잠시 생각했지만 그럴 수는 없었다. 이미 내 마음속에 싹이 터서 파랗게 올라온 새순을 잘라 버릴 수는 없었으니까. 예전에 애들과 한두 번 피워 본 적이 있었으니 단순한 호기심 때문은 아니었고 그냥 나에게 보상 같은 걸 해 주고 싶었다. 딴짓 않고 공부만 하는 나를 위한 위로의 이벤트랄까? 그리고 한편으로는 '쓸데없는 짓거리'를 해 보고 싶다는 욕구와 아빠에 대한 저항감도 있었다. 저도 쓸데없는 짓, 할 줄 알거든요! 이런 반항심이 멀쩡한 싹이 되어 자라 있었다.

일단 근처에 있는 성당 마당에 들어가 성모상 근처에 있는 촛불 켜 놓는 곳에서 일회용 라이터를 슬쩍했다. 그러고는 후미진 곳을 찾아 헤매다 근처에 빌라를 짓다 만 공사 현장 쪽으로 갔다. '유치

권 행사 중'이라고 쓰인 플래카드가 반쯤 찢어진 채 바람에 날리고 있어서 약간 흉흉했지만 콘크리트 기둥이 서너 개 있는 1층은 푸른 달빛으로 가득 차 묘한 분위기를 냈다. 하지만 너무 환한 게 흠이라 난 2층으로 올라가는 계단 통로로 깊숙이 들어가서 쭈그리고 앉아 담배에 불을 붙였다.

피시식. 가볍게 종이 타는 소리와 함께 시작된 빨갛고 동그란 불빛. 왜 그 순간 성냥팔이 소녀가 생각난 건지 모르겠다. 어둠 속에서 불빛에만 의지했을 소녀의 외로움이 이해가 됐다. 뿜어낸 담배 연기가 허공에서 흩어지는 걸 보고 있자니 나 역시 고독함이 느껴졌다. 나를 연결하고 있는 모든 전선이 끊어져 있는 기분에 씁쓸한 외로움이 앞섰지만 뒤이어 알싸한 쾌감이 입 안에 고였다. 고독에 그런 맛이 있는지 처음 알았다. 그때 어디선가 소리가 들려왔다. 난 화들짝 놀라 담배를 떨어뜨린 채 집중했다.

"갈게요. 보내 주세요."

작고 낮게 속삭이듯, 그러나 겁에 질린 게 분명한 여자아이의 목소리였다. 소리가 난 쪽은 반대편 어둠 속이었다. 그쪽에도 계단 통로가 있었던 걸까. 형체는 보이지 않고 소리만 기어나왔다. 순간, 누군가가 위험한 상황에 빠져 있다는 판단이 들었지만 인정하고 싶지 않았다. 나 역시 들키고 싶지 않았으니까. 그래도 간신히 입을 열었다. 나의 이성이 그리고 내 안에 장착되어 있는 양심이 시킨 대로 물어야 했다. 하기 싫지만 해야 하는 숙제처럼.

"거기…… 누구세요?"

그러자 어둠 속에서 소리가 나왔다.

"그쪽은 그냥 담배나 태우고 가세요."

묵직한 저음의 남자 목소리였지만 어른이 아닌 건 분명했다. 내 또래? 그렇지만 한 명이 아닐 수 있다는 생각이 들어서 멈칫했다.

"혹시…… 무슨 일……."

어둠 속의 소리가 이번에는 다소 신경질적으로 내 말을 잘랐다.

"됐고! 아, 씨발 짱 나게 끼지 마시고 우리 연애 중이니까 사라져 주실래요?"

앞부분의 거친 말이 거슬렸지만 '연애 중'이란 말에 더 집중했다. 사생활 보호 차원에서 얼른 이곳에서 사라져야 한다는 당위성이 생겨 일단 가방을 챙겼다. 하지만 조금 전 여학생의 목소리가 마음에 걸렸다. 하지만 곧 '쓸데없는 일에 엮이지 말라'는 아빠의 말이 떠올라 쉽게 몸을 틀어 그곳에서 나올 수 있었다. 집 쪽을 향해 달리면서도 머릿속으로는 난 지금 뛰는 게 아니라고 주입했다. 평상시와 달리 다소 늦은 귀가 때문에, 집에 가서 인강 1회분을 듣고 자야 하니까 서둘러 집으로 가는 것뿐이라고 스스로에게 합리화했다. 도망치는 사람이 되고 싶지는 않았으니까.

집에 와 냉장고 앞에서 물을 벌컥벌컥 마시고 있었다. 그때 컵라면에 물을 부어 들고 내 앞을 지나던 현선이가 갑자기 내 손가락을 잡아당기더니 킁킁 냄새를 맡았다.

"나무젓가락에 끼워 펴야지. 쯧쯧! 쌩기초도 모르네. 하긴 범생이가 뭘 알겠어."

"야! 씨."

나는 발끈하면서 냉장고 문을 부술 듯이 닫았다. 거친 행동에 놀란 현선이는 눈이 휘둥그레져서는 자기 방으로 내뺐다. 난 평상시에 거의 화를 안 내는 편이라 사실 나조차도 놀랐다. 아마도 범생이라는 표현이 거슬렸던 것 같다. 그날 인강은커녕 샤워도 거르고 잠에 빠졌다.

그런데 다음 날, 등교 준비를 하던 중에 핸드폰을 잃어버렸다는 사실을 깨달았다. 아무리 생각해도 언제 어디에다 흘렸는지 기억이 없었다. 전화를 걸어 보니 전원이 꺼진 걸로 봐서는 누군가가 내 폰을 주워서 먹기로 작정한 것 같았다. 그렇게 만 하루가 지나며 밤에는 거의 포기 상태였다. 엄마한테 실토하고 혼나는 일만 남았구나 하면서 집으로 왔는데 현관문을 열자마자 낯선 목소리가 나를 반겼다.

"형!"

형이라는 호칭으로 불리는 것만으로도 충분히 낯선데 우리 집 거실 쇼파에 앉아 있다가 현관으로 튀어나온 애는 일면식도 없어서 더더욱 놀랐다. 아이는 이웃 중학교 교복을 입고 있었고 한눈에 보기에도 단정하지 않은 차림이었다. 큰 키와 덩치 때문에 교복이 유난히 작아 보여서 더 그렇게 느껴졌을지도 모르겠다. 분명 처음 보는 아이였건만 나를 보자마자 한쪽 눈부터 찡끗거렸다. 뭔가 비밀을 나누자는 행동이어서 난 선뜻 입을 못 열고 눈만 껌뻑거리는데 엄마가 말했다.

"폰을 두고 온 놈이 가서 찾아야지. 직접 가져오게 하는 건 무슨 매너니?"

아닌 게 아니라 거실 테이블 위에 내 핸드폰이 놓여 있었다. 난 어정쩡한 자세로 서 있는데 아이는 아주 살가운 표정으로 내 팔을 한 번 묵직하게 누르듯이 잡더니 현관 쪽으로 가며 말했다.

"현민 형, 나 갈게."

그러자 엄마가 아주 호의적인 말투로 말했다.

"그래, 기주야. 또 놀러 와라. 3층 산다며?"

쟤가 어떻게 내 폰을 가져온 거지? 그리고 눈은 왜 찡끗한 거지? 궁금한 건 많았지만 뭐라고 물어볼 새도 없이 가 버렸다. 현관문이 닫히자마자 이번에는 현선이가 기다렸다는 듯이 방에서 튀어나왔다.

"걔 갔어?"

"응"

엄마가 주방 쪽으로 가자 현선이가 떫은 표정을 지으며 작은 소리로 물었다.

"오빠, 기주랑 농구하는 사이야?"

"농구?"

"걔랑 어젯밤에 성당 뒤쪽 공원에서 농구했다며? 설마…… 친해?"

"친하긴……."

"김기주, 걔 소문 진짜 안 좋은데……. 왜 하필 우리 동으로 이사를 온 거야?"

현선이는 몸서리치듯 고개를 흔들며 구시렁거리다 방으로 들어가면서 소리쳤다.

"오빠, 걔랑 놀지 마!"

"걱정 마, 내가 중삐리랑 뭐 하러 노냐?"

하지만 난 그날 이후 내 의지와 상관없이 기주와 잘 알고 지내는 사이가 되어야 했다.

방에 들어와 열어 본 내 폰에는 기주가 게임비로 쓴 소액결제의 흔적이 남아 있었다. 결코 작은 액수가 아니라서 헉하고 놀라면서 다시 보니 그 애가 보낸 뜬금없는 문자도 있었다.

형, 우리 사이좋게 지내자.

참! 담배꽁초는 내가 잘 치웠어. 나 착하지?

담배꽁초? 그렇다면 그날 어둠 속에서 연애 중이라던 사람이 바로 저 아이였던 걸까? 아마도 내가 그곳에서 허겁지겁 나오느라 떨어뜨린 핸드폰을 주웠나 본데, 아무리 그래도 그렇지 남의 폰으로 무려 오만 원이라는 거액을 결제한 그 아이가 괘씸했다. 그러고도 조금도 미안한 기색이 없이 떳떳하게 우리 집에 폰을 갖고 와서 내게 눈까지 찡끗거리고 사이좋게 지내자는 둥 설레발을 쳤다고 생각하니 더더욱 화가 났다.

'감히 중딩 주제에?'

이런 생각이 들어 바로 문자를 날렸다.

야! 너 뭐임? 소액결제비 내놔.

답이 없었다. 분한 마음에 여러 번 전화도 했지만 받지 않았다. 바로 옆 중학교에 다니는 놈이니 내일이라도 잡아서 반드시 돈을 받고 그날 밤의 무례함에 대해서도 따끔하게 훈계를 해야겠다고 생각했다. 하지만 다음 날 더 큰일이 나를 기다리고 있었다.

학교에 가니 오전 나절부터 분위기가 뒤숭숭했다. 교문 앞에 경찰차가 있었고 임시 학부모 회의라도 소집됐는지 교문 입구부터 엄마들이 삼삼오오 모여 있는 것도 보였다. 교실도 예외는 아니어서 아이들은 여기저기 모여서 수군대기 바빴다.

"성추행? 어디서?"

"8단지 빌라 공사장에서 그랬대."

"언제?"

"엊그제, 밤 열 시 다 돼서라던데?"

"분명 우리 학교 애라고 그랬대. 어둡고 무서워서 얼굴은 잘 못 봤는데, 후드티에 달린 모자랑 마스크까지 썼다니, 보였겠어? 근데 안에 입은 교복 깃이 얼핏 보였는데 끝이 파란 게 분명 우리 학교 교복이라고."

"대~박! 그래서 경찰들이 잡으러 온 거야? 누구래?"

"아직 모르지. 얼굴도 못 봤다는데 잡힐까?"

"그래도, 모든 범죄엔 증거가 남는 거야. CCTV에 찍혔거나, 담배꽁초랄지……."

"근데 밖에 엄마들은 뭐야?"

"이번이 처음은 아니래. 그동안 쉬쉬하고 있었던 피해자가 또 나타나는 바람에 일이 커져서 엄마들이 모인 거지. 근데 걔도 우리 학교 애라는데? 암튼 상습범일 거라며."

아이들은 말꼬리를 이어 가며 끝없이 추리했지만 난 어느 대목부터 아이들의 말소리가 하나도 들리지 않았다.

'엊그제, 밤 열 시, 8단지, 빌라 공사장.'

객관적인 정황만 들어도 나와 무관하지 않은 사실이다. 어쩌면 내가 그날 목격한 바로 '그 일'일지도 모른다고 생각하니 마음이 한없이 무거워졌다. 왜냐하면 난 단순한 목격자가 아니었으니까. 그날 난 분명 "갈게요. 보내 주세요" 하는 소리를 들었다. 그럼에도 그 자리를 그냥 피했다. 막을 수도 있었던 일을 내가 방관했기 때문에 이렇게 되었다고 생각하니 죄책감으로 떨려오기 시작했다.

'난 그날 그 소리는 못 들었고 단지 연애 중이라고 해서 자리를 피해 준 것뿐'이라고 내 기억을 깔끔하게 재편집해 보지만 자신을 속이는 일은 쉽지 않았다. 떳떳치 못한 기억 때문에 떨림은 몸 전체를 휘지르고 다녔다.

난 두 가지 길 앞에 놓여 있었다. 있었던 사실을 다 밝히느냐, 아니면 그냥 모른 척하고 있느냐. 둘 다 어려운 일이다. 물론 후자는 가만히 있기만 하면 되므로 편하겠지만 피해자를 생각하면 양심에 가책이 느껴져 견딜 수 없을 것 같았다. 난 이미 한 번 방관자가 되었는데 똑같은 일을 두 번 할 수는 없었다. 게다가 상습범이라고 하니 더더욱 묻어 둘 수 없다는 판단이 섰다. 그래서 용기 내어 사실을 밝히기로 마음을 먹었다.

그런데 막상 어디까지 말해야 하는 건지 그게 애매하고 막막했다. 그냥 내가 겪은 사실만 말하고 말아야 하는 건지, 아니면 기주란 아이를 이야기해야 하는 건지 그걸 결정하기 힘들었다. 사실 기주가 내 핸드폰을 주워 왔고 담배꽁초 이야기를 했다고 해서 어둠 속 바로 그 애라는 증거는 없다. 또 내가 핸드폰을 빌라 공사장에 떨어뜨렸는지조차 확실치 않았다. 모든 건 그냥 나 혼자 추측한 것일 뿐인데 괜한 말로 오해를 사게 될 수도 있을 것 같아서 기주에게 먼저 물어보기로 했다. 묻는 김에 소액결제비도 받아야지 생각하면서.

집으로 들어가기 전에 통화 버튼을 누르려는데 놀랍게도 바로 그 순간 그 애에게서 전화가 왔다. 우연의 일치라기에는 너무나 타이밍이 절묘해서 혹시 어디선가 그 애가 나를 지켜보고 있는 건 아닐까 싶어 두리번거리기까지 했다. 전화를 받자마자 그 애는 훅 치고 들어오는 주먹처럼 느닷없이 내게 물었다.

"혹시 형이야?"

"뭐가?"

"오늘 학교에서 들었는데…… 엊그제 거기 빌라 공사장에서…… 그거 형이냐고?"

"뭐라는 거야? 그게 나냐니?"

"무슨 소린지 몰라? 형이 했냐고 묻잖아!"

"야! 내가, 내가 뭘 했다는 거야?"

난 너무 놀라서 목소리 톤도 높아지고 더듬기까지 하는데 반해 그 애의 목소리는 더없이 낮고 단정했다.

"난 지금 경찰이 찾는 애가 형이냐고 묻고 있는 거야."

"야! 미쳤냐! 나 아냐! 난 네가 담배꽁초 이야길 하기에 너인 줄 알고……."

"됐고! 형이 아니라고? 그럼 됐어. 아님 된 거지 뭐! 끊어. 형, 안녕!"

한 대 대차게 맞고 바닥에 널브러진 기분이 들었다. 난 "이건 선빵이다" 하며 조용히 읊조렸다. 그 애가 내 말을 '됐고!'로 간단하게 잘라 버릴 때, 그날 밤 어둠 속에서 들린 그 목소리가 선명하게 떠올랐기 때문이다. 때때로 어떤 종류의 기억은 방부제가 담긴 병에 넣어 둔 것처럼 생생하게 재현되곤 하니까. 그리고 또 마지막에 '형, 안녕!'이라고 살갑게 외친 목소리 역시 공포스러운 여운으로 석연찮게 남았다. 다시 전화해서 조목조목 따져 묻고 싶은 의욕을 완전히 묻어 버릴 만큼 묵직한 공포심이었다. 그 아이의 '안녕!'은 단순한 상냥함이 아니었다. 나를 조롱하는 듯한 어투로 마치 병아리들 머리 위를 우아하게 선회하는 독수리가 내뱉는 인사 같다고나 할까. 넋이 나간 채로 벤치에 한참을 앉아 있다가 간신히 정신 차리고 그 애에게 톡을 넣었다. 엉겁결에 한 대 맞았지만 적어도 나를 때린 실체는 제대로 알아야겠다는 생각이 들어서다.

내 핸폰 어디서 주웠어?

바로 답이 왔다.

형이 농구장에 두고 갔잖아.

농구장이라니? 일어나지도 않았던 사실을 사실처럼 내게 이야기한다는 것은 나와 같이 공범이 되자는 제안을 하는 것이리라. 이제 그 애에게 더 캐물어 봐야 아무 소용이 없다는 사실을 깨달았다. 그리고 여학생에게 나쁜 짓을 한 애가 김기주인 게 분명하다는 확신도 들었다. 중학교 교복 셔츠 깃도 우리 것과 똑같이 파랗다. 다만 기주가 덩치가 크니까 아마 고등학생으로 오해했으리라.

덫에 걸린 기분이었다. 그제서야 내게 보낸 문자들의 내용이 이해되기 시작했다. 그때는 단지 엉뚱한 캐릭터라서 뜬금없이 친하게 지내자는 둥, 담배꽁초를 치웠다는 둥, 하며 문자를 보낸 거라고 생각했다. 그런데 지금 생각해 보니 그건 내 목에 목줄을 건 것과 같은 행동이었다. 심지어 내 핸드폰으로 소액결제를 한 것도 다 의도를 갖고 한 행동일지도 모른다. 이를테면 주먹을 불끈 쥐고 '난 이런 놈이야' 하며 내게 보여 주고 싶었던 게 아닐까. 현선이가 '진짜 소문 안 좋은 앤데'라고 했던 말도 생각났다.

그 일이 있고 나서 등교하는 것 자체가 큰 고통이었다. 누군가 교실 문을 과도하게 벌컥 열기만 해도, 복도를 지나갈 때 누가 내 어깨에 손만 얹어도 가슴이 철렁하며 비명이라도 지를 지경이었다. 난 범인이 아닌데도 범인으로 몰릴지 모른다는 두려움에 떨어야 했다. 내가 아는 범인이 자신이 범인이 아니라는 알리바이를 만들었다는 건 누군가 선량한 사람이 범인으로 몰릴 가능성이 있는 것이므로. 그 희생자가 내가 될 수 있을 것만 같았다. 왜냐, 그날 난 그 자리에 있었으니까. 게다가 기주는 나에게 일부러 "혹시 형이야?"라고 묻기까지 한 데다 또 담배꽁초를 잘 치웠다며 내게 보낸 문자 역시 나를 협박하는 장치였을지도 모른다는 생각도 한몫을 했다.

그렇게 일주일이 훌쩍 넘도록, 범인이 잡혔다는 소식은 들려오지 않았고 그동안 난 줄곧 고통의 롤러코스터를 타야 했다. 범인이 잡히지 않아서 괴롭다가 또 범인이 잡힐까 봐 두렵기도 한 이율배반적인 두 가지 고통 사이를 오르내려야 했다. 아마 후자 쪽이 더 비중이 컸으리라. 진짜 범인이 잡히면 나 역시 안전하지 않으리라는 두려움이 있었다. 놈은 어떻게든 나를 물고 들어가리라, 상대는 능수능란한 거짓말쟁이니까.

그래서일까? 어느 날 증거 불충분으로 그 사건은 그냥 묻히게 되었다는 이야기를 우연히 듣고 나서는 아이러니하게도 내 마음에 평화가 깃들기 시작했다. 나쁜 놈은 잡혀야 한다는 사명감 따위는 흔적도 없이 사라지고 대신 다른 생각들이 발 빠르게 들어찼다. 어쩌면 내가 목격한 '그 일'은 경찰이 찾는다던 그 사건이 아닐 수도 있고, 김기주 역시 우연의 일치로 근처에서 내 핸드폰을 주워다 줬을 뿐, 그 사건과는 아무 상관 없을지도 모른다는 생각을 했다. 어차피 내가 알고 있는 것도 다 심증에 불과하니까. 그렇게 생각하는 게 제일 만족스러웠다.

그 사건을 기억 속에서 서둘러 지웠다. 세상은 평화로 가득 찼다. 설사 평화로만 가득 차진 않았다 해도 적어도 내 숨통을 조이는 일이 나와 관련된 것은 아니길 바랐다. 위험하거나 악의에 차 있는 일은 하나도 없고 단지 필요하고 유용한 것만 있는 안전한 세상이 이제 시작되었다고 믿었다. 그랬는데…….

어느 날 밤, 엄마 심부름으로 분리수거장에서 쓰레기를 버리고 있는데 누군가 갑자기 뒤에서 나를 껴안았다. 내 등에 얼굴을 팍 묻어서 도저히 누군지 가늠이 안 되는 상황인 데다 어찌나 악력이 세던지 팔꿈치를 뒤로 밀어 본능적으로 방어 자세를 취하며 소리쳤다.

"누구야! 이거 놔, 놓으라고!"

내가 몸을 털어 낼수록 상대는 더 힘을 주었다. 난 하는 수 없이 손에 쥐고 있던 생수통을 뒤로 날렸다. 뚜껑이 없어서 아마 그 안에 남은 물이 흩뿌려졌으리라.

"아, 뭐야! 물 묻었잖아! 장난도 못 받냐?"

짜증 섞인 목소리의 주인공은 기주였다. 한 손에 줄넘기를 들고 있는 품새로 보아 밤 운동을 나온 거 같았다. 나로서는 전혀 반갑지 않은 만남이라 아무 말 없이 바라보고만 있자니 기주가 말했다.

"형! 뭘 그렇게 쫄아?"

"야! 놀랐잖아!"

"죄진 거 있어? 뭘 그렇게 놀라?"

그러더니 놈은 줄넘기로 한발넘기를 하면서 저쪽으로 갔다. 더 이상 놈과 말을 안 섞어도 된다는 걸 다행으로 여기며 마저 분리수거를 하려는데 내 뒤에 대고 놈이 읊조리는 소리가 정확하게 귀에 와 닿았다.

"뭐…… 죄가 있다 한들 형은 그 시간에 나랑 농구했는데 뭐가 걱정이야?"

우, 씨! 달려가서 놈의 멱살이라도 잡고 따져야 했다. '우리가 언제 농구를 했냐?' '대체 너 왜 나를 끌고 들어가는 거야? 내가 왜 너랑 같은 편이야?' '네가 진범이지?' 그러면서 면상에 주먹을 한 대 날리면 더 좋았을 것이다. 하지만 머릿속에서는 시나리오만 풍성할 뿐, 정작 몸은 움직이지 않았다. 탁탁탁탁. 멀지 않은 곳에서 땅바닥을 치는 놈의 줄넘기 소리가 규칙적으로 들려오건만 한 발도 뗄 수 없었다. 아니, 솔직히 말하자면 발을 뗄 용기가 없는 게 아니라 그럴 의지 자체가 없었다. 다만 기억 속에서 깨끗이 지운 그 사건을 새삼스레 되짚는 놈이 미울 뿐이었다. 못 들은 척하기 위해, 아니 더 이상 아무 말도 말아 달라고 부탁하는 차원에서 분리수거 바구니를 바닥에 대고 털기 시작했다. 난 분리수거도 열심히 하는 착한 모범생일 뿐이야. 그러니 더 이상 나를 건드리지 말아 줘. 제발! 더 이상 쓸데없는 일에 시간을 쏟고 싶지 않았다. 해야 할 공부도 많았으니까.

하지만 안타깝게도 놈과의 관계는 끝나지 않았다. 물론 그 사건을 다시 거론한 적은 없었지만 대신 놈은 내게 소소한 굴욕을 맛보게 했다. 한번은 학교 앞 분식점에서 마주친 적이 있었는데 그때에도 놈은 상냥하기 이를 데 없는 목소리로 내게 인사하고는, 계산을 미루고 가 버렸다. 학교 앞 버스 정류장에서 마주쳤을 때는 내 옆에 우리 반 애들이 잔뜩 있었음에도 장난기 섞인 반가움의 포옹을 하는 척하면서 내 바지 주머니에서 천 원짜리를 꺼내 갔다. 그때마다 놈은 습관적으로 "우린 같은 편이잖아" 하면서 내가 자신의 영역 안에 있음을 강조했다. 마치 개들이 자신의 영역 표시를 하기 위해 소변을 갈겨 대는 것처럼 말이다.

물론 나라고 그냥 당하고만 있었던 건 아니다. 두 번 정도 놈에게 '삥'을 뜯긴 뒤, 가만히 있으면 이 일은 절대 끝나지 않으리라는 판단이 들었다. 목에 줄이 걸린 채로 마냥 끌려 다니는 무기력한 존재가 될 수도 있겠다는 생각에 용기를 냈다. 그래서 하루는 등굣길에 아파트 경비실 앞에서 놈을 기다렸다. 밤새 잠을 설치면서 분노로 마음을 채운 뒤라 분기탱천해서 어렵지 않게 놈에게 말할 수 있었다. 엘리베이터에서 내린 놈을 대뜸 부여잡고 벽에 붙인 뒤 얼굴 가까이에 대고 말했다.

"그만해라! 더는 안 참는다."

내 말에 놈은 대번에 양팔을 올리더니 말했다.

"아, 알았어 형. 항복이야! 항복이라고."

아무런 저항 없이 뱉어 낸 항복이라는 말 때문에 나 역시 쉽게 멱살을 풀어야 했다. 대체 뭘 항복한다는 거지? 영혼 없이 튀어나온 말인 것 같아 놈을 더 조이고 싶었지만 뒤이어 주차장 쪽에서 불러 대는 아빠 때문에 상황은 그걸로 끝내야 했다. 그날도 어영부영 놈과 같이 아빠 차를 탔는데 놈이 내리기 직전에 가방을 뒤적거리더니 내게 만 원짜리 문화상품권을 주면서 말했다.

"형, 이걸로 세임(same). 됐지?"

"뭐가?"

"우리 공평해진 거야."

놈의 계산법이 무엇을 근거로 한 건지는 모르겠지만, 더 이상 말도 섞고 싶지 않았다. 더 이상 놈과 엮이는 일이 없는 원상태로 돌아간다는 그런 의미의 공평함, 즉 이게 끝이기를 간절히 바라는 마음이 들었다. 그래서 말했다.

"끝!"

여기까지가 몇 주 전의 일이다.

하지만 과연 끝이 난 걸까? 그 뒤로 놈과 마주치는 일조차 거의 없었지만 난 여전히 꿈속에서 놈을 본다. 여전히 반수면 상태로 잠을 설치고 있고 오늘처럼 이렇게 놈과 만나게 되면 놈이 쳐 놓은 그물에 갇힌 나를 느낀다. 놈이 내게 말한 '항복'과 '세임'은 아무 의미 없는 '눈 가리고 아웅'일 뿐이라는 걸 놈도 나도 다 안다. 사실은 여전히 놈과 내가 그 사건 안에서 같은 편으로 묶여 있기에 그걸 풀어내지 않으면 나의 불안한 꿈은 계속될 것이란 걸 어렴풋이 알 것 같다. 하지만 단지 알고만 있을 뿐, 복잡한 시계 속 같은 그 사건을 되짚어 낼 자신이 없었다. 시간이 약이라니 서서히 기억 속에서 시간이란 약으로 그 사건을 희석시키는 일밖에 없으리라. 그렇게 막연히 생각하던 중 그 일을 떨쳐 낼 이상한 계기가 생겼다.

어느 날, 밤 열한 시가 넘은 시간에 귀가해서 인강을 듣고 있는데 현관문이 여러 번 덜컹거리는 게 느껴졌다. 누군가가 들락거릴 만한 시간이 아니라 이상하게 여겨 나가 보니 현관 앞에서 현선이와 엄마가 실랑이를 하고 있었다. 밖으로 나가려는 현선이를 엄마가 말리고 있었는데 방 안에 있는 아빠를 의식했는지 목소리는 거의 안 내고 얼굴 표정만 심하게 구겨 대는 두 사람의 모습이 우스꽝스러울 정도였다.

"너 나가기만 해!"

"왜?"

현선이는 평상시에 말썽을 피우는 캐릭터가 아니어서 궁금해졌다.

"뭔 일인데?"

"아냐. 기집애가 괜히 쓸데없이…… 현민이 넌 들어가서 공부해."

엄마는 막무가내로 나를 방 안으로 밀었다. 하지만 엄마까지 '쓸데없이'라는 표현을 쓰는 게 오늘따라 심하게 거슬려서 오기가 생겼다. 난 작정을 하고 물었다.

"강현선, 왜 그래?"

그러자 현선이가 입을 삐죽거리며 말한다.

"됐어, 오빠는 알아 봤자야."

"알아 봤자라니?"

"뭐…… 남의 일에 관심도 없고…… 오빠 원래 이기적인 스타일이잖아."

현선이의 말이 이상하게 아프게 와 닿았다. 사실 이기적이라는 말을 처음 들은 것도 아니건만 이기적이라는 말이 오늘처럼 뾰족한 가시가 되어 마음에 와서 콱 박히기는 처음이었다. 게다가 원래라니? 더 이상 발전 가능성조차 없다는 소리로 들려서 얼굴이 화끈거릴 만큼 민망해졌다. 난 변명하듯이 부드럽게 물었다.

"암튼, 뭔데?"

현선이는 집으로 오는 길에 맨홀에 빠진 새끼 고양이를 발견했다고 한다. 아무도 도와주는 사람이 없기에 집에 와서 엄마한테 말했는데 혼쭐만 났다며 결국 혼자서 플래시랑 장갑 등 필요한 물건을 찾아서 나가려는데 엄마가 못 나가게 한다고 울먹였다. 엄마는 손사래를 치며 말했다.

"길고양이잖아. 어쩜 원래 거기서 사는 걸지도 모르니까. 냅둬!"

"아냐! 걔 계속 울고 있다고. 냅두면 죽을지도 모른댔어."

"알았어. 그럼 경비 아저씨한테 말할게. 너넨 들어가."

"뒷문 경비 아저씨한테 말했는데 아파트 담 밖에서 일어난 일이라 어떻게 못 하신대. 어차피 교대 시간이라 사람도 없다고. 아저씨가 그냥 냅두랬어."

난 방으로 들어가 점퍼를 입고 나왔다. 그러자 현선이가 내 팔을 잡고 물었다.

"오빠가 해 줄 거야?"

"그래, 가자."

좁은 통로 안에서 입구 쪽으로 못 나온다는 고양이를 유인하기 위해 참치캔이랑 긴 막대, 바구니와 무릎 담요도 챙겼다. 그러자 엄마는 참다 못해 소리쳤다.

"얘들이 미쳤어!"

소란했기 때문일까? 안방 문이 벌컥 열리면서 아빠가 고함치기 시작했다.

"잠 좀 자려는데 이 시간에 뭐 하는 짓들이야!"

이미 방 안에서 모든 이야기를 다 듣고 나왔는지, 아빠는 대번에 내 손에 쥔 막대와 바구니를 뺏으며 명령했다.

"들어들 가라."

"금방 다녀올게요."

그러자 아빠는 폭풍 전야 같은 점잖은 목소리로 말했다.

"됐고! 들어가라 했다."

순간 머리가 획 돌아가는 느낌이 들었다. 왜 나가면 안 되는지 이런저런 설명을 해 줬으면 화가 안 났으리라. 아빠는 매번 그랬듯이 내 말 자체를 원천봉쇄를 하는데 참을 수가 없었다. 특히 "됐고!"라고 하는 말에 난 더 자극받았다. 놈이 생각났기 때문이다.

"다녀옵니다."

난 아빠 손에 쥐고 있는 막대와 바구니를 빼앗았다. 내 행동에 현선이와 엄마는 눈이 동그래졌다. 아빠도 당황한 표정이었다.

"세상 길고양이들 너희가 다 책임질 거야? 쓸데없는 짓거리들 말고 들어가라고!"

"쓸데없고 있고 정도는 저도 판단할 줄 압니다. 생명을 살리는 일은 쓸데없는 일이 아닙니다."

난 그 길로 현관문을 박차고 나왔고 현선이도 나를 뒤따라왔다. 신기하게 하나도 겁나지 않았다. 쓸데없는 일이 아니라는 확신이 내 안에 들었기 때문이리라.

"야옹."

맨홀 아래로 난 좁은 통로 끝에 아기 고양이가 있는 게 얼핏 보인다. 플래시로 비추면 겁먹을까 봐 그냥 땅바닥에 누워서 안을 들여다보니 어둠 속에 불빛처럼 고양이의 눈동자가 반짝한다. 순간 어젯밤의 꿈이 떠오른다. 그리고 어둠 속에서 성냥팔이 소녀를 떠올렸던 담뱃불도 기억이 난다. 순간 가슴이 아파 온다. 그 자리에서 두려움에 떨고 있었을 여자아이에게 미안해진다. 난 최선을 다해서 아기 고양이를 구해야겠다고 다짐한다.

"야옹."

두려움 때문에 출구 쪽으로 다가서지 못하는 고양이를 위해 막대 끝에 참치를 올려놓고 먹이로 유인한다.

"야옹아, 두려워하지 마."

마치 내 자신에게 하는 말처럼 들린다. 나의 두려움을 보고 놈은 내게 다가섰을 거다. 난 이제 놈을 더 이상 두려워하지 않고 주먹을 내지를 것이다. 놈은 나를 단련시킬 스파링 파트너다.

마이 페이스(My Pace)

학원 화장실에서 수상한 행동을 하는 애를 발견했다. 손을 씻고 있는데 한 여자애가 세면대 옆 창문 아래로 가방을 내던졌다. 한 치의 머뭇거림도 없는, 자신감이 꽉 찬 인상 깊은 손놀림이었다.

"너 뭐 해?"

다짜고짜 묻는 나를 아이는 빤히 쳐다보기만 했다. 아이는 영글어 곧 떨어지기 직전의 열매 같은 눈빛을 가졌다. 야무진 단호함이 나를 약간 주눅 들게 했지만, 궁금해서 다시 물었다.

"뭐 하냐니까?"

"나가려고."

"어떻게?"

"어떻게든."

"어떻게인데?"

"목표만 정해지면 방법은 많아."

"나도 가능해?"

"원한다면. 가방 가져와 봐."

그 애는 출결 확인이 끝나고 집으로 문자가 발송되는 1교시가 지나면 그렇게 가방을 던지고 맨몸으로 편의점에 가듯이 나간다고 했다. 그 애의 말소리가 어찌나 자신감 넘치던지 난 홀린 듯이 가방을 던지고 그렇게 그 애를 따라 나왔다.

밖으로 나오자 아이는 건물 뒤로 가 능수능란한 솜씨로 낮은 시멘트 담벼락을 넘어 가방을 주워 왔다. 정해진 절차를 묵묵히 해내는 그 애의 모습은 거룩한 의식을 치르는 것처럼 보였다. 교복을 툭툭 털고 주머니에서 핸드폰을 꺼내 시계를 봤다. 마치 폭탄 제거를 하고 난 뒤에 시간을 보는 게릴라처럼.

"핸드폰을 안 맡긴 거야?"

이 학원은 들어갈 때 핸드폰을 맡기게 되어 있다. 수업 방해를 막는다는 목적도 있지만 아이들에게 핸드폰은 생명줄과도 같은 거라 땡땡이를 막자는 의도도 있었다. 물론 나는 애초에 집에 두고 다니는 걸로 정해 놨기에 예외지만.

"물론 맡겼지. 근데 학원에 맡긴 건 전원이 안 켜지는 거야. 보통 그거까지 일일이 확인은 안 하걸랑."

"대단한 아이디어네."

엉겁결에 따라 나오긴 했지만 막상 갈 데가 없어 버스 정류장 쪽으로 가는 그 애를 뒤따라갔다. 그 애는 바쁜 듯이 총총걸음을 걸었다. 그 애의 뒷모습에 이상하게 호감이 갔다. 예전에는 옆 학교의 교복이 정말 후지다고 생각했는데, 그 애가 입은 교복의 뒤태는 흠잡을 데 없이 날렵해 보였다. '저런 옷이었어?' 익숙한 것이 새롭게 보이다니 신기한 일이었다. 거기에다가 허리를 세우고 절도 있게 걷는 폼이 어찌나 자신감 넘쳐 보이던지 전혀 땡땡이치는 애 같지 않았다.

"당당한 땡땡이네."

"어?"

"너 말야. 무지 당당해 보여."

"내 의지대로 움직이는데 당당하지 못할 게 뭐람?"

"피! 몰래 나와 놓고, 그게 당당한 일이야?"

"웃겨! 당당하고 안 하고는 내 쪽에서 정하는 거라고!"

어라? 잠깐 멍했다. 당당하고 안 하고는 자신이 정하는 거라고? 그걸 우리가 정할 수 있는 거라고 생각해 본 적이 없었던 것 같다. 멍한 표정으로 서 있는 내게 부연 설명을 했다.

"어차피 내 인생에서 벌어진 내 일이니까 내 맘대로 정하는 거지."

신선한 자극에 머리 한쪽 끝이 잠시 찌릿했다. 감질나는 느낌이었다. 그 느낌을 되찾아 보려고 애썼지만 이미 전원이 끊긴 것 같았다.

버스가 금세 오지 않자 그 애는 발을 동동거리며 자꾸 핸드폰 시계를 본다. 나 역시 마치 버스를 기다리는 학생인 양 정류장 의자에 걸터앉아 다리를 떤다. 저 애가 버스를 타는 걸 보고 나도 움직여야지, 하면서. 기다리던 버스가 왔는지 그 애가 후다닥 특유의 잰걸음으로 달려 나간다. 한데 버스는 저 아래에서 사람 둘을 툭 뱉어 놓고는 바로 떠나 버린다. 학원가 입구 정류장에는 늘 엄마들의 자가용이 진을 치고 있기 때문에 그 애가 타려는 버스가 저 아래서 섰다가 그냥 내뺀 거다. 아이는 화가 나 어쩔 줄 모르겠는지 뒤도 안 보고 가는 큰 버스를 향해 주먹을 흔들고 발로 차는 시늉도 한다. 그러고도 분이 안 풀린 건지 버스 정류장에 진을 치고 있는 은색 외제 차창에 달라붙어 뭐라고 마구 소리친다. 차창 속으로 들어가기라도 할 기세다. 운전자가 꼼짝을 않으니 이번에는 창문을 거침없이 두드린다. 그러자 마술처럼 외제 차가 서서히 움직이기 시작한다.

난 저 애의 생경한 분노가 너무너무 부러웠다. 갑자기 오랜만에 가슴이 쿵쾅거리기 시작한다. 마치 새로 갓 태어난 건강한 심장처럼 쿵쾅거린다. 아까 그 찌릿한 느낌에 뒤이어 이런 쿵쾅거림은 요사이 처음이다. 아이는 내 옆에 와 풀썩 주저앉는다.

"아, 씨발! 저거 한 번 가면 한 15분은 있어야 오는데."

"급해?"

"너 바보냐?"

"그럼 택시 타."

"역시 바보군. 택시비가 어딨다고?"

"나랑 같이 타자."

난 택시를 잡았다. 내 주머니에는 지난주 치 용돈도 고스란히 남아 있었고 세라 언니가 준 체크카드도 있었다. 택시 타고 지구 한 바퀴를 돌아도 될 금액이 들어 있다. 물론 뻥이다. 적어도 내게는 그만큼 큰 금액이라는 소리다. 왜 그랬는지 모르지만 그냥 택시를 태워 주고 싶었다. 처음 만났지만 같이 있고 싶다는 생각이 거침없이 솟구쳤다. 감질나는 아까의 그 느낌을 다시 맛보고 싶어서였을까? 택시에 타자마자 난 오래 사귄 친구에게 묻듯이 말했다.

"어디야? 말해!"

"주공 8단지요. 넌 어디로 가는데?"

"난 어차피 갈 데 없어. 너 가는 데까지 갈게."

"우리 집까지?"

"뭐야! 땡땡이치고 집에 간다고?"

"응."

"겨우, 집에나 가려고……."

"이봐, 어떤 경우든 겨우는 아냐."

그 애는 허리를 곧추세우고 나를 빤히 쳐다보더니 중대발표라도 하듯이 또박또박 말했다. '겨우'라는 단어에 이렇게 정색을 하다니? 순간 '얘, 싸이코 아냐?' 하는 생각이 들었다.

"뭔 소리래?"

그냥 혼자 한 말이건만 또 굳이 설명한다.

"음…… 난 내가 하는 일을 적어도 '겨우'로 만들지는 않는단 소리야."

뭐지? 혹시 '겨우'라는 말에 다른 뜻이 있는 건가? 헷갈리기 시작했다. 검색이라도 해 보고 싶을 지경이었지만 쪽팔리는 일이라 그냥 되물었다.

"겨우가 뭔데?"

"뭐긴. 고작, 간신히, 그딴 의미지. 암튼 나한테 겨우는 없어."

난 속으로 '그래, 너 잘났어' 하고 외치고는 입을 삐죽였다. 왜냐하면 내겐 '겨우'가 너무 많으니까. 난 공부도 피아노도 운동도 노래도 그림도…… 겨우 한다. 엄마 표현대로라면 '하는 흉내만 내는 수준'이다. 뭐 하나 도드라지게 잘하는 게 없어서 아빠도 당황스러울 정도란다. 그나마 공부를 조금 잘했는데 고등학교에 온 뒤로는 그마저도 신통치가 않다.

"겨우 이 성적 보자고 돈 처들인 줄 알아? 그동안 나간 게 얼만데? 이건 새는 바가지도 아니고 뭐야?"

아빠가 내 성적표를 보고 한 말이다. 그러므로 여기서 새는 바가지는 바로 나를 지칭하는 표현이다. 새는 바가지라는 건 결국 깨진 그릇이라 생각하니 대번에 눈물이 왈칵 쏟아졌다. 그러자 아빠는 나를 위로한답시고 말했다.

"야, 너도 열나 공부했는데 성적 안 나오면 화나지? 마찬가지로 자판기에 돈 넣었는데 아무것도 안 뱉어 내면 열받잖아? 그런 거랑 비슷한 거야."

얼핏 들으면 아빠 말이 맞는 것도 같다. 결과물이 없으면 화가 날 테니까. 하지만 그래도 나를 자판기에 비교하는 건 너무하다. 엄마도 처음에는 나를 위로하더니만 결국 아빠 편을 들었다.

"비교하는 건 나쁜 일이지만 세라 언니를 생각하면 아빠가 그런 얘기 할 만도 하지 뭐. 걔는 실용음악학원 딸랑 8개월 보내 줬는데……."

하긴 투자로 치면 유명 가수가 된 세라 언니는 지금 톡톡히 효과를 보는 셈이니까. 투자 대비 성능이 완전 짱이다. 한마디로 언니가 가성비 대박인 것에 비하면 어느 분야에서도 재능을 보이지 못하는 나는 실패작인 셈이다. 심지어 거울 앞에 서면 못생김을 간신히 면한 평범한 얼굴을 한 여자애가 있다. 눈꼬리가 약간 처진 눈에 납작 코는 아니지만 콧망울이 동그래서 지적으로 보이지 않는 밋밋한 코, 그리고 안으로 말려 들어간 듯한 얇은 입술. 세라 언니는 내 입술을 보며 너무 빈티 난다고 나중에 손 좀 봐야겠다고 했다. 키도 이번 신체검사 때 160센티미터를 넘어서 집에 와서 자랑하니까 "겨우 턱걸이는 했네"라고 엄마가 말했다. 난 겨우가 이렇게나 많은데 저 애는 어떤 경우든 겨우는 없단다. 사실이든 아니든, 설사 거짓말이라고 해도 저렇게 분명하게 없다고 말할 수 있다는 것만으로도 부럽긴 하다. 그래도 말이 곱게 나가진 않았다.

"암튼 너도 개뻔뻔이구나. 수업도 빼먹는 주제에……."

"까짓 공부가 뭐가 중요하다고?"

"뭐? 공부가 까짓이라고?"

"놀라긴? 내게 중요한 일이 더 중요하단 소리야. 마이 페이스! 그러니까 겨우는 없다고. 알아?"

다시 생각해 보면 재가 말하는 '까짓'의 뉘앙스로 보아 공부를 잘한다는 의미는 아닌 것 같다. 그럼 그렇지. 약간 위안이 된다.

택시가 우리 둘을 내려 준 곳은 아파트 단지가 군락을 이루고 있었다. 제일 안쪽 동의 입구로 그 애가 들어가기에 아무 생각 없이 뒤따라갔다. 아이는 오지 말라 소리는 안 했다. 게다가 내가 탈 때까지 엘리베이터 문도 잡고 있었으니 내가 따라가는 데 아무 이의가 없는 게 분명했다.

15층에서 내려 복도를 걷는데 시원한 바람이 내 머리를 훽 감았다. 머릿속까지 휘휘 저어 거풍해 주는 듯한 힘찬 바람이었다. 높은 층이라 그런가 싶었는데 뒤돌아보니 역시 뒤쪽에 산이 있었다. 조잡한 골목길을 돌다 나온 게 아니고 능선을 타고 나온 청명한 바람이라 그런가 보다. 기골이 장대한 산이 아니라 해도 산은 산이니까. 아무튼 인상 깊은 바람이다.

복도의 제일 막다른 집, 아이는 현관 버튼을 잽싸게 누르고는 문을 열고 들어선다. 문을 여니 집 안은 좁고 어두운 굴속 같다. 현관에 센서 등 정도는 있을 법도 한데 고장 난 건지, 없는 건지 손을 들어 허공을 휘저어 봐도 여전히 어둠뿐이다.

정체불명의 시큼한 냄새가 코를 찌른다. 어둠의 냄새일까? 순간, 괜히 들어왔다는 후회가 머릿속을 가로지른다. 평상시에 낯을 많이 가리는 내가 어쩌다가 이곳까지 모르는 애를 따라 들어올 수 있었던 건지, 지금은 그 사실이 제일 신기하다. 하지만 그렇다고 돌아서서 나가기도 애매한 시점이다. 그때, 그 애가 비명 지르듯 경쾌하게 외친다.

"왔어!"

그러자 어디선가 거의 똑같은 목소리가 들려왔다. 마치 메아리 같이.

"왔어?"

'왔어!'와 '왔어?'가 어찌나 맑고 밝은 톤이던지 굴속 같은 어둠도 퀴퀴한 내음도 순식간에 사라져 버리고 그곳은 갑자기 오월의 햇살 아래 펼쳐진 공터 같은 느낌이 났다. 심리적 착시랄까? 사람의 목소리가 이렇게 주위를 환하게 할 수 있는 건지 난 처음 알았다. 신기했다. 그 애는 들어서자마자 주방 쪽으로 가서 냉장고를 열더니 물병을 꺼내 한 컵을 벌컥 들이켜더니 나보고 마시라는 시늉을 했다. 그리고 플라스틱 통 뚜껑을 열어 주면서 그 안에 부침개 같은 것도 먹으라고 줬다. 자기도 한 개 집어 입 안에 넣고 오물거리면서. 난 원래 입이 짧은 편이라 처음 보는 음식은 거의 손도 안 대는데 그 애의 거침없는 행동 때문에 덩달아 내 습관을 배반하고 냉큼 입에 넣었다. 버섯과 맛살이 씹히면서 고소한 맛이 났다.

"맛있지? 내가 만든 거야."

그러고는 나와 경쟁하듯 얼른 두 개를 연거푸 손으로 집어 입에 넣는다. 나도 그 애를 따라 한다. 먹으면서도 '내가 왜 이러는 거지? 혹시 따라쟁이 마법에라도 걸린 걸까?' 이런 황당한 생각을 한다. 그 애는 거울 앞에서 팔목에 감고 있던 까만 고무줄을 빼서 머리를 후다닥 묶는다. 무심하게 고무줄을 두 바퀴 돌려 묶고 난 뒤 묶인 부위를 살짝 흔들어 준 다음, 양옆의 머리카락을 자연스럽게 몇 가닥 뺀다. 숙련된 조교의 시범 같은 그 애의 행동에 아마 내게 고무줄이 있었으면 나 역시 그대로 따라 묶었을 거다. 뭐든지 따라 하고 싶게 만드는 그 애의 행동에 난 당황한다. 이게 뭔 조홧속이람? 어정쩡하게 서 있는 내 등을 톡톡 치며 그 애가 말한다.

"늦겠다. 얼른 뒤집고 가자."

"뭘?"

그 애는 거울 속으로 나를 보고 방긋 환하게 웃더니만 묻는다.

"그런 게 있어. 도와줄래?"

"그래."

얼떨결에 대답을 하고 그 애를 따라 방 안으로 들어섰다. 방문을 열자마자 훅 퍼지는 독한 방향제 냄새를 맡는 동시에 내 눈에 들어온 기이한 장면 때문에 나도 모르게 "어머" 하고 외쳤다. 놀랍게도 그곳에는 그 애와 똑같이 생긴 애가 누워 있었다. 물론 보통의 경우라면 다소 경이로운 눈빛 내지는 호기심으로 "어머, 너 쌍둥이구나?" 하고 가볍게 묻겠지만, 그 말을 꺼낼 수조차 없었던 건 방바닥에 깔린 낮은 매트리스 위에 누워 있는 또 다른 애가 한눈에 봐도 예사로워 보이지 않았기 때문이다. 그 애는 아무런 설명도 없이 대번에 내게 말했다.

"니가 아래쪽을 잡아 줄래?"

"아래? 어디?"

내가 당황해 머뭇거리자 그 애는 나를 보고 또 환한 미소를 지어 보인다.

"아니다, 넌 처음이라 쉽지 않겠다. 나 혼자 할게."

그러고는 무릎을 꿇고 앉아 노련하게 뒤집기를 시도한다. "하나 둘 셋!" 하고 구령까지 넣어 가며 누워 있는 또 다른 애를 뒤집어 눕히고는 "짠!" 하며 손가락으로 브이 자를 지어 보인다. 공중돌기 후 착지에 성공한 체조선수처럼 의기양양한 표정까지 지어 보이면서 말이다. 그러자 이번에는 뒤집힘을 당한 아이, 조금 전 '왔니?'라며 청량하게 반기던 목소리의 주인공이 엎드린 채로 외친다.

"성공!"

얼굴은 분명 그 애와 똑같은데 뒤집기 위해 이불을 들췄을 때 본 그 애의 몸집은 초등학생처럼 작았다. 정말 미안한 생각이지만, 순간 잘못 조립된 로봇 같다는 생각이 들었다. 대중소로 나뉜 각각 사이즈가 다른 상자에서 꺼낸 부속들을 잘못 끼운 것처럼 말이다. 보고 있자니 마음이 괴로웠다. 그래서 억지로 미소를 짓는데 그 역시 쉽지 않았다. 사실 난 뒤집는다기에 젖은 운동화나 이불 아니면 고추나 나물, 뭐 이런 거 정도일 줄 알았는데 상상치 못한 장면에 너무 놀랐다. 하지만 아무것도 물을 수 없었다. 서두를 어떻게 꺼내야 할지……. '얘, 왜 이래?' '어쩌다가 이렇게 된 거야?' '어디 아파?' 등등 이런저런 말을 떠올려 봤지만, 그 어느 것도 입 밖으로 내기에 적절치 않았다. 그렇다고 아무렇지도 않게 '안녕!'

하며 첫인사를 할 수도 없는 일이었다. 어쩌지 못해 내 두 손만 마주 잡고 비비고 있자, 그 애는 인심이라도 쓴다는 듯이 말했다.

"놀랐지?"

고개만 끄덕이는 내게 간단하게 말한다. 자기의 쌍둥이 언니라고. 2년 전 사고로 전신마비가 되었다고 한다.

"난 하정이고 언니는 연정, 별명은 얼라. 자! 이연정 씨 인사하세요."

"안녕! 넌 이름이?"

"아, 난 주희, 강주희."

"반가워!"

"어……."

하정이는 쪼그리고 앉아서 마치 스케치북 위에 그려진 눈코입을 짚어 가며 누워 있는 애를 들여다보며 게임 아이템을 설명하듯이 말했다.

"언니가 움직일 수 있는 건 머릿속 생각과 얼굴에 얹힌 요 눈코입뿐이야."

어찌나 방실거리면서 그 이야기를 하던지 순간 내 목울대에 뭔가가 확 치미는 기분이 들었다. '어떻게 저렇게 말할 수 있는 거지?' 하정이란 애의 무신경한 태도에 대들고 싶어졌다. 그런데 그때 어이없게도 누워 있던 연정이란 애가 거짓말처럼 깔깔대며 웃었다. 은쟁반에 옥구슬이 구르는 소리라고 하던가? 그 정도로 맑고 청아한 웃음소리가 내 앞에서 제멋대로 구르고 있었다. 연정은 말했다.

"그래도 움직일 수 있는 것들이 이렇게 얼굴 위에 한데 모여 있어서 다행이지 뭐야."

"맞아, 지들끼리 한데 모여 있으니 심심치는 않을 거야!"

하정이 맞장구치고 그리고 이번엔 둘이 동시에 깔깔깔깔 웃는다. 보통의 웃음은 대개의 경우 옆에 있는 사람들을 전염시키건만, 난 그 애들의 웃음에 도저히 동참할 수 없었다. 마치 나를 놀리고 있는 기분까지 들 만큼 어이없고 약간의 배신감마저 느껴지는 웃음이었다. 시커먼 굴속 같은 집 안에 눕혀진 채로 뒤집히기만을 바라면서, 눈코입만 꼬물거리고 있었다면서, 어떻게 저렇게 웃어 댈 수 있는 건지. 따지고 싶은 마음이 들 정도였지만 하정이가 내게 거침없이 "이것 좀 잡아 봐" "저것 좀 집어 줄래?" 명령하는 통에 한가하게 긴 생각은 할 수도 없었다.

뒤집는 건 욕창을 막기 위해서라고 했다. 종일 누워 있어야 하기 때문에 이렇게 주기적으로 뒤집어 주지 않으면 살이 썩는다고 했다. 그렇게 몇 번을 이렇게 저렇게 들썩이더니만 나보고 잠시 나가 있으라고 했다. 기저귀를 갈아야 한다며.

"아! 그리고 환기 좀 시키게 현관 문 좀 활짝 열어 놔 줄래?"

밖으로 나와 현관문을 열고 복도에 서 있었다. 그냥 이대로 말없이 도망치고 싶은 충동이 안에서 마구잡이로 솟구쳤다. 마치 누군가의 꼬임에 빠져서 이상한 소굴에라도 온 기분이 들어 하정이란 애한테 화라도 내야 할 것 같지만, 다시 생각해 보면 내가 자발적으로 따라온 거라 할 말도 없었다. 그러고 얼마쯤 있었을까? 안에서 소리가 들렸다.

"이제 들어와도 돼."

그 애가 시키는 대로 다시 들어가 앉았다. 늘 그래 왔던 건지 하정은 누워 있는 아이의 머리카락 속에 다섯 손가락을 넣어 두서너 번 쓱쓱 긁어 주었다. 그다음에 아이의 손에 자기 손가락을 끼고 두 번 정도 앞뒤로 젖히기를 하고 양쪽 어깨와 팔을 마사지하듯 주물러도 줬다. 그러고는 요란한 장식이 달린 동그란 거울을 꺼내 연정의 얼굴을 비췄다. 그러고 보니 놀랍게도 그사이에 연정은 색조 화장까지 곱게 한 상태였다.

"눈 아래 라인이 좀 이상하지 않아?"

그러자 하정은 면봉을 꺼내 눈 아래를 살짝 지워 줬다. 연정은 거울을 다시 보더니 환한 미소를 짓고 한쪽 눈을 찡끗거렸다.

"음, 완벽해. 굿!"

선이 분명한 쌍꺼풀에 오똑한 코, 통통한 입술, 흐르는 물에 담갔다가 방금 꺼내 올린 것처럼 싱그러운 미소까지. 분명 몸을 못 움직이니 그럴 리 만무하건만, 난 엄지손가락을 들어 올리고 애교 섞어 고개를 갸우뚱하는 연정의 모습을 본 것 같은 착각이 들었다. 착각은 그 뒤에도 이어졌다. 하정은 아파트 경비실 앞에서 운동화 코를 바닥에 콕콕 찍어 신으면서 내게 악수를 건넨 뒤 바로 없어졌는데 어찌나 순식간인지 마치 연기가 되어 홀연히 사라진 걸지도 모른다는 생각을 했다. 학원에서부터 지금까지의 모든 게 다 착각이라고 믿어야만 그나마 설명이 될 법한 이상한 현실이라고나 할까.

이하정을 만나고 온 뒤로는 꼬리 같은 게 마음에 달라붙은 것 같았다. 눕거나 걷거나 무슨 짓을 하든 마음 언저리에 하정이의 잔상이 남아 꼬리치며 자극했다. 물론 좋은 기억만은 아니었다. 하정의 쌍둥이 언니 연정을 떠올리면 측은함에 무겁고 부피 큰 돌이 내 마음에 얹어진 것 같아서 괴로웠으니까. 생각하면 힘들어서 연정이에 관한 기억은 잘라 냈다. 대신 씩씩하게 웃던 하정이의 표정, 연정을 뒤집고 나서 브이 자를 해 보일 때의 모습, 내게 악수를 건네고 날렵하게 턴을 할 때의 상큼한 모습들만 떠올렸다.

그 모든 게 호감 때문이었다. 뭐든 '겨우' 해내는 무기력한 나와는 다른 사람에 대한 부러움이랄까? 아니, 그 애만이 갖고 있는 옹골찬 당당함, 그건 모조품이 아니라 진짜배기 같았다. 하정이가 하는 행동은 다 따라 하고 싶을 정도로 멋있어 보였다. 그 애를 만난 뒤로 오른손을 들어 굳이 반대편 왼쪽 귀 뒤로 머리카락을 넘긴다든가, 고무줄로 머리를 묶고 양옆의 머리카락 몇 가닥 빼는 행동을 내내 따라 하고 있었다. 의식적인 '따라 하기'라 약간 창피했다. 다람쥐를 흉내 내는 나무늘보가 된 기분이랄까? 하지만 만약 나무늘보가 다람쥐랑 이웃해 살았다면 가끔씩은 다람쥐 흉내를 내지 않았을까? 는적는적 사는 자기 자신이 너무 지루하고 따분해서 가끔은 아주 가끔은 자기의 본성을 거스르고 다람쥐의 스텝을 밟아 보지 않았으려나? 어차피 호감은 긍정적인 감정이니까 나쁠 거 없잖아? 난 이렇게 합리화했다.

그런데 세라 언니를 만나고 와서는 하정이에 대한 나의 감정이 바뀌기 시작했다. 호감이 적개심으로 바뀌는 데는 그리 시간이 오래 걸리지 않았다. 그만큼 내 감정의 기초가 허약하기 때문이리라. 어제 세라 언니가 지방 공연 중에 다리를 삐끗해 입원했다고 해서 엄마 아빠와 함께 부산까지 병문안을 다녀왔다. 심한 정도는 아니라더니, 아닌 게 아니라 세라 언니는 괜찮아 보였다. 엄마와 나누는 이야기를 얼핏 귀동냥한 바로는 '기획사의 기획'이라고 했다. 이미 여러 번 들어서 이젠 나조차도 낯설지 않은 이야기다. 어찌 보면 아마 세라 언니와 내가 다른 세상에 살고 있다는 생각이 들기 시작한 건 바로 저 '기획' 때문인 것 같다.

언니는 나보다 두 살 위다. 예전엔 같은 방에서 식빵을 나눠 먹고 같이 인형놀이를 하고 웹툰을 함께 보고 옷이나 양말 때문에 치고받고 싸우기도 했던, 그냥 나의 주영 언니였는데 지금은 유명 연예인 세라가 되었다. 물론 우리 엄마 아빠 입장에서 보면 가성비가 뛰어난 효녀 큰딸이다. 언니는 너무 유명해져서 지금은 내 언니로서의 비중은 거의 없다고 봐도 된다. 쉽게 만나지도 못하고 연락도 잘 안 닿고 그나마 만나도 기획이라는 커다란 캡슐 속에 갇혀 있어서 나 따위는 일정 거리 안으로 절대 못 들어간다.

언니가 기획사에 들어가서 가수로서 약간 이름이 알려질 즈음엔 세라가 친언니라고 아이들에게 말할 수도 있었는데, 언제부터인가 기획에 의해서 그조차도 못 한다. 그래서 중학교 때 친구 몇 명을 빼고는 지금 학교 애들은 우리 언니가 세라인지 거의 모른다. 뭐, 솔직히 내 쪽에서도 별로 알리고 싶지 않다. 알아 봤자 너무 안 닮았다는 식의 이야기를 늘어놓거나 언니 뒷담화를 하거나 혹은 사인을 받아 달라는 둥, 귀찮은 일만 생길 게 뻔하다.

사실 난 우리 언니가 세라가 된 게 참 별로다. 주영에서 세라로 이름이 바뀐 것처럼 너무 많은 게 달라졌으니까. 내 눈에 언니는 연예인이란 직업을 가졌다기보다 완전히 다른 사람이 된 것 같다. 직업 때문에 사람이 완전히 바뀌는 예는 흔치 않지만 언니는 정말 다른 사람이 되었다. 다시 말해 '언니+연예인'이 아니라, 그냥 유명 연예인으로 존재 자체가 바뀌었다. 적어도 나에겐 그렇게 느껴진다. 아마도 너무 유명해져서인지도 모르겠다. 이름도 얼굴도 바뀌었고 내 언니로서의 역할도 거의 없어졌다. 그리고 엄마 아빠에게도 언니는 딸이기보다는 어려운 손님 같다. 어제 언니를 만나고 집으로 오는 길에 차 안에서 이런 얘기를 얼핏 꺼냈더니 엄마 아빠는 황당하다는 표정만 지었다.

"뭔 '귀신 씻나락 까먹는' 얘기야? 그럼, 괜히 유명해지냐? 이것저것 다 포장하고 가꾸고 기획하고 그러는 거지. 그리고 니가 별로라고 생각하는 건 그렇게 중요한 게 아니야. 언니가 네 언니로만 살아야 하는 건 아니잖아?"

"그건 알아요. 근데 제 말은…… 언니의 변화가 어딘지 자연스럽지 않다는 거죠."

"자연? 뭔 자연?"

어려웠다. 내가 느낀 무언가가 분명히 있지만 그걸 말로 풀어서 이해시키기가 어찌나 어렵던지. 나의 한계다. 하지만 두 분이 나를 너무나 한심하다는 눈빛으로 바라보고 있어서 어떻게든 말을 더 잇고 싶었다. 그래서 머리를 부지런히 굴렸는데 갑자기 하정이가 했던 말이 떠올랐다.

"내게 중요한 일이 제일 중요한 거란 소리야. 마이 페이스!"

막연하게나마 그 애가 당당할 수 있었던 이유가 바로 '마이 페이스' 때문인 것 같았다. 그런데 내가 본 언니는 유명해져서 근사해 보이기는 하지만 그런 당당함은 없었다. 하정이가 갖고 있는 듯한 진짜배기가 아니라 모조품 같다는 생각이 들었다. 왜냐하면 언니를 움직이는 기획이란 게 항상 언니보다 우선하는 것처럼 보였으니까. 실제로 언니는 하고 싶지 않은 일을 해야 할 때가 너무 많다고 내게 하소연했다.

"마이 페이스. 언니한텐 그게 없어요. 기획에 의해서 움직이고 기획으로 옷 입고 얼굴도 고치고……. 언니만의 자연스러운 무언가가 없다는 거죠. 그러니까……."

난 정확하게 설명을 잘하고 있다고 생각했는데 아빠가 대번에 내 말을 끊었다.

"됐고! 참 뱃속 편한 소리 하고 있네. 자~연? 맞아, 너 참 자연스럽더라. 성적표에 노력의 흔적도 없고…… 남들은 열라 뛰는데 넌 자연스럽게 걷다 못해 는적는적…… 정말 자연스러워. 자연의 극치, 아니 자연 그 자체야."

결국 내 성적으로 이야기가 돌아갔다. 부모님과의 이야기는 늘 '기승전 성적'이니까. 언니 이야기로 시작했는데도 결국 내 성적, TV에 나오는 가수 이야기를 하다가도 결론은 내 성적. 뉴스에 나온 편의점 알바생 기사를 읽다가도 내 성적으로 화제는 늘 건너뛴다. 또 그 얘기냐고 대들고 싶지만 그럴 수도 없다. 어디에 있든 결국은 하나의 깔때기 끝으로 흘러들게 되듯이 성적이 모든 걸 결정한다. 내가 듣고 보고 배운 바로는 그렇다. 꼬리를 내리고 잠잠히 있었건만 아빠는 늘 부르던 노랫가락 같은 잔소리를 퍼붓기 시작했다.

"세상이 바퀴처럼 물려서 바쁘게 돌아가는데 그럼 같이 돌아야지, 혼자서만 살아? 자연 같은 소리 하고 있네. 야! 사람 구실하려면 뭐 하나는 잘해야 할 거 아냐. 네가 안 하니까 못하는 거지. 이 세상에 못하는 게 어딨어?"

'뭐 하나'가 내겐 그나마 공부인데 난 공부도 잘 못한다. 아빠 말대로 안 해서 못하는 건지 모르겠지만 내게 제일 치명적인 사실은 아무것도 하기가 싫다는 점이다. 요즘 들어 더 그렇다. 덜렁덜렁 겨우 학교만 다닌다. 언니가 노래를 잘해서 자기 몫을 다하고 있는 데 비해 난 할 줄 아는 게 없는, 언니의 손톱에 낀 때만도 못한 아이이다. 그러니 내가 뱃속 편한 이야기를 하고 있는 게 맞다. 내가 틀린 거다. 내가 잘못했으니 얼른 반성 모드로 최대한 자세를 낮춰 앉아 있었다. 무력감이 내 온몸 마디마디를 다 잘라 놓는 기분이 들었다. 그래서 잠잠히 차창 밖만 내다보고 있었는데 엄마와 아빠는 언니가 얼마 전에 찍은 광고에 대해 이야기했다. 어마어마한 돈을 받고 찍은 거라며 아빠가 금액을 광고 시간으로 나누자 엄마는 크게 놀랐다.

"어머머머 세상에! 그러면 초당 얼마야?"

엄마와 아빠는 너무너무 신이 나 보였다. 끓어 넘치는 냄비처럼 사정없이 들썩이는 모습을 보고 있자니 나도 진심으로 엄마 아빠에게 인정받고 싶다는 생각이 들었다. 하지만 그건 머릿속에서만 가능할 뿐, 행동으로 옮겨질 수 없는 너무나 먼 현실 속에 내가 있었다. 말 그대로 난 '뛰어 봤자 벼룩'이다. 그것도 깡마른 벼룩. 그러니 다시 무기력해질밖에.

그때 느닷없이 하정이란 애한테 적개심이 솟기 시작했다. 그간 그 애에게 가졌던 온갖 호감을 배반하는 감정인데 그나마 그 적개심이 나를 무기력에서 일시적으로 구출해 주는 것 같았다. 그래서 더 그 감정에 열중하게 되었다. 맞다. 난 벼룩이 분명한데 그 애 때문에 잠시 벼룩이 아니라고 착각하고 있었던 것 같다. 그동안 그 애에게 완벽하게 속았던 거다. 행복한 벼룩으로 지낸 며칠이 나를 더욱더 비참하게 만들었다. 그러니 분할 수밖에.

'이하정, 니가 나를 상대로 뻥을 쳐?'

모든 게 성적으로 귀결된다는 걸 잘 알고 있었기에 난 얼마 전부터 축 처져 있었다. 어찌 되었건 그나마 내 주제 파악은 잘하고 있던 참이었는데 느닷없이 그 애가 나타나 성적은 중요하지 않고 심지어 중요하고 안 하고는 자기 자신이 정하는 거라는 말을 해서 내가 잠시 현혹되었다. 허세 쩌는 그 애 말에 내가 놀아난 거다.

실제로 중학교 동창을 통해서 확인해 본 바로, 이하정은 결코 공부를 잘하는 애가 아니라고 한다. 나 참! 공부도 못 하는 주제에. 게다가 누워 있는 쌍둥이 언니를 생각하면 너무나 비극적이어야 함에도 빵끗빵끗 웃으면서 '굿!'이라고 외치다니. 결국 그건 다 뻥이란 결론이 선다. SNS에 거짓 사진을 올리듯이 나를 상대로 행복한 척, 아무렇지도 않은 척, 즐거운 척한 거다. 잘난 척으로 날 속여 먹은 거란 생각이 드니 화가 났다. 심지어 연정이란 애까지도 누워서 비참하지 않은 척, 불행하지 않은 척 깔깔대며 웃었던 것도 다 거짓이란 생각이 들었다. 슬퍼해야 할 일에 슬퍼하지 않다니? 그게 말이 돼? 완전 사기지.

솔직히 이하정을 보면서 내게도 뭔가 돌파구가 있을 거란 기대감이 있었던 건 사실이다. 공부를 못해도, 내로라하는 능력이 없어도 가난해도 그리고 심지어 눈코입밖에 움직이지 못하고 누워 있는 처지라도 얼마든지 행복할 수도 있어서 그렇게 티 없이 환하게 웃어도 되는 거라고. 그러므로 나 역시 무기력에 붙잡혀 있지 않고 씩씩하게 살아도 된다는 희망을 가졌던 것 같다.

그런데 다시 생각해 보니 쌍둥이의 행동은 절대로 자연스러운 게 아니다. 내가 속은 거다. 안 그래도 우울한 나 같은 벼룩에게 타격을 입히다니. 잔인한 애들이라는 생각도 든다. 사실 학원에서 하정을 따라붙은 것도, 하정의 집까지 쫓아간 것도 나인데 그 사실은 떠올리지 않고 하정이가 나를 상대로 잘난 척을 하며 속였다는 생각만 오롯이 남아 분하기만 했다. 그동안 하정을 따라 했던 사실도 창피하고 억울하면서도 한편으로는 더 이상 그 애를 따라 하면 안 된다는 사실이 싫기도 했다. 복잡 미묘한 감정이 나를 들쑤셨다. 오른손으로 왼쪽 머리카락 넘기는 행동은 이미 습관처럼 자리 잡았건만 그렇게 하고 있는 내 자신이 싫어질 정도다.

아무튼 내 감정이 정상이 아닌 것만은 분명했다. 더 이상 그 애를 생각하거나 떠올리거나 그 애를 만나려고 궁리하는 행동 같은 건 더더욱 해서는 안 될 것 같은데 이상하게 난 하정을 만나고 싶었다. 보고 싶어서 만나려 하는 건지 아니면 만나서 따지고 싶은 건지 애매했다. 앞뒤가 딱딱 맞아떨어지는 감정은 아니지만 그래도 명분은 분명했다. 그 애의 위선을 까발리고 싶다고나 할까? 만나서 "야, 잘난 척하지 마!" 내지는 "놀고 있네!" 이런 말을 꼭 해주고 싶었다. 그 정도는 꼭 해야 할 것만 같았다.

하지만 정작 학원 앞에서 얼쩡거리다 마주친 하정에게 반가워하는 미소를 먼저 보였다. 물론 속으로는 '이건 작전인 거지' 하며 스스로를 합리화했지만, 미소 역시 분명 내 마음이 한 일이었다. 작전이든 뭐든 간에 내가 미소를 던진 덕에 하정이 역시 스스럼없이 "우리 집에 갈래?" 하고 물었다. 그러고는 그 애답게 대답은 듣지도 않은 채 저벅저벅 버스 정류장 쪽으로 걸었다. 그리고 그 뒤로는 내가 좀비처럼 따라붙었다. 오늘따라 이상하게 사람이 많은 만원 버스에 힘겹게 올라서면서도 난 속으로 또다시 '작전'이라고 생각했다. 기회가 닿으면 틀림없이 하정에게 따져 물으리라 각오하면서.

사실 하정의 집에 들어가서는 이런저런 질문을 할 틈이 없었다. 하정은 저번처럼 총총걸음으로 들어가 잽싸게 몸을 움직여 가며 연정을 위한 일들을 묵묵히 해내고 있었다. 나 역시 두 번째인 탓에 멀뚱하니 서 있던 처음과 달리 눈치 빠르게 하정의 일을 거들어 주느라 나름 바빴다. 하정이 걷어 온 빨래들을 반듯하게 개켜 쌓아 놓는 일을 마쳤을 땐 묘한 성취감까지 느꼈다. 서둘러 일을 마치고 집을 나서던 첫날과 달리 하정은 편하게 앉아 귤을 까서 연정의 입에 넣어 주고 내게도 먹으라고 밀어 놓고는 격의 없이 수다를 떨었다.

연정은 비록 움직일 수는 없지만 들을 수는 있기에 누워서 귀에 들어온 소리들을 재미나게 편집해서 이야기했다. 연정의 부연 설명이나 재연, 편집이 없었다면 재미있을 리 없는 시시한 이야기들이다. 차량을 빼 달라고 방송하다가 신세 한탄까지 늘어놓았다는 아파트 경비 아저씨 이야기, 옆집 사람들이 부부 싸움 한 이야기, 라디오에서 들은 사연 이야기들을 연정이 늘어놓자 하정이가 어찌나 맛깔나게 받아치며 이야기를 나누던지, 나도 모르게 열심히 들었다. 평상시엔 들어 본 적도, 들어 볼 일도 없는 그런 이야기들. 나 역시 그들이 웃는 대목에서 더불어 웃고 간간히 말도 보탰다. 학원까지 빼먹고 이런 시시한 이야기를 듣고 노닥이는 일은 전혀 생산적인 시간이 아닌데도 이상하게 마음이 편했다.

이 시간은 '뭐가 되기 위한, 무엇을 하는 시간'이 아닌데도 전혀 불안하지 않았다. 게다가 눈코입만 움직이는 연정이는 앞으로 어떤 사람이 될 수 없는데도 말끝에 '어찌나 재미있던지' '어찌나 웃기던지' 하는 말을 어찌나 자주 하던지. 그리고 그 애만의 맑고 청아한 웃음소리는 어떻게 나올 수 있는 건지 그게 신기할 따름이었다.

그보다 더 신기한 건 하정에게 분노했던 내 자신의 변화였다. 대체 난 왜 그렇게 말도 안 되는 생각을 한 걸까 싶을 정도로 하정과 연정은 자연스럽고 진실하게 보였다. 나 역시 그 분위기에 저절로 녹아들었다. 마치 집에 있을 때의 '나'와 이곳에 있을 때의 '나'는 각기 다른 두 세계에 있는 것처럼 여겨졌다. 그렇다고 '너희는 왜 그렇게 행복해? 뭐가 그렇게 즐거운 거지?'라고 물어볼 수도 없었다. 단지 그 말이 무례해서가 아니라 그곳에 있으면 그런 질문 자체가 전혀 어울리지 않아서였다.

중간에 하정이가 슈퍼에 잠깐 다녀오겠다면서 나가는 바람에 연정과 둘이 남겨졌다. 새삼 머쓱해진 나는 뭔가 연정에게 말을 건넬까 하다가 마땅치 않아서 텔레비전을 켰다. 하필 텔레비전에서는 마라톤 중계를 하고 있었다. 전문 마라토너들이 참여하는 경기는 아니고 환경 살리기 마라톤 같은 거라 어른이나 아이 할 것 없이 다양한 사람들이 참여하는 마라톤이었다. 그런데 화면에는 마라토너들의 건강한 팔뚝과 튼실한 두 다리가 유난히 더 많이 비춰지는 것만 같아서 연정이가 신경 쓰였다. 그래서 얼른 다른 채널로 돌리려고 하는데 연정이가 말했다.

"난 저런 아마추어 마라톤이 좋아."

그 말에 내 머릿속에는 커다란 물음표 하나가 그려졌다. 대체 왜?

머릿속에만 그려진 물음표이고 게다가 연정은 내 뒤통수만 보일 텐데도 마치 독심술이라도 하는 듯이 내가 원하는 대답을 준비했다.

"마라톤이 왜 좋으냐면 난 여러 사람이 그냥 다 같이 뛰는 게 좋아 보여. 보고 있으면 묘하게 위로가 되거든. 막 미친 듯이 속도를 내서 앞질러 가는 것도 아니고 옆 사람을 의식하면서 쌩하고 지나치는 것도 아니고. 물론 마라톤에도 순서를 매겨서 상을 주기도 하지만 그건 몇몇 사람의 일이고 나머지는 다들 헉헉거리면서 천천히 자기 호흡대로 자기의 보폭대로, 능력대로 주어진 길 위에서 달리잖아. 사람의 인생을 보는 거 같아. 그냥 저렇게 각자 시간과

거리와 공간을 나름의 방식대로 누리다가 가는 게 인생이잖아? 상상해 봐, 너도 뛰고 나도 뛰고 하정이도 뛰고…… 모두 다 뛰니까 공평하잖아."

마라톤이 인생 같다고 한 연정의 말에 마음을 실어 보니 달리고 있는 내 모습이 상상이 됐다. 마치 제자리뛰기를 하듯이 천천히 달리고 있는 나. 일정 코스를 달리는 거라고 비유하면 마라톤이 인생이랑 비교할 만하지만 연정이가 말하는 공평하다는 게 무슨 의미인지는 이해가 안 됐다.

"근데 그게 뭐가 공평해?"

"잘 뛰든 못 뛰든, 어차피 모두가 뛰잖아. 좋은 곳을 뛰든 나쁜 곳을 뛰든, 부자로 뛰든 가난한 사람으로 뛰든, 어차피 일정 거리를 뛰어 지나가야 한다는 건 똑같잖아."

"뛴다는 사실만 같고 나머진 다 다른데 대체 뭐가 공평해?"

"다 다른 사람이니까 당연히 다른 거지. 거기에 어떤 우열도 없다고 생각하면 그게 공평한 거 아니야?"

무슨 소리인지 들을수록 이해가 더 안 되는 기분이었다. 그러자 연정이 방끗 웃으면서 긴 이야기를 했다.

"있잖아. 내가 사고 나고 마비되었다는 걸 알았을 때 진짜 죽고 싶었어. 할 수 있는 게 아무것도 없고 그리고 앞으로 뭔가가 될 수도 없고……. 정말 어른이 되면 짧은 치마에 롱부츠도 신어 보고 싶고, 금발로 염색도 해 보고 싶었고…… 하고 싶은 게 오십만 가지 정도는 있었는데 더 이상 아무것도 바랄 수 없는 상태가 된 거잖아. 육체는 없이 정신만 살아 움직이고 있다고 생각하면 벌레가 된 기분이 들 때도 있고 어떨 땐 내가 얼굴 모양을 한 라디오 같은 기분이 들기도 하더라. 그나마 말은 종알종알 잘할 수 있으니까.

그런데 더 고약한 건 나 혼자서는 죽을 수도 없는 상태라는 거야. 움직일 수가 있어야 어디에서 뛰어내리든, 목을 매든 할 거 아냐. 난 그냥 병원 침대 위에 한동안 놓여만 있었지. 근데 신기하게도 서서히 그 상태에 익숙해지더라.

어느 날 다큐멘터리를 봤는데 아프리카 원주민들이 코를 뚫는 모습이 나오는 거야. '대체 왜 저런 의미 없는 일에 에너지를 쓰는 거야? 생살을 뚫는 게 얼마나 힘든데 뭐 하는 짓이야?' 혼자서 발끈했더니 하정이가 그러더라. '근데 쟤들도 우리를 보면 이해 못 할걸? 왜 애들이 종일 갇혀서 공부만 해야 해?' 하긴 그럴 거 같았어. 내가 그때 느낀 건 단순한 문화의 차이가 아니라 그냥 어떤 삶이든 우열을 가릴 수는 없다는 생각이 든 거야. 쥐를 간식으로 먹는 아프리카인들을 보면서 불쌍해한다면 그건 우리의 잘못된 판단일 뿐이란 거지. 암튼 그날부터 난 그냥 '이렇게 사는 사람'이고 다른 사람은 '저렇게 사는 사람'일 뿐이라고 생각하니까 불행한 기분이 가시더라고. 그래서 모두가 공평하다는 거야. 공평하지 않다면 공평하게 느끼지 않는 사람이 있을 뿐이란 거지. 순서를 매기는 건 자기 자신일 테니까. 얼굴 모양의 라디오 같은 내 삶도, 내가 그냥 받아들이면 행복할 수 있어. 누군가는 합리화라고 할지도 모르겠지만."

연정은 긴 이야기의 마침표를 평상시의 그 환한 미소로 마무리했다. 나 역시 뭐라고 화답을 해야 할 것 같았지만 섣부른 이야기를 하면 안 될 것 같아 조심스러워 그냥 미소만 지었다. 섣부른 응대가 절대 어울리지 않는 진솔한 이야기였기 때문이다. 잠시나마 연정의 미소가 가식이고 거짓이라고 욕했던 내 자신이 부끄러워졌다.

연정의 말대로 그냥 다른 삶이라고 인정하면 될 것을 굳이 '불행한데 왜 행복한 척해?'라고 지적할 필요는 없었던 거란 반성도 들었다. 설사 연정의 말이 진짜 합리화에 불과하더라도 힘든 시간을 거쳐 지금에 이르기까지 속으로 수없이 부대꼈을 연정이 고스란히 느껴져 존경심마저 생겼다. 아픔에 매몰되지 않고 고개를 쳐든 연정의 용기. 그때 갑자기 첫날 연정의 별명이 '얼라'라고 했던 말이 떠올랐다.

"근데 너 별명, 얼라가 혹시 얼굴 라디오란 소리야?"

그러자 연정은 깔깔대며 답했다.

"왜 아니겠어? 나라고 아무것도 안 하는 건 아니지. 우리 집에서

라디오 역할은 톡톡히 해내거든."

그때 하정이 간식거리를 사 들고 왔고 그것을 나눠 먹으며 즐겁게 놀았다.

어디니? 당장 들어와라.

엄마의 톡 알람이 미친 듯이 울리지만 않았다면 아마 밤늦도록 놀았을지도 모르겠다. '뭐가 되기 위한, 무엇을 하는 시간'이 아니어도 별로 불안하지 않았다. 연정의 말대로 모든 삶은 우열을 가릴 필요가 없으니까. 우리는 모두 공평한 마라토너니까 내 식대로 내 페이스대로 달리면 되는 거니까.

집으로 가려고 버스 정류장 쪽으로 갔다가 다시 턴을 해서 탄천을 따라 천천히 걸어서 집으로 갔다. 버스를 탈 수도 걸을 수도 있듯이 연정이가 말한 '이렇게 사는 사람' '저렇게 사는 사람'을 긍정해 보고 싶어서다. 주머니 속에서는 엄마의 재촉 전화가 그야말로 악을 썼지만 난 무시하고 걸었다. 내 페이스대로.

발끝을 올리고

난 까치발로 서 있는 걸 좋아한다. 일시적으로 온몸에 힘을 주고 "업!" 하면 기분까지 '업'된다. 등을 곧추세우고 발끝을 올리면 세포들은 일제히 기립 자세를 취한다. 행군 직전의 병사들처럼 바른 자세로 서 있는 세포들은 의욕으로 가득 차 있다. 몸과 맘이 축 처지는 기분이 들 때도 의식적으로 까치발을 하면 내 몸 어딘가에 있는 환기구로 청명한 바람이 들어와 어느새 눅진하던 우울감이 꾸둑꾸둑해진다. 우울을 바람에 말려서 날려 버리는 거, 상상만으로도 정말 근사하다.

우리 아워즈 멤버에게도 이 방법을 전했다. 넷이 마주 서서 주문을 외듯 일제히 "업!" 하고 까치발을 들면 신기하게 기분이 좋아진다. 기분만 좋아지는 게 아니라 우리 넷 사이에 보이지 않는 끈이 거미줄처럼 엮이면서 든든한 연대감이 생긴다. 특수 능력을 가진 합체 로봇이 되는 기분이랄까? '우리'가 된다는 건 커다란 위안이 된다. 그래서 우리의 이름도 '아워즈(ours)'다.

아워즈는 여느 아이들과 달랐다. 우리는 눈에 보이는 것으로부터 초연할 수 있는 그룹이 되자고 다짐했다. 성적을 신으로 모시는 탓에 수행평가 점수에 영혼을 파는 아이들, 물질에 노예가 되어 명품이나 브랜드에 현혹돼 있는 아이들, 자기가 이루어 낸 것도 아닌데 뒷배경을 자기 것인 양 잘난 척하는 아이들, SNS에 자신을 포장하여 내다 걸고는 '좋아요'에 놀아나는 그런 아이들과는 구별되는 사람이 되자는 목표에서 뭉친 게 바로 우리 아워즈다.

그러다 보니 아워즈 멤버는 공부는 시원찮아도 음악이나 시사상식 등에 대해 아는 게 제법 있거나, 아니면 논술 필독서 제목이라도 줄줄 꿸 줄 안다든가, 패션에 나름 일가견이 있어 말로 풀어낼 능력이 된다든지, 아무튼 주변의 모든 일에 대해 단답형으로 이야기하지 않고 나름의 주관을 섞어서 이야기할 줄 아는 애들끼리 모였다. 그게 비록 궤변일지라도 말이다. 곰곰이 생각해 보면 우리야말로 우리가 혐오하는 '잘난 척'을 가장 가식적으로 하는 아이들의 모임이 아닐까 하는 생각도 해 봤지만, 내 스스로 그 사실을 드러낼 수는 없는 일이라 꿀꺽 말을 삼켰다. 자기가 탄 배를 손수 뒤집는 건 바보나 하는 짓이니까.

우리를 보고 '근자감 쩌네!'라고 비아냥거리는 애들도 있었지만, 그러거나 말거나 우리만의 자부심은 좋은 방패막이가 되었다. 성적이 안 나와도 '공부가 전부는 아니거든!' 유행하는 가방이나 최신형 핸드폰이 없어도 '못 산 게 아니고 안 산 거거든' 이런 생각으로 당당할 수 있었다. 심지어 '예의 없게 생겼다'는 남학생들의 질 낮은 빈정거림 앞에서도 우리는 오히려 측은지심을 담은 표정을 날려 부끄러움을 그들의 몫으로 돌려보낼 정도의 배포도 있었다. 아워즈라는 가상의 집, 그 지붕 아래 우리는 어떤 비바람도 쉽게 피할 수 있었고 우리라는 연대 앞에서는 이기지 못할 적도 없었다. 우리의 입담만으로도 가루가 되어 흔적도 없이 사라지던 적들은 손으로 꼽을 수 없을 정도였으니까. 그 사건이 생기기 전까지 우리의 관계는 이렇듯 네 줄로 엮인 튼실한 동아줄 같았다.

'그 사건'은 어느 토요일 오후, 아무런 전조도 없이 느닷없이 벌어졌고 일은 일파만파로 번져 갔다. 고요한 수면 위에 퐁덩 돌멩이가 던져지면서 파문이 급속도로 퍼져 나가듯이 그렇게. 아니, 수면에 퍼지는 물결은 너무 부드러우니 적절한 표현이 아니다. 도미노 게임이 시작되듯이 육중한 질감의 무언가가 하나씩 하나씩 거대한 굉음과 함께 엎어져 가며 급기야는 나를 선 밖으로 밀어냈다는 게 더 맞는 표현이다.

사건은 학교 근처 공원의 후미진 놀이터에 벌어졌다. 아이들이 없는 텅 빈 놀이터, 햇살만이 졸고 있는 이곳에서 우리는 이웃 학교의 노는 아이들에게 털렸다. '삥'을 뜯는 애들은 아니고 우리를 응징하기 위해 일부러 왔다고 하니, 그 애들에게 영혼을 털렸다고 보면 된다.

몇 주 전 이곳에서 은아 생일파티를 하면서 인증 샷을 좀 과도하게 찍어 댄 게 그들의 심기를 건드렸다고 했다. 우린 생일 이벤트로 하트 풍선과 종이 꽃 장식을 늘어놓고는 이런저런 설정 샷을 찍었다. 늘 하던 대로. 그리고 당연히 사진들은 다음 날 진선이의 페이스북에 올랐다. 정해진 순서니까. 그런데 진선이가 올린 사진 중에 자신들이 배경으로 찍힌 게 있어 곤욕을 치렀다는 거다. 아마도 옆 학교에 다니는 진선이의 남자친구가 그 사진을 퍼서 자기 페북에 올린 게 이곳저곳으로 펌질을 당하면서 급기야는 문제를 일으켰나 보다. 어떤 곤욕인지는 모르지만 걔들이 그랬다면 그런 거다.

원래 사람이 다 그런지 모르겠지만, 특히 아이들에게 서열은 아주 중요하다. 공부를 잘하는 아이들에게 학교 등수가 중요한 만큼, 좀 논다는 아이들에게 위계질서는 인간의 존엄성만큼이나 비중이 크다. 그런데 우리가 무리 지어 마치 분별없는 닭이 땅을 헤치듯이 그 애들이 다니던 길을 쏘다녔으니 그게 거슬렸나 보다. 아마도 그 애들에게 우리의 등장이 '라이벌의 출현'쯤으로 여겨졌던 모양이다. 그래서 서열 정리라도 할 작정으로 우리를 응징하기로 했던 것 같다. 그런 의미에서 그들이 당했다는 곤욕은 어쩌면 핑계일지도 모르겠다.

"니들이 그날 재수 없게 우리를 보고 째리더라고. 좋아, 그건 봐줄 수 있어. 무식해서 그랬으려니 하고. 근데 무식하면 배워야지. 그치? 모르는 게 있으면 배우는 게 학생의 바른 자세거든. 그래서 우리가 오늘 쬐금 인상적으로 가르쳐 주려고. 열 대씩만 맞으면 돼. 더 이상 깝치지 않는다! 이런 다짐을 하면서 우리 한번 맞아 보자!"

그러고는 한 명이 대뜸 은아에게 다가섰다. 그러고는 마치 휘파람이라도 불듯 입을 동그랗게 모은 뒤 침을 모아 바닥에 퉤하고 내뱉더니 뺨을 때리기 시작했다. 우리는 어떤 저항도 할 수 없었다. 모든 싸움은 기 싸움인데 이미 그 애들이 빚어 놓은 분위기는 충분히 압도적이었다. 한 발짝도 움직일 수 없을 만큼. 난 속으로 봐 달라고 빌어 볼까도 생각했다. 하지만 두 손을 파리처럼 내밀고 싹싹 빈다고 해서 그냥 보내 줄 아이들이 아니다. 덤비면 덤빈다고, 빌면 비굴하다고 공격해 댈 것이다. 그 애들의 목표는 우리에게 그들보다 열등하다는 표식을 달아 주는 거다. 그 방법은 일정량의 '응징'을 우리에게 가하는 것이다. 불행하게도 우리는 불가피하게 치러야 할 통과의례 앞에 서 있었다.

"하나, 둘, 셋……."

열을 세는 시간이 왜 그렇게 길게 느껴지던지……. 미간이 넓은 파충류같이 생긴 애가 은아와 진선이를 때리고는 유난히 허리가 긴 아이에게 바통을 넘겼다. 그 애는 수희 앞으로 가서 뺨을 때리기 시작했는데 한 대 치다 말고는 말했다.

"잠깐, 다시! 난 숫자 세는 거 질색이거든. 그니까 네가 자발적으로 세어 봐."

수희는 맞으면서 떨리는 목소리로 "둘, 셋, 넷" 하고 세기 시작했다.

"야! 더 크게!"

아이의 호통에 수희는 서둘러 목청을 높였다. 맞는 자로 하여금 최소한의 품위도 지킬 수 없게 만들었다. 굴욕의 정상에 앉히려고 작정을 한 거다. 수희의 목소리가 평소처럼 앙칼지기라도 했다면 좋을 텐데 안타깝게도 목울대에 진동기라도 단 것처럼 떨렸다. 난 무서워서 고개를 푹 숙이고 바닥만 바라봤다. 수희가 맞는 장면을 본다면 그 영상이 기억 속에 자리 잡아 오래도록 나를 괴롭힐 것 같아서다. 수희가 맞는 장면에서 수희 얼굴은 내 얼굴로 변해서 머릿속에 남게 될 것이고, 난 그 굴욕적인 장면을 텔레비전의 홈쇼핑처럼 무한 반복해서 되돌리게 될 게 뻔하니까.

그렇다고 눈을 감을 수는 없었다. 그건 너무 비참하니까. 자존심이 허락 않는 일이니, 고개를 숙이고 땅바닥만 바라봤다. 그날은 햇살마저 잔인했다. 내가 고개를 처박은 걸 조롱이라도 하듯이 바닥에 그림자를 만들어 내게 보고 싶지 않은 그 영상을 보여 주었다. 그림자는 훨씬 더 과장되고 더 공포스럽게 현실을 재현하였다. 어릴 적 골목길에서 따라붙던 그림자는 나의 수줍은 친구였는데, 나이를 먹으면 모든 게 바뀌는 법인가 보다. 갑자기 '하늘 아래 변하지 않는 게 없다'는 말이 떠올랐다. 변해 버린 그림자를 보고 있자니 내 안에 막연한 공포감이 스멀거리며 번졌다. 저 그림자 말고도 살면서 앞으로 얼마나 더 많은 것들이 변할까? 하긴 놀이터도 이 순간부터 변할 것이다. 이곳은 이제 더 이상 안락한 놀이터가 아니라 우리의 순수가 짓밟힌 처형장으로 기억될 것이다. 열을 세는 수희의 목소리에 내 두 다리는 발작하듯 떨려 왔다. 이제…… 내 차례다. 그때였다.

"자! 경고했다. 니들 조심해!"

어? 이상하다? 분명 저 말은 일이 다 끝났을 때 하는 건데……. 도대체 왜 정리 멘트가 나온 걸까? 내가 고개를 들었을 때는 이미 그 애들은 출구 쪽을 향해 몸을 틀어 가는 중이었다. 뭐지?

맞지 않았다는 안도감보다는 당혹감이 더 컸다. 이미 놀이터를 벗어나고 있는 아이들을 뒤따라가서 따져 묻고 싶을 정도였다. 게다가 나를 보는 은아와 진선이의 표정이 너무나 복잡 미묘해서 오죽하면 어깨를 으쓱하며 결백을 주장해야 할 것만 같았다. 나를 두고 셋이서만 앞서서 걸어가는 아이들의 뒷모습을 보고 있자니 '초록은 동색이어야 하는데…… 왜 나만?' 하는 막연한 불안감이 온몸에 퍼졌다. 그리고 불길한 예감은 적중했다.

월요일, 학교에 갔을 때 교실은 그 이야기로 시끄러웠다. 가해자가 단지 다른 학교 애들이라는 사실만으로도 아이들은 공분했고 그렇기에 모든 아이들의 관심을 끌기에 충분했다. "당장 가서 머리채를 잡자." "그걸 왜 멍청하게 가만 놔뒀냐?" "힘 좀 쓰는 애들 시켜서 손봐 주자!" 이런저런 황당하고 결기에 찬 말들이 공중 부양 하듯 교실 안을 휙휙 날아다녔다. 하지만 막상 누군가가 "보복에 동참할 사람?" 하고 외쳤을 때, 나서는 애들은 아무도 없었다. 진심 어린 공감도 쉽지 않은 터에 몸소 행동으로 옮길 수 있는 사람이 있을 리 없으니까.

"없어?"

다시 한번 다그치자, 아이들은 동참하지 못하는 처지를 모면하기 위해 문제의 초점을 흐리기 시작했다. 동물도 보호색이 있는데 하물며 사람이야 어떻겠는가! 모두 약속이나 한 듯이 갑자기 내 얘기를 들먹이기 시작했다.

"근데…… 신기하네. 다미, 왜 재만 빠진 거야?" "그러게. 이상하네." "같이 있었는데 뭐지? 웬 특혜?" "누가 나타나서 걔들이 급하게 튄 거야?"

의구심으로 들썩이다 급기야 누군가 나의 정체성을 의심하는 질문을 했다.

"야! 서다미, 혹시…… 너 아는 애들 아님?"

평소에 늘 뒤틀린 말을 잘하던 어떤 애는 내가 벌인 일일지도 모른다는 황당한 말까지 던졌다. 물론 내 눈에 뜬 흰자위를 보더니 "야! 넌 농담도 못 받냐!" 하며 잽싸게 말을 돌렸지만. 덕분에 반 분위기는 급속도로 나빠져만 갔다. 나를 뺀 나머지 아이들끼리 주고받는 듯한 정체불명의 감탄사가 내 등 뒤에서 음험한 그림자처럼 춤을 췄다.

"워~ 워~."

전쟁터에 갔다가 동료 병사들은 다 죽고 혼자서만 간신히 살아 돌아온 병사를 반겨 주는 예는 거의 없다. 운이 좋았다고 부추겨 주고 격려하며 잘 살아왔다고 절대 그러지 않는다. 언젠가 텔레비전 드라마 사극에서도 봤다. 생존한 병사는 고개를 들지 못하고 "살아서 죄스럽다"며 되뇌었다. 심지어는 기껏 천신만고 끝에 살아 돌아와서는 "저를 죽여 주십시오!"라며 뻔뻔스럽게 빈말을 남발하는 어이없는 장면도 있었다. 굳이 이 시점에 이런 기억이 떠오르는 건 내 처지와 같기 때문이리라. 그날 이후 난 졸지에 전쟁에서 패하고 혼자 살아 돌아온 염치없는 병사가 되었다.

혼자만 살아남은 이기적인 캐릭터.

하지만 이걸로 끝이 아니었다. '이캐'부터 시작해서 나를 두고 아이들이 급조한 뒷담화는 정말 다양했다. '알고 보니 서다미 친구들' '서다미가 돈으로 매수했다더라' 등등. 제일 황당한 건 '다미의 이중생활'이라는 제목으로 떠도는 뒷담화인데 내가 이 지역 일진 짱의 애인이라는 설이었다. 너무나 드라마틱해서 허구임에도 불구하고 뒷이야기가 궁금할 정도였다.

빵을 맞는 일에서 열외가 된 건 내 의지와는 완전히 무관한 일이었는데도 그 일로 인해 아이들과 나 사이에 굵고 분명한 선이 그어졌다. 선 너머에 홀로 남겨진 나를 볼 수 있었다. 아워즈만이 아니라 반 아이들 모두가 내게 거리를 두는 기분이 들었다. 아니, 그건 기분이 아니라 분명한 사실이었다. 엄연히 존재하고 있지만 손에는 잡히지 않는 안개처럼 나는 반 아이들에게 교묘하게 따돌림을 당하고 있었다. 아이들은 마치 내가 적의 첩자라도 된다는 듯한 장난을 아무렇지도 않게 했다. 내가 교실로 들어서면 갑자기 여기저기서 "쉿!" 한다든가, 그게 아니면 갑자기 물을 끼얹은 듯 조용해졌다가 뒤이어 여기저기서 간헐적으로 웃음을 터뜨리곤 했다. 내가 의아해서 두리번거리면 '무궁화 꽃이 피었습니다' 놀이라도 하듯이 자기들끼리 일시정지를 했는데 참다 못한 내가 정색을 하고 “야, 너네들 뭐야!” 하고 소리를 치면 아이들은 일제히 못 들은 척했다. ‘너네’ 안엔 나를 뺀 반 아이들 모두가 들어 있으니 그 누구도 나서서 대답할 이유가 없었으리라. 떼로 하는 행동에 책임감은 없어지기 마련이다. 책임감은 N분의 1로 나뉘어 희석되기 때문에 누구에게도 무거운 죄책감으로 남지 않으니까. 작은 조각이 모여 거대한 무게를 이뤄 누군가의 숨통을 끊어 놓을 수도 있다는 사실을 아무도 알려고 하지 않았다. 그건 진선이나 수희, 은아도 마찬가지였다. 내가 반 아이들 이야기를 하면서 투덜대면 다들 모르는 일이라는 식으로 반응했다.

“다미, 네가 너무 예민한 거 아님?”

그 이야기를 하는 아이들의 눈동자는 흔들리고 있었다. 사실과 다른 말을 하고 있다고 세 아이의 눈동자는 열심히 자기 표현을 하고 있었지만 나 역시 내게 일어난 일을 현실로 받아들이기 싫어서 아이들의 말을 그저 긍정했다. 나의 희망 사항만으로 현실이 바뀌지 않을 거란 사실을 마치 모르는 것처럼.

“그렇지? 그런 거지? 맞아! 그럴 거야.”

속없이 고개까지 끄덕이며 말하는 내가 한심했다. 난 내 자신이 거짓말을 하고 있다는 걸 누구보다 잘 알았다. 다시 아이들에게 다가가기 위해 어떻게든 애써야 했다. 유난히 피부가 약해서 아직도 한쪽 뺨이 벌건 수희를 위해 연고를 사다 줬고, 우리 집 가까이 사는 진선이를 저녁나절에 집 근처로 불러내서 아이스크림도 사줬다. 나만 맞지 않은 것에 대한 보상을 그들에게 어떤 식으로든 해야 할 것 같았다. 그래야 우리가 비로소 공평해질 것 같다는 생각이 본능적으로 들었다. 그렇게 되면 반에서 벌어지고 있는 불길한 안개 같은 따 놀이도 걷히리라. 그래서 기회가 닿는 대로 은아에게도 뭔가 할 생각이었다. 전부터 탐내던 내 그린 색 에코백을 줄까 하고 기회를 노리고 있었는데…… 그 행동이 오해를 살 줄은 몰랐다.

야자 시간이 끝나자마자 은아는 나를 운동장 앞 테라스로 불러내서는 다짜고짜 따졌다. 굳이 테라스 한 계단 위로 올라가 나를 내려다보면서 말이다.

"너 무슨 의도로 밑 작업을 하고 다니는 거야?"

"뭔 소리야? 의도라니?"

"왜 나를 빼고 뒤로 애들한테 손을 쓰고 다니냐고?"

"손을 쓰다니?"

난 어이가 없어서 두 손을 들어 바라봤다. 손을 쓴다는 표현이 낯설어서 한 행동인데, 그게 도전적으로 보인 모양인지 은아는 얼굴까지 새빨개지며 발끈했다.

"서다미! 수희와 진선이에게 물량 공세를 하는 이유가 뭐야? 그리고 너, 우리를 때린 그 애들에게 복수하는 게 무슨 의미가 있는 일이냐고 그랬다며? 자기 일 아니라고 쉽게 말한다며 진선이랑 수희가 진짜 화내더라. 너 혹시…… 진짜 그 일을 네가 벌인 거 아냐? 우리 엿 먹이려고? 어때? 아냐?"

"뭐! 진짜 어이없다. 넌 어떻게 그런 말도 안 되는 얘기를 하냐?"

"말이 되고 안 되고는 두고 봐야지."

"내가 왜 그딴 짓을 해? 난 걔들 몰라. 다 처음 본 애들이라고."

"웃기지 마! 진선이 남자친구 통해서 건너건너 그 허리 긴 애한테 물어봤더니 너만 뺀 이유는 분명 있지만 말하고 싶지 않다고 했다더라. 니들 짰니?"

"헐! 뭐야? 하늘땅 다 걸고 맹세하는데 난 진심 몰라, 모른다고."

"좋아. 그건 그렇다 치고. 그런데 왜 주제넘게 네가 나서? 복수를 하는 게 의미가 있네 없네, 왜 그딴 말을 하냐고? 맞은 건 우린데. 니가 알아? 우리 마음을? 난 그 일을 생각하면 지금도 분해서 미칠 것 같다고."

얼마전 진선이와 아이스크림을 먹을 때 언젠가 책에서 읽은 내용을 얘기했다.

"복수의 진짜 목적은 형평성이래. 그러니까 우리가 걔들에게 복수를 하면 걔들도 또 할 거야. 그렇게 되면 끝이 안 나는 거지. 말 그대로 악순환이 계속될 거야. 그러니까 여기서 우리가 스톱! 하고 피하는 게 상책이지. 똥이 더러워서 피하듯이 말이야."

분명 내 말에 진선이는 고개를 끄덕이며 자기도 그렇게 생각한다고 그랬다. 일이 커지면 결국 부모님도 아시게 될 것이고 그러면 좋을 게 없을 것 같다고도 분명 말했다. 그런데 그게 진심이 아니란다.

"그건…… 우리를 위해서 말한 거야."

"우리라니?"

"우리 말이야. 우리가 어떤 식으로든 행동하면 그 날라리들이 가만있을 거 같아? 이번엔 빵으로 안 끝날걸? 그러니까 뭐 하러 벌집을 건드려? 손해 볼 일은 안 하는 게……."

"잠깐!"

은아는 내 말을 단호하게 끊고는 갑자기 차가운 표정을 짓더니 다시 말을 이었다. 천천히 어절과 어절 사이도 적절히 쉬어 가면서 마치 공포영화의 한 장면처럼 말했다.

"근데…… 서다미……. 네가…… 왜…… 우리야?"

"무슨 소리야?"

"넌 우리가 아니야. 우리랑 입장이 다르잖아."

"뭐? 야!"

난 더 따지고 싶었지만 은아는 휙 돌아서 가 버렸다. 끼어들지 말라는 명령어만 남기고. 걸음도 당당하게 걷는 은아의 뒷모습을 보는데 괜히 주눅이 들어 선뜻 뒤따라 갈 마음이 안 생겼다. 잠시

후 정신을 차리고 교실로 들어갔을 때는 이미 아이들은 다 집으로 가고 난 다음이었다. 텅 빈 교실에 앉아 있으려니 슬픔이 가슴에 차곡차곡 쌓이는 기분이 들었다. 이대로라면 슬픔에 깔려 압사할지도 모른다는 생각에 자리를 털고 교실 밖으로 나갔다.

은아가 입 밖으로 내뱉은 '우리가 아니다'라는 말은 마치 대놓고 나를 '아웃' 하는 느낌이었다. '아웃!'이라 외치는 은아의 지팡이 끝에서 내가 가루가 되어 흔적도 없이 사라지는 상상이 쓸데없이 머릿속에 가득 찼다. 상상만으로도 입술이 바짝 말라 얇은 종잇조각이 되어 가는 것 같다. '아! 이렇게 입술부터 접혀 말려들어 가다가 결국에는 내가 없어지는 걸지도 몰라.' 이런 황당한 생각으로 한없이 아래로 아래로 가라앉다가 살아남기 위해 애써서 날갯짓을 해 봤다. '아니야, 그건 은아만의 생각일 거야. 그러니 다 같이 만나서 말해 봐야지.'

버스 정류장에 서서 아워즈에게 단톡을 보냈다. 아직 다들 집에 도착하기 전일 테니 서둘러 번개를 치면 만날 수 있으리라. '전처럼 패스트푸드점에서 야식을 먹으면서 속닥거릴 수 있을지도 몰라. 아무 일도 없던 것처럼.' 하지만 톡을 찍고 나서 다시 보니 아워즈 단톡방에 남아 있는 사람은 나 혼자였다. 다들 내가 없는 사이에 인사도 없이 내뺐다. 그간 넷이서 숱한 수다를 쌓고 정겨움을 나눴던 카톡방은 이제 대화의 잔해만 남은 빈방이 되어 있었다.

'내가 뭘 잘못한 거지? 어떻게 해야 원상복구가 되지?'

두 생각 사이를 밤새 왕복달리기 했다. 하지만 지금 내게 벌어진 상황을 객관적으로 보기 위해 나의 잘못을 찾아내려던 건 아니다. 단지 원상복구를 위해 되짚어 보려는 것뿐이다. 아이들과 다시 예전처럼 잘 지내기 위해서는 잘못했다고 말하는 수밖에 없었다. 그래야 아이들이 나를 받아들여 줄 것이다. 그러므로 나의 잘못은 '사실이나 진실'보다는 아이들의 입맛에 맞는 걸로 꾸며져야 했다. '내가 잘못한 건…… 맞아, 나도 그때 같이 맞았어야 했어.' 이런 말도 안 되는 자책을 하고 있자니 바보가 된 기분이었다. 하지만 원상복구를 위해서는 바보가 되어야 하는 건지도 모른다. 낮은 포복이 필요할 때니까.

사실 우리 아워즈는 평상시에 화장실을 우르르 몰려다니는 여자아이들을 정말 무시했다. '생리 현상을 획일화하는, 줏대라고는 1도 없는 것들!' 이라면서. 똑같은 옷을 사서 입거나 한 명의 아이돌 멤버를 동시에 좋아하는 것 역시 진짜 개성 없고 지능 떨어지는 애들의 행동이라면서 흉을 봤다. 한 주제를 두고 수다를 떨 때도 똑같은 의견으로 "나도!"라고 하면, 자기 색깔이 없는 의견과 안일한 태도는 거부한다며 쉽게 접수하지 않았다. 우리 아워즈는 그랬다.

하지만 그건 우리가 개성을 내보이기 위해 내건 명분용 깃발일 뿐, 현실은 그렇지 않았다. 철저하게 '초록은 동색'이어야 했다. 넷 중에 누가 지나치게 시험을 잘 본다거나 본의 아니게 혼자 비싼 물건을 갖게 되거나 남친 이야기로 과하게 자랑질을 하면 싸늘한 분위기가 감돌았다. 그게 현실이었다. 그래서 이모가 미국에서 내 생일 선물로 보내 준 명품 지갑도 집에서만 써야 했다. 할머니는 늘 "슬픔은 나누면 반이 되고 기쁨은 나누면 배가 된다"라고 하셨는데, 이젠 옛말이 된 것 같다. 할머니가 살던 세상과 내가 사는 세상은 다르니까.

나도 아이들과 똑같이 열 대를 맞았어야 했다. 그게 정답이다. 하지만 그건 이미 지나간 상황이고 내가 지금 머리 숙여 반성한다고 먹힐 일이 아니므로 '동색'이 될 수 있는 다른 방법을 찾아야 한다. 은아 말대로 난 입장이 다르니까. 아무리 그룹으로 몰려다닌 친구라 해도 입장이 달라지면 사람은 각자의 이익에 따라 필요한 쪽으로 몸을 튼다. '하하 호호' 하면서 즐겁게 '업'을 하고 놀 때는 우리가 마주 봤지만, 어려운 일이 생기거나 입장이 달라지면 각자의 방향으로 몸을 틀어 버린다는 사실을 난 깨달았다.

만약 우리 넷 중에서 나 아닌 다른 애가 맞지 않았다고 가정해 보면, 어쩌면 나도 똑같이 행동했을지도 모르겠다. 그런 의미에서 내가 '우리'라며 '복수를 하면 되네, 안 되네' 이런 이야기를 한 건 은아 말대로 주제넘었다는 생각이 들었다. 그건 맞은 애들만 할 수 있는 이야기였다. 난 그 대목을 깊이 반성해야 한다. 원상복구를 위해서는 말이다. 그리고 또 내가 나서서 복수를 하자고 해야 한다. 우리를 때렸던 그 애들한테 어떤 식으로든 복수를 한다면 난 아워즈의 멤버로서 인정받을 것이다. 그 애들을 상대로 우리가 단체로 행동을 하면 그만큼 우리끼리는 돈독해질 테니까. 솔직히 난 우리를 때린 그 애들과 다시 엮이고 싶지 않다. 진선에게 말했듯이 복수는 복수를 낳을 테고 또 그 애들의 수준을 감안하면 험악한 일을 계속 겪게 될지도 모른다는 우려 때문이다. 하지만 지금으로서는 아워즈 아이들과 한편이 될 수 있는 일은 그 수밖에 없었다.

다음 날, 은아가 다니는 학원 앞으로 갔다. 그린 색 에코백을 쇼핑백에 담아 들고 '학원 언제 끝나?' 이렇게 보낸 나의 톡을 열어 보지도 않는 은아를 기다렸다. 학원 끝나는 시간에 많은 아이들이 쏟아져 나왔지만 은아는 보이지 않았다. 대신 같은 수업을 듣는 수희를 만났다. 수희는 나를 보자마자 당황하는 눈치였다. 단 며칠 사이에 이렇게 거리감이 생기다니, 아워즈란 이름으로 묶인 우리의 관계가 이렇게 허약했나 하는 회의감이 밀려왔다.

"은아는?"

"결석. 은아 만나러 온 거야?"

"응. 겸사겸사. 이것도 전해 주고……."

"뭔데? 내가 전해 줄게."

이걸 전해 주는 게 목적이 아닌데, 손을 내미는 수희 때문에 나도 모르게 쇼핑백을 건넸다.

"전할 말은?"

"아니…… 내가 니들 입장 이해 못 한 건 미안한데……."

"그래서 이젠 이해가 돼?"

"응. 만약 내가 맞았으면 나도…… 그냥 참자고 말하는 사람이 얄미웠을 것 같아. 그러니까……."

"그래서 걔들한테 덤비자고? 어떻게? 진선이는 싫다던데?"

"진선이가? 아니라던데?"

"누가 그래?"

"아니, 그렇게 들었는데. 근데 진선인 왜 싫대? 부모님이 아시게 될까 봐? 하긴 가게 일도 바쁘신데……. 근데 다른 방법도 있잖아."

"암튼 전할게."

내 말을 계속 잘라먹던 수희는 기어코 마지막 말까지 자르고는 휙 몸을 돌렸다. '이게 아닌데……' 하는 생각이 들었을 때는 이미 수희는 전철역 입구로 쏙 들어가고 없었다. 기분이 안 좋았다. 평상시에 수희는 약간 우리의 '꼬봉' 같은 아이였다. 고로 우리 아워즈에서는 서열로 치면 제일 밑이었고 그래서 내게도 늘 넘치게 호의적이었는데 지금은 지나치게 고압적이다. 따라 내려가서 싸우고 싶을 만큼 빈정이 상했다. 하지만 지금은 낮은 포복을 해야 하는 타이밍이다.

늦은 밤, 아이들이 나를 찾아왔다. 외출해서 돌아온 엄마가 밖에 친구들이 왔다고 나가 보라기에 무거운 마음과 반가운 마음을 반반씩 안고 달려 나갔다. 상황이 상황인지라 무턱대고 반가워하는 건 어울리는 행동이 아니라는 걸 알면서도 운동화 한 짝은 밖에 나와서 발에 끼울 정도로 후다닥 튀어 나갔다. 혹시나 하는 미련한 마음 때문에. 하지만 아파트 화단 옆 벤치 옆에 서 있는 아이들의 분위기는 결코 호의적이지 않았다. 은아는 안 보이고 진선이와 수희가 서 있었는데 분위기가 싸늘했다. 벤치의 밑동을 한 발로 툭툭 차고 있던 진선이가 자기 가방에서 뭔가를 꺼내서는 벤치 위에 패대기쳤다. 비닐봉지 사이로 보니 내가 준 에코백이었다.

"이런 거 필요 없고, 이간질은 하지 않았음 좋겠네."

"무슨 이간질?"

"니가 복수하자고 그랬다며?"

"아니, 그건 너희가 원하니까."

"누가 원해? 전에 난 너한테도 분명 말했어. 일이 커지는 게 싫다고. 그런데 뭐? 우리 부모님이 가게 하시는 거랑 뭔 상관이야? 그래, 우리 집 분식집이야. 니네 집이 좀 산다고 잘난 척이니? 이런 천 가방이나 던져 주면 너한테 꼼짝 못할 줄 알아? 명품 로고만 박힌 게 뭐 대수라고!"

화가 많이 난 진선이는 처음 보는 거친 표정과 말투로 악악거렸다. 덩달아 나도 감정이 거칠어지기 시작했다.

"그건 은아가 접때 네가 복수를 원한다고, 아니, 내가 하지 말자고 해서 네가 기분 나빠 했다며? 그래서 니들이 원하면 하자는 거지. 솔직히 내가 뭔 상관이야."

"아! 이제야 제대로 말하네. 그러게, 네가 뭔 상관인데 우리 부모님이 어떠니 저떠니 씹어 대냐고?"

"그 소리가 아니었어. 그냥 바쁘실 테니까 부모님께 알려지는 게 싫은가 보네, 뭐 그런 뜻이었는데. 야, 정수희! 내가 진선이 부모님 가게 하신다고 뭐라 그랬어?"

"몰라, 난 네가 이야기한 그대로 전했을 뿐이야."

보송보송한 표정으로 남의 일이라는 듯이 말하는 수희의 얼굴에 옅은 미소도 담겨 있었다. 내가 궁지에 몰린 이 상황을 수희는 은근히 즐기는 것 같았다.

"진짜 기막히네."

어이없어서 말을 못 잇는 나를 보며 수희는 역시 또 조금 전과 같은 표정으로 말했다.

"내 생각엔, 다미 니가 잘못했다고 봐. 솔직히 직업에 무슨 귀천

이 있다고."

"그래, 귀천 없어. 난 그 이야길 한 게 아니야. 근데 왜 자꾸 그쪽으로 몰아 가는 거야?"

"내가 모는 게 아니라, 너 전에도…… 방학 때 동해로 놀러가자고 하니까 은아한테 '진선인 못 갈 텐데?'라고 말했잖아. 난 그것도 잘못이라고 생각해. 왜 네 맘대로 판단해? 분식집 장사 안 될까봐 그러는 거 아니라는데. 그리고 또……."

"그만해!"

표정이 더 사나워진 진선이가 수희의 말을 막았다. 안 그랬으면 내가 입을 틀어막아 버리고 싶을 지경이었다. 수희는 불난 집에 석유를 마구 뿌려 댔다. 지난 일을 막무가내로 꺼내고 불난 곳에 부채질을 해서 급기야는 우리 사이를 잿더미로 만들 작정인 듯했다. 동해로 놀러 가자는 이야기가 나오기 전에 이미 진선이는 방학 때는 부모님을 도와드려야 한다고 말했다. 그래서 그 이야기를 전한 건데 지금 저런 식으로 왜곡하면 난 나쁜 애가 될 수밖에 없다.

"정수희, 너 왜 그래?"

"내가 뭘?"

"왜 옛날 일까지 꺼내서 일을 크게 키우는 거야?"

"일을 크게 만들려고 그런 게 아니라 이해를 돕기 위해서 예를 든 거지. 네가 은아한테만 이런 거 주면서 은아 비위를 맞추려고 하니까 일이 커진 거잖아."

"대체 내가 뭘 잘못했다고? 너희 원래 나한테 불만이 많았니? 내가 안 맞은 게 그렇게 배가 아파?"

"헐~ 그래, 우린 너만 안 맞은 게 화가 나. 잘난 척의 대가, 서다미. 혼자서 책에서 봤네 어쩌네 그러면서 잘난 척하는 게 눈꼴셔 죽겠다. 어쩔래!"

의도된 것이든 아니든, 우리 사이에 흐르는 기묘한 악의가 일을 점점 더 심각하게 망가뜨리고 있었다. 난 그 일을 계기로 밀리고 밀려서 결국 감정의 지뢰밭까지 밀려왔다. 그러므로 이곳에서는 한 발짝도 더 나서면 안 된다. 말 그대로 움직이면 쏘고 발을 내디디면 지뢰가 빵빵 터지는 전선의 한가운데 서 있다. 객관적인 사실이나 일이 돌아가야 할 올바른 방향은 어디에도 없다. 출구도 안 보이는 곳에서 안 좋은 일을 겪으면서 상처 입은 아이들이 서로를 공격하고 있다. 정작 가해자에게 아무 행동도 못 하면서 나만 맞지 않았다는 상대적 손실에 더 민감한 아이들. 난 완벽하게 의욕을 잃고 담담하게 말했다.

"그 가방은 그냥 선의였어. 너희하고 잘 지내보려고……."

뒤돌아 천천히 집으로 가려는데 내 등 뒤에 대고 진선이가 혼자 읊조린다.

"그랬겠지. 어련하시겠어."

그리고 뒤이어 수희가 말했다.

"은아만 너희야? 왜 은아만 줘?"

잠을 청했지만 밤새 잠은 오지 않았다. 대신 이런저런 잡념들이 머릿속에 깡패처럼 진을 치고 있었다. 분한 마음을 덜어 내려고 고약한 상상을 이어 갔다. 친구들과의 달달했던 추억을 폐기처분 했고 과거는 내게 유리한 쪽으로 재구성했다. 그러다가 마음이 느슨해지면 그 사건이 있기 전으로 거슬러 올라가 청승을 떨었다. 그 사건 직전, 놀이터로 가는 길에 넷이서 깔깔거리며 수다를 떨던 때가 묵직한 그리움으로 사무쳐 왔다. '시간을 돌릴 수만 있다면.' 이 말이 얼마나 큰 간절함을 가진 말인지 처음 깨달았다. 한참을 그렇게 청승 떨다 보면 슬그머니 자존심이 상해서 아이들이 다 나가고 없는 아워즈 단톡방에 혼자 들어가 이런저런 욕을 해댔다. 텅 빈 방에서 아이들 이름을 하나씩 불러 가며 욕을 써 대면 결국 메아리처럼 다 내게로 돌아왔다. 그래서 그것도 집어치우고 침대 밑에 쟁여 둔 만화책을 꺼내 읽어 치웠다. 그러다 새벽 녘에 잠이 꼴깍 드는 바람에 늘어지게 늦잠을 잤다.

엄마의 폭풍 같은 잔소리를 들으며 맛없는 아점을 먹고 있자니 서러움에 눈물이 고이기 시작했다. 애써 참으려 했지만 이미 만들어진 눈물은 기어코 식탁 위로 낙하했다. 굵은 진주 같은 눈물이 식탁 위에 뚝뚝 떨어지자, 내 속도 모르는 엄마는 도리어 화를 냈다.

"뭐 잘했다고 울어? 엄마가 그 정도 야단도 못 치냐?"

난 서둘러 방으로 피신했다. 안 그러면 엄마의 잔소리는 자신의 신세 한탄으로 번지다 급기야는 친할머니 이야기로 거슬러 올라가서 엄마의 시집살이나 기타 가족사에 얽힌 세세한 애로 사항으로 확장된다. 엄마는 내 말을 들어 줄 여유가 없다. 그러므로 생사와 관련된 시급한 일이나 성적 향상을 위한 대책 같은 이야기가 아니라면 난 입도 뻥끗 말아야 한다. 내가 흘린 눈물을 위로해 줄 사람은 지금 나밖에 없다. 내가 흘린 눈물을 닦고 거둘 사람도 나밖에 없다. 온전히 나만의 일이다.

고독했다. 그렇게 고독한 채로 거실에 앉아 텔레비전에만 초점을 두고 주말 반나절을 그냥 보냈다. 엄마 아빠가 외출했기에 가능한 일이었는데, 고속도로가 막혀서 귀가 시간이 늦어진다는 엄마의 연락이 그나마 유일하게 위로가 되었다. 저녁을 굶었는데도 배도 전혀 안 고팠다. 고독이 다이어트에 좋다더니 맞는 말인가 보다. 난 자정을 훌쩍 넘기도록 TV의 인질로 잡혀 있었다. 리모컨을 손에 쥔 채 잠이 드는 바람에 나중에 엄마한테 혼나기는 했지만 그럭저럭 힘든 마음을 잊을 수 있었던 괜찮은 밤이었다. 어차피 지뢰밭에서 할 수 있는 일이 없으니까. 시간을 견디는 수밖에 다른 방법이 없었다. 당분간은 이렇게 머리를 비우고 학교에서도 핸드폰에 넋을 빼앗긴 채 사는 게 유일한 생존 방법이라고 결론을 내렸다.

그런데 반전이 있었다. 월요일 등교해서 무거운 마음으로 교실 문을 여는데 은아가 나를 반겼다. 특유의 고음으로.

"서다미, 웰컴!"

그리고 그 옆에 수희와 진선이가 팔짱을 낀 채 벙긋거리고 있었다. 약간 어색한 표정은 남아 있었지만 그런대로 자연스러웠다. '뭐지? 혹시, 주말 동안 확실하게 복수를 해서 얘들이 편해진 건가? 걔네들이 단체로 사고라도 당한 건가? 아니면 그동안의 일들이 다 내가 주인공인 몰래카메라였던 건가?' 순식간에 여러 생각들이 교차하며 들락거렸다. 당혹감과 어색함 때문에 뭐라고 응대도 못 한 채 서둘러 내 자리로 가서 앉았다. 그러자 세 아이가 쪼로록 달려와 내 앞뒤 빈자리에 앉았다.

"대박 사건! 걔네들, 정보통신고 애들하고 붙었다가 개박살 났대. 마침 지나가던 어떤 학부모가 경찰에 알리는 바람에 경찰차 오고, 학교에 알려지고 난리도 아니었대. 아마 징계 먹을걸?"

내가 추측했던 대로다. 난 약간 낮은 목소리로 답했다.

"쌤통이네. 우리가 안 해도 누군가는 복수를 해 주는 구나."

"그치? 사필귀정 아니겠어?"

"언제 그랬데?"

"어제 낮에."

그 소식을 물어 온 듯한 남자애가 우리 곁으로 오더니 그때의 상황을 재연하겠다며 호들갑을 떨었다. 두어 명이 더 합세해 거들었다. 코믹한 재연 덕에 반 분위기가 자연스럽게 화기애애해졌다. 그동안의 일은 아무것도 아니었다는 듯이 진선이와 수희도 내 쪽으로 몸을 기대서 깔깔댔다.

"아, 참!"

아이들이 흩어질 무렵, 은아는 내게 또 한 가지 소식을 전했다.

"그리고 허리 긴 애가 너만 안 때린 이유를 알아냈어."

"뭔데?"

"네 피부."

"뭐?"

그러고는 내 뺨을 만졌다.

"이거 안 옮는 거지? 옮을까 봐 걔들이 쫄았나 봐."

난 어릴 적부터 아토피를 앓았는데 한동안 좋아졌다가 고등학생이 되면서부터 뺨 아래가 붉어지고 약간 갈라지는 증세가 다시 시작되었다. 하지만 부위가 넓지 않아서 머리로 가리면 잘 보이지 않는다. 그런데도 그런 소리를 하는 걸 보면 아마도 어릴 적 내 모습을 기억하는 애가 있었나 보다.

"근데 빨거가 뭐야?"

수희가 나와 눈을 마주치기가 약간 거북한 듯 허공을 보며 물었다. '빨거'는 내 초등학교 때 별명이다. 사실 초등학교 때는 아토피가 너무 심해서 애들이 놀리기까지 할 정도였고, 그래서 한때 별명이 빨간 거북이었다. 은아와 진선이 그리고 수희의 기분이 왜 일시에 풀어졌는지 알 것만 같았다.

"빨거는 빨간 거북이란 소리야. 내가 아토피가 심했거든."

난 간지러운 데를 긁어 주는 마음으로 선선히 대답했다. 내가 안 맞은 대가를 치르기라도 하듯이. 내 약점을 알게 된 아이들은 내심 즐거워하는 듯이 보였다. 이로써 우리는 공평해졌다.

"빨간 거북이? 너무 귀엽다."

"맞아, 거북이가 빨간색이면 귀엽겠는데?"

"난 빨가벗은 거인, 뭐 이런 건가 했네. 호호호."

아이들의 맑고 청량한 웃음소리가 교실을 채웠다.

난 슬그머니 일어나 창가로 갔다. 저 멀리 텅 빈 운동장을 지키는 듬직한 플라타너스 몇 그루와 단정한 자세의 벤치들이 눈에 들어온다. 창밖으로 보이는 교정은 여느 때와 다를 바 없지만 나의 마음은 다른 모습을 보고 있다. 마음으로 보는 세상이 시작된 걸지도 모르겠다. 그냥 막연하게 무엇인가가 내 앞을 지나갔다는 기분이 든다. 지나간 모든 것은 흔적을 남긴다. '그 사건'이 일어난 다음부터 지금까지 벌어진 일들 하나하나 마음에 담았고, 그 일들은 없던 것처럼 날아가지만은 않을 것이다. 나는 조금은 달라질 것이다.

창가에 서서 발끝을 올리고 조용히 그러나 힘 있게 혼잣말을 해본다.

"업!"

작가의 말

고통의 속살을 깨물고
그렇게, 우리는 성장한다

재작년 앤솔러지에 수록될 글을 청탁받아 처음으로 단편소설을 써 봤다. 「발끝을 올리고」를 쓰면서 그 매력에 풍덩 빠졌다.

단선으로 직진하면서 오밀조밀한 설정 안에 이야기를 잘 저며 넣고, 임팩트 있게 주제를 드러내는 묘미가 아주 맛깔났다. 그래서 내친김에 단편을 쓰기 시작했다. 우리에게 갈급한 주제들 혹은 나를 들여다볼 수 있는 주제를 모아 이야기를 지었다. 난해하거나 모호한 글은 지양하고 주제가 선명하고 잘 읽히는 이야기로 썼다. 읽으면서 위로를 받고 그렇게 힘을 얻어 어떻게든 발을 내딛게 되는 그런 '성장하는 나'를 바라며. 거울은 선명할수록 좋다고 생각한다.

『나의 스파링 파트너』는 제목이 상징하는 바가 그렇듯, 내가 겪는 모든 일에서 무언가를 얻어 가진다면 그 일들은 나를 성장시키는 스파링 파트너의 역할을 한 것이다. 살아 있는 한 우리는 성장을 멈추지 않아야 하고 그렇기에 나의 스파링 파트너는 더없이 이롭고 고맙다. 글을 쓰는 내내 머리카락을 귀 뒤로 넘기고 경쾌하게 발을 내딛는 소녀의 저돌적인 모습 혹은 목표물을 향해 정확하게 내지르는 소년의 여물고 단단한 주먹을 상상했다. 고통의 속살을 깨물고 두려움을 직시하면서 성장하는 우리의 모습은 상상하는 것만으로도 설렌다.

녹아웃(knockout) 될 작정이 아니라면 하루치의 설렘만이라도 허락하기 위해 마음의 문을 열자. 내 경험상 그들은 떼로 다닌다. 들이닥친 설렘과 희망, 용기를 밑천 삼아 나의 스파링 파트너와 어깨동무를 하고 단련하며 가는 거다. 삶은 그렇게 어떻게든 관통해야 하니까.

2020년을 시작하면서

박하령

나의 스파링 파트너

초판 1쇄 발행일 | 2020년 2월 6일
초판 5쇄 발행일 | 2021년 6월 11일

지은이 | 박하령
펴낸이 | 정은영
편　집 | 최성휘 정사라
마케팅 | 최금순 오세미 박지혜 김하은 김도현
제　작 | 홍동근

펴낸곳 | (주)자음과모음
출판등록 | 2001년 11월 28일 제2001-000259호
주　소 | 04047 서울시 마포구 양화로6길 49
전　화 | 편집부 (02)324-2347, 경영지원부 (02)325-6047
팩　스 | 편집부 (02)324-2348, 경영지원부 (02)2648-1311
이메일 | jamoteen@jamobook.com
블로그 | blog.naver.com/jamogenius

ISBN 978-89-544-4194-0(43810)

이 도서의 국립중앙도서관 출판예정도서목록(CIP)은 서지정보유통지원시스템 홈페이지
(http://seoji.nl.go.kr)와 국가자료공동목록시스템(http://www.nl.go.kr/kolisnet)에서
이용하실 수 있습니다.(CIP제어번호: CIP2019051321)